Murakami Ryu

五分後的世界

村上 龍

張致斌 譯

‖目錄‖

第1章

士兵

森林裡安靜無聲。沒有鳥叫也沒有蟲鳴。
恢復意識至今到底經過多久了呢？
小田桐移動左手想要看錶，但是後腦勺到脊背感到一陣恐怖，才移動十分鐘就中斷了動作。
很清楚有種預感，自己正遭到監視……

回過神之後，小田桐搖搖晃晃走在森林裡勉強只能一人通行的獸徑上。感覺就像剛從夢中醒來，或是半夜醒來之後再次回到之前夢境之中似的。小徑泥濘，泥水濕透了球鞋。非常冷。之所以神智不清，部分原因可能是由於這寒意吧，小田桐心想。直到兩、三分鐘前才發覺自己正在走著。前後方也都有人。走在小田桐前面的人背著大型背包，由體型看來，應該是男性。那人曾經回過頭一次，但是並沒有看清楚他的長相。並不是因為四周枝葉茂密昏暗不清，而是那名男子戴著防毒面具。

那名男子的前面、前面的前面也還有人，幾乎保持相同的間隔走著。泥濘的小徑曲折蜿蜒，兩側連綿的大小樹叢遮蔽了視線，看不出行進中的到底是幾個人，不，到底是幾十個人的隊伍。或許並不是自願，而是被逼著走的。剛才，就在一分鐘之前，走在前面的前面的年輕男子用聽起來不像日語的語言說了些什麼，並且停下了腳步。前行的防毒面具男停了下來，小田桐也站在原地不動。這時，一名行動有如鬼魅的士兵不知從哪裡冒出來，衝到首先站定的年輕男子身旁，一拳朝他的太陽穴部位捶去。年輕男子往比路面矮約一公尺的樹叢倒落。數秒後，士兵用步槍對著年輕男子。年輕男子急忙爬起來，撫著被揍的部位回到小徑，繼續往前走。士兵確認隊伍繼續前進之後，就與小田桐擦身而過往後方去了。

是自己眼花嗎？是哪裡燃燒著煙幕彈什麼的嗎？是起霧嗎？還是下著濛濛細雨呢？再加上四下有如黃昏時一般昏暗，視野一片迷濛。感覺就好像在觀賞底片上滿是刮痕的黑白老電影似的。可是，剛才那士兵的身手與異常的移動速度，並不能單純以視野不清來解釋。由於士兵矯捷的身手實在精采，以至於一時之間忘了自己和這些人為什麼會被迫噤口行進稍有停頓就會挨揍、這裡究竟是什麼地方、以及自己為什麼會在這裡等等問題。

過去也曾有一次某人以那樣的動作從旁擦身而過的經驗，小田桐試圖回憶當時的情況，但隨即回過神來。寒意使得牙齒開始喀噠喀噠打顫。感覺上野外的氣溫並不是多麼低。儘管上身穿著羽毛夾克，但寒意似乎是由泥水浸濕的腳底逐漸往全身蔓延。這不是普通的寒意，小田桐心想。寒冷的地方，寒冷的季節，低溫，似乎並不只如此而已。泥濘的小徑、兩側的草叢灌木與遮蔽天空的大樹、朦朧的空氣，再再令人感覺到一種與物理溫度不同的寒意。彷彿泥土、水、土、植物、空氣的組成分子或原子的形狀不同似的，彷彿一切都很尖銳似的，彷彿那所產生的不是疼痛而是寒意似的，那樣的感覺。

突然間，整個森林隨著地鳴震動而搖晃，枝葉上的水珠嘩啦落下。小田桐嚇得有些小便失禁而且差點當場蹲下，但是行進並沒有停止。雖然小田桐想要抱著腦袋蹲下去，可是剛才那個士兵的印象令他不敢這麼做。因為剎那間想到若是蹲下去的話，那個士兵就會如鬼魅般出現動手揍人吧。接著，突然想起了過去是什麼人示範過類似那個士兵的動作。那是往昔的巴西足球名將，比利。小田桐是在七、八年前見到比利的。當時的他已經退休多年，腰上也長了一圈肥肉，光是聊天感覺就和普通的黑人老爹沒什麼兩樣。然而聊到一九七〇年世界盃時，小田桐拜託他示範中學時代看過的傳奇射門動作。比利高興地笑了笑，再度重現當時閃過防守球員的射門動作。比利從右到左以假動作騙過充當防守球員的小田桐。那個時候，比利從眼前消失了。除了動作本身異常迅速之外，也是所能想像最完美的流暢滑順，當時有這樣的感覺。連一微米多餘的動作都沒有。那名士兵也一樣。現身，揍人，架槍對準，離去。一連串的動作與移動極其流暢，有如完美的舞者。小田桐看到那動作便將其他一切都忘得一乾二淨了。除了動作流暢之外，架槍對著人時，全身都表現出他的意志。會毫不猶豫扣下扳機的意志。

有某種氣味隨著如霧靄般帶著薄煙的空氣，從右側樹叢的方向飄來鑽進鼻孔。是在後院放過煙火之後的味道，火藥的味道。森林裡安靜無聲。沒有鳥叫也沒有蟲鳴。恢復意識至今到底經過多久了呢？小田桐移動左手想要看錶，但是後腦勺到脊背感到一陣恐怖，才移動十公分就中斷了動作。很清楚有種預感，自己正遭到監視，只要行為不安分，那個士兵就會現身動手揍人。莫非是中了催眠術嗎？看起來並不像是野戰遊戲，怎麼會出現那樣的武裝士兵呢？小田桐放棄看錶的念頭，乖乖繼續走。反正又不知道大概是從什麼時候開始走的，就算看錶也沒啥用，而且這不是黃昏的昏暗，而是太陽早就下山已經入夜了才對，小田桐這麼認為。耳裡只聽得到自己的呼吸聲，以及球鞋踩在泥濘上規律而無聊的聲音而已。噗喳，噗喳，噗喳，噗喳，噗喳，到底有多少人走在這條羊腸小徑上呢？球鞋已經濕透，簡直就和赤腳行走沒有兩樣。寒氣從潮濕而不舒服的腳貫穿全身，體溫不斷下降。不但身體早就開始發抖，牙齒也不住咯咯打戰。然而意識卻很清楚。可能性只有一個，小田桐心想。我已經死了。除此之外怎麼想都不對，雖然自己雙腳俱在，但是人死變成鬼之後之所以沒有腳是因為在人世間出現，不過這裡怎麼看都不像人世，怎麼，難道真的有死後的世界嗎？這條路通到什麼地方呢？八成有個審判處之類的地方，在那裡分發前往天國或是地獄吧，其實不必等到審判，我的去處早就決定好了，當然是地獄。自從十四歲的時候用扳手將養育自己的叔叔打了個半死逃離那個家之後，除了殺人與強暴沒幹過之外，小田桐是靠各種犯罪活下來的。不曾加入幫派，但是曾多次利用幫派組織。進入少年感化院的時候遭到毒打，左眼差點失明，由於不願再吃牢飯，犯下的都是遊走法律邊緣的詐欺與恐嚇案件，三十多歲時開了家色情錄影帶公司，幾年下來藉此賺了不少。見到比利也是在那段時間。其間，曾在現場目睹過百多名女子遭到蹂躪。後來公司因為不景氣而轉眼倒閉，但由於事先以他人名義購置了不動產而得以免於陷入絕境。純子那丫頭應該會嚇一大跳吧，小田桐心想。二十三歲的純子原本是錄影帶女星，公司倒閉後兩人便開始同居。那丫頭對鬼怪之類的東西最感興趣了，若是聽到這件事應該會很興奮吧，要是能夠從地獄打電話給純子就好了，應該買不到風景明信片吧。由於認定自己已死而得以從煩惱中脫身，小田桐一時間感到振奮，但由於原本並非夢想家，一想到是不是真的死了、若是死了又是什麼時候死的、真的死了的話是否得在審判處或地獄接受酷刑這些事情，不覺又變得消沉。接著想起了失去意識之前的事情。我正在慢跑。我在箱根，在南箱根占地兩百坪的別墅，那是在靠強姦錄影帶發財的時期弄到手的，正好和純子去那裡玩，早上，洗了個澡，吃了純子準備的培根蛋，午後出去慢跑，在別墅區跑，可是只能想到去跑步而已。難道被車撞了嗎？想到這裡時，右前方為橘紅色火焰所包圍，熱風夾雜著汽油味吹了過來。因為距離相當遠，隊伍並沒有停止前進，但小田桐又漏了些許尿。接著，可以判斷出有多名士兵朝有如橘紅色巨大簾幕的火焰方向衝去。士兵們如溜冰般在樹叢間穿梭只看得到黑影，敏捷迅速令人目瞪口呆。我在電影上看過那種橘紅色火焰，小田桐心想。是燒夷彈。隊伍的行進似乎會沒完沒了。小田桐悄悄搓搓手，決定姑且忍耐下去。

我身體裡的什麼地方儲存著這麼多體力呢，小田桐邊走邊佩服自己。腳部，起初是拇趾漸漸麻木，慢慢擴散到每一根腳趾，腳尖好像變成朽木般不舒服，由於上坡時仍需維持原有的步伐，汗水濕透了襯衫，來到下坡路段就因為濕冷而直發抖。綿延不絕的森林看起來都一樣，安靜無聲，周遭一直如黃昏時分般昏暗不清，不時會飄來火藥與汽油的味道，還多次看到士兵行動。大腿因不斷累積的疲勞，不但踩到泥濘的淺坑時差點跌倒，還因為非現實感襲來而想放聲大叫，但每次都似乎感覺到那個士兵的視線而忍住了。如此明顯感覺到他人視線的壓力，這還是頭一遭。

當自己是否已死的疑問因寒冷與疲勞而變得無所謂的時候，前方出現了微光。有如隧道的出口般，前方約兩百公尺處不自然地亮了起來。並不是部分森林消失形成開闊的那種亮，明顯就是人為的。越接近那裡，小田桐越是忐忑不安。因為懷疑那裡是否正是死後世界的審判處。

森林與那場所的交界處有多重各色塑膠波浪板屋頂。屋頂上面鋪著樹枝作為偽裝，如同進入地下停車場般路越來越寬，並且開始出現下降的緩坡，那一頭等間距掛著電燈泡。剛才之所以覺得是人工的，是因為燈泡光線將塑膠屋頂照出了奇妙的顏色吧，小田桐心想。到了呈扇形打開處，路面已不再泥濘。泥土堅硬踏實，四處鋪著砂石，部分地方還打上了混凝土。

步行來此的人們在燈泡照亮的地下廣場集合，小田桐也混在其中。隨後陸續加入了近百人，把籃球場大小的廣場都擠滿了，但是誰也沒開口。沒有人咳嗽也沒有人打呵欠。整個燈泡廣場只聽得到輕微的衣服摩擦聲和數百人的呼吸聲，營造出一種令人窒息的緊張感。約有四分之一的人戴著防毒面具，在極力避免發出聲音之下脫了下來，只聽得到輕微的喘息。感覺就好像古典音樂，而且是最高水準的交響樂團開始演奏之前似的。幾名士兵以包圍人群的形式站在四周。由於戴著鋼盔看不清長相，但身材都不高大。看起來像日本人，可是戰鬥服的顏色與設計都和在電視上看到的陸上自衛隊不同。即使站著不動，士兵們也都表現出堅定的意志。這個地方是有規矩的，若是有人破壞了規矩，他們便會毫不猶豫以所能想到最簡單的方法展現實力，這樣的意志力彷彿化為空氣波動圍住整個廣場。小田桐可以清楚感覺到那波動。雖說拿著短刀、菜刀或是木刀揚言女人被搶，在成人錄影帶公司的辦公室動手動腳的那些嗑藥流氓也會散發出緊張的空氣波，但這可不是那麼沒水準的把戲，小田桐心想。

無論是不是死後世界的軍隊，他們都經過了嚴格的訓練。

「立正！」嘹亮的聲音在廣場響起，這時才注意到前方有三夾板隔開的小房間。數百人同時嚇了一跳立正站好。

男女分開！女性面向這裡從右邊排成三列，男子成五列縱隊，依序進入前方的調查室，調查之後再依照調查官的指示行動。命令直接傳達下來後，人群面向三夾板小房間排成了八列縱隊。雖說是縱隊，但因為後方並沒有足夠的空間，就如同等候迪士尼樂園的太空山或是辦理夏威夷入出境一樣排成了多折的蛇行。夾板小室共有八間，只有右側三間有門。小房間的照明也是電燈泡，裡面擺放著簡單的桌椅，坐著看似調查官的男子，年紀不一。小田桐排在左邊數來第三列。各列排頭走進各小房間後，多人的談話聲同時傳到廣場來。

「首先自己表明是不是在室，之後還會進行檢查，但是首先必須自動表明。」

「在室。」

這是最右邊的房間傳出來的聲音。因為是有門的女用小房間，只聽到尖細的聲音響起。在室？小田桐差點笑了出來。難道在問是不是處女嗎？怎麼一開始就問這種事情呢？簡直就跟我拍錄影帶時一開始的試鏡一樣嘛。

「我不是在室。」

「那就快點出示結婚證書。」

「我居住的那一區並沒有核發結婚證書。是蘇維埃第三區。」

「現在已經不用那個名稱了。」

「是俄羅斯遠東第三區。」

「出生地也一樣嗎？」

「是的。」

「是Niigata（新瀉）嗎？」

「是的。」

「那麼，我要妳在這張白紙上畫下新瀉目前主要港灣區的簡圖，大致畫出來即可。」

這些對話是從右邊第二間傳出來的。

「檢查從略。先報上自己的住區、姓名與年齡。」

「我是從Old Tokyo來的Simamori Hatsumi Frank，年齡是四十九歲，持有準國民本部核發的身分證。」

「注意，我沒有問的事情絕對不要多嘴，身分證還不必拿出來。根據申請書，妳是要來探望兒子的，請告訴我令郎的姓名。」

「Simamori Takurou Hubert，要不然就是Frank Takurou Hubert。」

「登記的是Simamori Takurou。令郎前不久才獲准註冊成為國民。」

右邊數來第三間小房間裡的調查官這麼說之後，可以聽到應該是中年婦人的啜泣聲。並不是悲傷哭泣的啜泣聲。小田桐完全搞不清楚談話的內容。可是，也不覺得是死後世界的審判。右邊數來第四間沒有門，可以一窺裡面的模樣。桌子上放著像是打字機的黑色機器。調查官與接受調查的人隔著桌子面對面。

「報上姓名、居住區域以及年齡。」

「中部ＤＭＺ，Yamada Nobuo Mendeo，二十六歲。」

「聲音太小了！你看看旁邊！有八個人正在接受調查，你應該知道，調查官全部都是準國民，難道你還要以非國民身分用那種聽不清楚的聲音說話嗎？」

「對不起。」

Hatsumi Frank？Yamada Nobuo Mendeo？這麼說來，排隊等待的人群中有許多混血兒，小田桐這才注意到此事。由於寒冷與疲倦，再加上有許多人戴著防毒面具，行進間並沒有注意過其他人的長相。小田桐悄悄打量四周之後不禁愣住了。除了自己之外其他人幾乎全部都是混血。那些混血兒不時面露訝異地看著小田桐。

「對不起！」

右邊數來第四小間的男子提高了一倍音量。

「不必這個樣子，並不需要無謂的大聲，只要能讓我聽得清楚就好，再報一次姓名、居住區域和年齡，時間可不能都被你一個人浪費了。」

「中部ＤＭＺ，Yamada Nobuo Mendeo，二十六歲。」

「我再說一次，可不會再重複第二次了，給我好好報告！若是知道自己沒有資格接受教育的話，你們這樣的非國民會怎麼想呢？聽說還有會和聯合國部隊的俘虜一起用直升機遣返之類的謠言，沒有那回事，明白了嗎？」

「是的，我明白。」

「既然如此，就別再說中部ＤＭＺ之類的蠢話了，那並不是區域名稱，你一路走來的區域不也都屬於中部ＤＭＺ嗎？」

「對不起！是舊Nagano。」

八個小房間同時進行所謂的調查，實在嘈雜。但是氣氛卻不像是交付駕駛執照的窗口或是區公所市民課服務台那麼散漫。除了質問深入細節之外，對話的速度也相當驚人。質問的重點合適嗎？小田桐心想。只不過問到的那些事情自己一件也不知道。

「報上居住區域、姓名和年齡。」

「舊Osaka，Dossett Tatsuo Hendley，二十一歲。」

「資料上顯示你希望參加準國民測驗。」

環顧四周，排隊等候的人也紛紛從腰包或是背包中取出像是文件的東西，並且盡量不發出聲音。果然並非死後世界的審判處，小田桐心想。從沒聽說過死後還需要什麼文件資料。在右邊第六間，男用小房間正中央那間，剛開始接受調查的Dossett Tatsuo經過如後的對話之後便中途遭像是看守而非士兵的人帶走，不知到什麼地方去了。

「視力不良嗎？資料上面填的是正常。」

「那是因為睡眠不足的緣故，想到能夠前往準國民的祕密基地，所以昨天晚上……」

「你必須接受瞳孔檢查。」

「我的視力並沒有問題。」

「你過度使用『向現』了，大概還以為只要能夠前往Underground就能夠嗑『向現』嗑到爽死吧，調查中止。」

小田桐排在左邊數來第三列。聽著八個小房間的問答，時間過得相當快，漸漸就快輪到了。排在小田桐前面的人八成是個黑人的混血兒，耳後有像是灼傷的疤痕，屁股很翹，肌肉結實。頭髮推得很短，背著一個相當大的背包，排隊站著的時候幾乎都維持標準姿勢。「下一個！」傳喚聲響起時，那男子俐落地卸下背包走進小房間。

「報上居住區域、姓名和年齡。」

「Old Tokyo，Kazuo，二十歲到三十歲之間。」
「會日語嗎？」
「會說，不會寫。」
「住在舊帝都的什麼地方？」
「我出生於West Bombay Slum，不過來這裡之前住在ＬＡＪ，喔，是指Latin America Junction。」
「有登記證嗎？」
「沒有，因為ＷＢＳ，喔，因為West Bombay Slum，並不具備城市的機能。」
「你的名字只有Kazuo而已嗎？」
「Slum的教會會幫我們取名字，例如Abrahamus之類的，可是，因為我很嚮往Underground，才自己取了日本名，不過，並沒有冠上像是Saitou或者Yamada之類的姓氏，只有Kazuo而已。」
「看你的長相，是奈及利亞裔吧？」
「我不知道。」
「你是不是參與了兩年前East Bombay的起義呢？」
「是的。」

「根據舊帝都準國民本部的報告，你們當時破壞了四輛聯合國部隊的裝甲車。」

「事實上是六輛。」

「武器呢？是龍式反坦克飛彈嗎？」

「不是，是RPG-7D，俄羅斯製的反坦克火箭筒。」

「歡迎你前來參加準國民註冊測驗，合格之後除了會取得正式註冊編號之外，還為你準備了姓名。」

「可是我是黑人啊。」

「你有所不知，在日本國，不論準國民或是Underground的國民，從各種方面來看都沒有差別。」

黑人Kazuo的身影消失在小房間後面的出口之後，隨即響起「下一個」的傳喚聲。小田桐手腳發抖並出現尿意。「坐下。」調查官是個臉頰瘦削的中年男子。目光銳利，聲音響亮有力。真像個學者，小田桐心想。之所以認為是中年人，是因為他臉上的皮膚鬆弛而又多皺紋，事實上或許並沒有那麼老。不管怎麼說，那堅定的、禁慾的相貌，都屬於那種最難應付的類型，例如刑警，小田桐心想，然後深深吸一口氣，在沒有扶手和靠背的木製圓凳坐下。非常緊張。雖然心裡已經有無法當場順利脫逃的覺悟，可是也不能夠就這麼都豁出去了。如果只是像警察審訊的話，只要隨機應變想辦法避重就輕就好，可惜這裡並不容許這麼做。雖然完全搞不清楚這裡是什麼地方，但是這裡的做事方法很單純。越是單純就越沒有辦法蒙混。連眉毛都不必動一下就可以傷人或致人於死。不但調查官一臉這樣的表情，整體的氣氛也是如此。若是逃跑的話，說不定那士兵便會以快過比利的速度出現在眼前，更何況根本就不知道該逃往何處才好。雖然後方出口連接著小通道，但是昏暗不清，看不出另一頭的狀況。

「快把文件交過來。」

調查官看著小田桐的臉，彷彿是什麼髒東西似的。雖然不知道其他人所持的文件到底是些什麼，但反正應該是能夠證明身分的東西吧，小田桐心想，於是從褲子口袋掏出皮夾，拿出駕駛執照遞給調查官。

調查官接過去看了好一會兒之後開始敲起按鍵，是那部古銅色類似舊式打字機的機器。一按下按鍵，機器內部便伸出了面板。好像是螢幕面板，只見調查官的臉映成了黃色。液晶面板，原來那是電腦，是小田桐從未見過的款式。而且還沒有連接線。不論桌椅、小房間的牆壁或是調查官身上的制服等等，質料都非常差，感覺與那造型古怪的電腦非常不相稱。

「這是什麼東西？」

調查官對著小田桐甩甩手中的駕駛執照。

「是駕駛執照。」

「為什麼要偽造這種東西呢？沒有其他文件嗎？」

我根本搞不清楚這是怎麼一回事，一回神就發現自己加入了行進隊伍，然後就莫名其妙來到這裡，但是根據小田桐的直覺，即使陳述這些事實也毫無用處。

「我沒有其他證明文件。」

「你是從哪裡來的？」

「從南箱根。」

「根據國民軍士兵的報告，你是突然出現的，問你任何問題都不回答，只是跟著隊伍一直走。原本考慮將你視為間諜射殺，可是又懷疑這說不定是聯合國部隊的新實驗，於是在監視之下把你帶來這裡了。」

這樣啊，小田桐心裡明白了一件事。我是突然出現在這裡的。

「你是間諜嗎？」

「不是。」

調查官打開抽屜，拿出一具造型有如雙筒望遠鏡的金屬器具，將鏡片靠上小田桐的雙眼。

「眼睛不准閉起來。」他說道。

「瞳孔並沒有搖晃的現象，好像並沒有服用『向現』嘛，我問你，是不是埋伏在行進的路線上呢？」

「不是。」

「那也是當然的，根本不可能有人埋伏，你身上的謎實在太多了，再複述一次這張偽造的身分證上的住址給我聽。」

「東京都，新宿區，矢來町，十四番八號，衛星公寓八零八室。」

「矢來町，戰前的確有這麼個地名。」

戰前？小田桐覺得自己已經多少接觸到這個地方的祕密了。小田桐想起一件事。從錢包裡抽出一張萬圓紙鈔遞過去調查官面前。調查官戴起眼鏡一再檢查鈔票的正反兩面，最後搖搖頭。

「你到底是什麼人？是清仔的混血嗎？是不是從九州的中國區來的？我從來沒有看過這麼精緻的紙幣。」

調查官似乎發現了什麼，望著小田桐的手，說道：

「你的手錶慢了五分鐘喔。」

第2章

拘留室

澤田看看小田桐的手腕並與自己的手錶比了一下，然後核對其他混血兒的手錶，說道：「真是奇怪，我們的手錶都是便宜貨，但是因為準國民審查非得遵守時間不可，事先連分秒都仔細對過時了，可是相較之下，你的手錶足足慢了五分鐘哦……」

「難道你以為會住飯店嗎？」

小個子年輕混血男子過來搭訕。調查中止，小田桐的皮夾連同現金、各種卡片以及駕照等等全遭沒收，並且被身穿灰色粗布制服像是看守的人帶來這個房間。在三合板隔成的狹窄通道中走了大約五分鐘。其間看守一句話也沒說。看守當然也是混血兒，左手自肩部以下都沒有了，臉上也有傷痕。小田桐看不出那傷痕是怎麼造成的。既沒有刀傷、撕裂傷也沒有灼傷的痕跡，由於左邊臉頰一帶的皮膚與肌肉黏連，使得臉部其他部位的肌肉也為之緊繃。

「你的事情我一清二楚，你是中國人，可是我不會叫你清仔的。」

記得這小個子混血男子的名字叫做Tatsuo（達夫），和自己一樣是調查中止被看守帶走的。被帶來這個房間的，一定都是被認為不具調查價值的人吧，小田桐心想。雖說是房間，也只有三合板牆壁、裸露的地面和電燈泡而已，大小約四到五坪，連小田桐在內一共關了七個人。床鋪就不必提了，甚至連桌椅什麼的都沒有。廁所在外面，出門之後大約要走三十公尺。門並沒有上鎖，可是除了上廁所之外，沒有人想要出去。大家都抱膝坐在地上，小田桐也以同樣的姿勢靠在對著門的牆壁坐著。隨著時間流逝，屋裡變得相當冷。脫掉濕透的鞋襪，正考慮該怎麼在這裡睡一覺，而睡覺是否合適的時候，那傢伙就靠了過來，開始小聲攀談。

「因為我有個中國朋友，每次有人喊他清仔都會發火哩，不過你滿特別的，不但長相不太一樣，服裝也挺特別的，我從沒見過這麼蓬鬆柔軟的衣服。」

年輕混血男子輕輕摸著小田桐的羽毛夾克這麼說。

「喔不，以前曾在雜誌上見過啦，不過這倒是第一次親眼看到。你什麼行李都沒帶喔，難道還以為會住旅館嗎？我以前曾經住過一次旅館唷，不是在Old Tokyo，而是住Osaka的旅館，而且我從來沒有去過Old Tokyo，你應該去過對吧？」

小田桐無從判斷，是否應該和這年輕混血男子聊天以獲取情報。房間裡恐怕盡是些和這小子一樣令人莫可奈何的傢伙吧，個個都很年輕，和其他人相比，比方說和那個脖子上有灼傷痕跡的黑人混血兒相比，不但一臉懶散，眼神也很奇怪。因為數百人隊伍中的廢物都聚集在這房間裡了。好幾百個人裡面只有七個廢物，還真少哩，是不是別和這傢伙交談比較好呢，從態度來看百分之百是個玻璃，既然連玻璃都有的話，小田桐心想。看來真的並非死後的世界。

「那是Osaka的Junction裡的一家旅館喔，真是嚇人呢，既然你知道Old Tokyo，應該曉得所謂的Junction並不是交流道而是指Slum吧？像我那時就是不知道，真的是很爛的旅館喔，沒有水就不必提了，還有我長這麼大都沒見過的怪蟲在地上爬喔。」

他所說的Osaka是指大阪嗎？那Old Tokyo又是指什麼地方呢？這裡到底是什麼地方……小田桐有種想要向這年輕混血男子打聽的衝動。自制力是他自幼便開始培養以保護自己的，就像是種預知危險的能力。以那士兵如影子般出現又如影子般離去的時候為頂峰，還有在廣場接受調查也一樣，自從恢復意識之後，就一直有種感覺透過肌膚傳來：這個世界是由單純的原則建構起來的。就連幫派的組織都更為複雜，不但要靠金錢與門路，還有難以理解的階層，必須相當靈活才能了解整個體系。可是這裡不同，小田桐直覺這麼判斷。這裡的體系非常單純，一旦踰越那框架便會立刻遭到排除，也就是說，簡簡單單就會被殺。似乎已經多少了解行進途中至今一直感覺到有如尖銳空氣般獨特寒意的真面目是什麼了。雖然不知這裡是什麼地方，但可以確定是個死亡如影隨形的場所。

由於小田桐一言未發，年輕混血男子嘖了兩聲轉向一旁沉默了好一會兒。電燈泡周圍聚集了幾隻蟲。腿部刺扎扎的，好像長了蜻蜓翅膀的螞蟻，是從未見過的蟲。連電燈泡表面都若無其事地貼上去，應該很耐熱吧，小田桐心想。剛才囉唆個不停的混血年輕男子揮手將一隻繞著他腦袋飛的蟲趕走。蟲子很小，被氣流一颳落到了小田桐的膝蓋上。仔細一看，蟲子長著看來相當堅硬的外殼，可以將半透明的翅膀與刺扎扎的腿整個保護起來。被颳到時蟲子並沒與氣流對抗而是順勢將翅膀收入堅硬外殼裡，一旦碰觸到東西之後才又調整姿勢，先是探出了腿，然後展開翅膀。看著蟲子，小田桐憶起行進途中多次遇到的地鳴與火藥味，心想：這種蟲應該不怕火和爆炸氣流吧。

忽然間，隱約有吵嚷聲透過重重三合板傳了過來。就像是有數千名群眾在相當距離之外的場所聚集的吵嚷聲，但是一會兒之後卻不自然地停了下來，然後是完全的靜默，突然間，傳來了鋼琴聲。雖然距離相當遠又穿過了三合板音量很小，小田桐卻起了雞皮疙瘩。那是古典音樂，曲子是德布西的《版畫》。小田桐對音樂並不是那麼熟悉，但是因為在純子之前的那個同居女友喜歡，大約有三年的時間被迫從早到晚一直聽古典音樂。起初認定那是有錢人的音樂而覺得討厭，後來卻發現自己在不知不覺中喜歡上了。德布西的這首曲子當時曾聽過不下數十遍，而如今傳到耳中的，是非常棒的演奏。因為音量很小聽不出是現場演奏，抑或收音機還是唱片，可是那聲音的粒子彷彿排列成美麗的形狀在空中飛散，彷彿化成了肥皂泡或彩虹，感覺像是眼睛可以看得見似的。真的，好像眼睛可以看得見那聲音。

「媽的，這種莫名其妙的音樂會又開始了，了不起啊，幹嘛要強迫我們聽這種垃圾古典音樂，自以為了不起！」

一旁的年輕混血男子不屑地說著站了起來，走到房間對面去了。

小田桐側耳聆聽。以前從沒注意過，古典音樂的演奏竟然會擁有如此的力量。可以感覺到一股令人窒息的嬌媚，但這並不是因為想起當時同居女友的緣故。單調而規律的行軍，震動五臟六腑的地鳴，火藥的味道，冰冷的調查，還有這間地面裸露的房間，一切都象徵著殺伐，在這之中突然聽到的鋼琴，就好像，在牢裡蹲了半年出獄之後，赤裸躺在鋪著絲質床單的床上招手的女郎一樣。一粒一粒的音樂由毛孔與汗腺滲入，舒緩了寒冷、疲勞與緊張，小田桐發現自己竟然拚命想要忍住淚水。不知道是因為德布西抑或演奏者的緣故，音樂竟然有如一個隨時準備與你纏綿的美人，擁有如此感官的力量，這一點小田桐過去並不明白。

「Wakamatsu（若松）的鋼琴就是好。」

一抬頭，身邊站著一個紅鼻子的白人這麼說道。

「我叫James Sawada Harrison（詹姆士・澤田・哈里遜），請多指教。請問貴姓大名？」

說完他笑著伸出了右手。看起來完全像個白人，但是聽名字似乎是混血兒。金髮、膚色白皙，看不出年齡。我是Odagiri Akira（小田桐明），說著伸出了手，握手時對方顯得有些不悅。雖然那是很自然的，在外國電影上見過的握手。

「在這裡，還是別說這種騙小孩的謊話比較好喔，我聽說冒用日本名字的人下場都很慘。剛才Wakamatsu的演奏很令你感動對吧，我來自四國的英吉利區，因為沾上了『向現』才被關到到這裡，為了成為準國民可真是費盡了千辛萬苦啊，你也一樣吧？我剛才一直這麼想，身為中國人卻想要成為準國民實在是很奇怪，可是一見你聽到Wakamatsu的鋼琴時的模樣，就覺得你跟我是同類沒錯。所以呢，我給你一個忠告，還是別再使用日本名字比較好，那在中國分區還行得通，只會被當成怪人而已，但是在這裡可是犯罪行為。從九州來可真難得啊，使用真實姓名不是很好嗎？雖然說中國人在這裡並不受歡迎，但既然是從九州來的，一定是真心想要成為準國民的吧，我說得沒錯吧？」

嗯嗯，是啊，小田桐點點頭。這裡是哪裡？為什麼自己會被捲進來？這些事情依然成謎，但是小田桐判斷，還是試著配合他們的談話來獲取情報比較好。

「我也一樣啊。去過英吉利區嗎？」

沒有，小田桐搖搖頭。

「據我所知，其他地方也很糟糕，有很多人去了Old Tokyo，聽他們說，Slum裡『點在』著許多城鎮，說是點在喔，點在。」

點——在，白皮膚的詹姆士・澤田・哈里遜說著，眼睛一直盯著小田桐。

「點在，分散在各處，東一個西一個的，在英吉利區，日語學校如今已經一間也不剩，因為在三年前，喔不，已經有四年了吧，愚蠢的英國誤以為日語學校是準國民游擊隊的根據地，派遣了一個SAS連（註：Special Air Service，空軍特勤隊）將學校破壞殆盡，那些傢伙還真是蠢，居然不知道這麼一來Underground反而會更受歡迎，結果我在那裡的日語課程就中斷了，可是呢，你應該明白吧，連點在這種辭彙都知道，這是靠不斷自修得來的。嘿，你看起來也快步入中年了嘛，而且又是中國裔的，我經常聽人說沒有中國裔的非國民，但是多少應該還有一些吧？還是說，你是標準的中國人呢？」

「我不是中國人啊。」小田桐小聲回答。想要從對方那裡獲取情報時，自己還是盡量少開口比較好，而且經常必須以曖昧的、小而勉強的聲音回答，這是小田桐的犯罪者知識。

「也許吧，據說中國區並沒有學習日語的機構，那麼，你是在哪裡把日語學得這麼好的呢？來這裡的途中，我聽到兩名調查官在談論你的事情，說你的日語有點怪，不知道是抑揚頓挫還是哪裡，總之就是發音有點奇怪。」

話中說到外來語的時候，白皮膚的詹姆士・澤田・哈里遜的發音並不像日本人在說英語，而是英國人在說英語。說不定他對小田桐所說的都是反話，但是有一件事情已經弄清楚了，日本似乎充斥著混血兒，而且那些混血兒想要變成日本人，不，套用他們的說法，是想要成為所謂的準國民。

「他們表示其他都太完美了喔，既然被懷疑是間諜，就非得留意不可了，可是我知道你並不是間諜，因為間諜是不會那樣被Wakamatsu的鋼琴所感動的，你為什麼會那麼感動呢？」

小田桐懷疑，這位詹姆士・澤田・哈里遜是否身負某種任務才會這樣主動過來攀談。換句話說，是來確認小田桐是否是間諜的。就算真是如此，小田桐也無可奈何。小田桐並不清楚這裡的體系與規則。總之多少得獲得一些情報才行。

「他的鋼琴彈得真是好啊，是現場演奏嗎？」小田桐問道。

「那還用說，基本上，Wakamatsu一直都在Underground，不過我有印象，去年好像曾經以這種形式前往紐約和倫敦公演而離開過Underground，話又說回來，你知道嗎，Wakamatsu啊，雖然能夠以慈善的名義在美國和英國公演，但是他卻無視禁止發表任何政治相關言論的規定，不論在紐約或是倫敦，公演之後都公開宣稱：我經常陪伴著Underground的國民游擊隊，Underground目前的人口是二十六萬，日本魂並沒有滅亡，你們眼前的我就是最好的證明，這些話，令美國人和英國人都為他鼓掌喔，不是所有的媒體都有報導這件事情嗎？難道中國區連電視或是報紙都沒有嗎？不可能吧。」

白皮膚的詹姆士．澤田．哈里遜說著笑了。二十六萬人？小田桐脫口這麼問：

「那麼，如今，日本人只剩下二十六萬了？」

「哎呀呀，真的連報紙和電視都沒有啊？Underground的日本國民事實上還不到二十六萬呢，自從十一年前，Underground做出了歷史性的決斷，讓準國民得以成為國民以來，希望這兩個字就開始在我們的心中點滅，不是嗎？點滅，亮起又熄滅的意思，此外還有，出現又消失這樣的隱喻，因為喜歡點這個字，我背了與『點』有關的辭彙，點這個字實在太美了，語感和dot、point、或是spot都不一樣，帶著詩意，啊——話又說回來，通過準國民審查的那些傢伙還真好命哪，竟然可以欣賞到Wakamatsu的演奏，那首曲子叫做什麼呢？一開始的那首，真是好聽啊。」

因日本人只剩下二十六萬而大吃一驚的小田桐，以更小的聲音說道：「那是德布西喔。」澤田聞言一臉狐疑地看著小田桐。

補充說明曲名叫做《版畫》之後，白皮膚的澤田臉色大變：「你是什麼人？」直盯著小田桐的眼睛。

「你說什麼？剛才，你說的是什麼？什麼德布西？還有曲名是什麼？是《版畫》？版畫應該是一種繪畫吧，用這種標題還真是怪哩，真的有曲子會用這種標題嗎？」

澤田嘴角帶著口沫顯得非常興奮，小田桐不明白自己做了什麼會令他如此，急忙加以說明。

「不，我沒有弄錯，那是德布西的作品，而且曲名就是《版畫》。」

「那麼，Wakamatsu現在彈的這首是什麼曲子呢？」

小田桐豎起耳朵聆聽。其他混血兒的注意力也都集中在小田桐與澤田的對話上，屋裡安靜下來。鋼琴聲的音量只比那像是長著蜻蜓翅膀的螞蟻的小蟲振翅聲稍微大些，竟然能夠傳到這裡，音色果真非常澄澈。聲音彷彿是眼睛看得到的發光體似的。

「這也是同一個作品，記得《版畫》分為三部分，第一曲目應該是〈塔〉吧，第二首是西班牙樂風的曲子，剛才一直演奏的就是，曲名我已經忘了，這應該是第三部分〈雨中庭院〉吧，全都是德布西的作品。」

「你怎麼連這種事都知道？」

澤田瞪著小田桐，表情摻雜著憤怒與不安。那眼神，小田桐覺得似曾相識。帶著絕對無法治癒的傷的人，一生總是怯生生想要偷偷摸摸逃走的人，身旁完全找不到救贖的人，在敵人環伺之下長大的人，全憑忌妒與憎恨來肯定自我的人，換句話說，就是少年時代的自己和那些朋友。對於古典音樂所象徵的事物完全只抱持著敵意。為什麼像這麼一個膚色白皙、高鼻金髮的英國裔混血兒，會有與過去的我相同的眼神呢？想著想著看向澤田與其他混血年輕人，這才發現他們的衣著都很糟糕。手肘處破洞的襯衫，破破爛爛的套頭毛衣，老舊沉重的皮鞋，盡是補釘的牛仔褲，質料硬邦邦穿起來好像很不舒服的西裝褲，還有人根本沒穿襪子，提袋或是背包也彷彿是祖父時代使用至今的老古董。這些人，小田桐心想，是從我無法想像的惡劣環境來到這裡的，這麼說來，我也曾經毫無理由對那個女人發火。在純子之前交往了三年的那個女人，名字叫什麼來著，記得是良子吧，住在世田谷的大小姐，據說自從懂事以來就是聽布拉姆斯長大的，我對這種事情發怒，後來愛上古典音樂時，對於那些自幼便擁有那種音樂的人有種類似畏懼的感覺，如果那個叫做良子還是什麼的女人，純粹只是因為虛榮才聽古典音樂的話，或許還不會有這種感覺吧，對其他事物都隨隨便便，為了小田桐的金錢與性技巧而同居，好像不斷勾引男人與金銀首飾才是自己生存的意義，這樣一個女人，可是只有她所聽的音樂是真材實料。

「你到底是什麼人呢？」

澤田不再瞪著人看，面露表示敬畏的諂媚笑容，說道：

「仔細想想，你的談吐其實像是準國民，不，甚至有種像是國民的感覺，難道，你是間諜監視官嗎？」

間諜監視官這幾個字一出，屋裡其他五個人都一臉駭然。澤田則是一臉快哭出來的表情。

「沒有那回事啦。」小田桐說道。若是遭到奇怪的誤解就無法套取情報了。你弄錯嘍，小田桐再次強調並露出微笑。微笑發揮了意想不到的效果。澤田見了小田桐的微笑霎時露出難以置信的表情，隨後便解除了緊張。整個屋裡的緊張氣氛也緩和下來。這些傢伙已經開始相信我是日本人了，而且只剩下二十六萬的日本人想必不會隨便露出微笑吧。

「那麼，要不要聽聽我決定成為準國民時候的事情？喔不，能不能請您聽一下？」

聽澤田這麼說，小田桐點點頭，屋裡其他人也一個個聚過來。最早搭訕的小個子玻璃也靠了過來，所有人圍著小田桐坐好，澤田開始娓娓道來。

「由於英國相當早期就從舊四國抽手，因此英吉利區比其他地方都要早形成Slum，直到目前為止，那裡所產出的東西只有龐克搖滾而已。」

抱膝緊靠著小田桐而坐，幾乎快要肩膀相碰的澤田這麼說之後，應該同一地區出身，紅髮、滿臉雀斑的瘦削混血兒喃喃說道：「一點沒錯。」並低聲呵呵笑了。像在自嘲的笑聲。

「我是第三代喔，看情形，在座的各位應該也一樣吧。」

「第三代？」小田桐用溫和的語氣問道。

「沒錯啊，不可能是第二代嘛，因為我今年才二十一歲，而英國的技術移民始於一九四七年，所以是第三代嘛。雖然我認為各國應該都差不多，但是帶頭這麼做的英國卻隨便就撒手不管，因此最早給人無法無天地區印象的也是英吉利區，我那原本還寄望能成為第二個加拿大或澳洲的父親於是開始咒罵祖國，當『向現』的謠言越傳越廣，而Junk、Trash、Garbage、Hot China、Scan等等各種通俗搖滾越來越紅的時候，對通俗搖滾懷抱憧憬的下層階級仍然不斷從祖國湧入。雖然除了搖滾之外沒有任何產業，Slum卻持續擴大，祖國為了趕走失業者，甚至還準備了特別班次的渡輪，於是雙親開始憎恨祖國與合眾國，對於其他各區的憧憬也都比不上對Underground那麼強烈吧，我想。」

英國人向外移民？小田桐克制住提問的衝動，一副這種事情我當然知道的神情，繼續聽澤田說下去。

「Underground剛開始播送電視節目的時候，我父親他們便開始學習日語，去酒吧看電視，是類似紀錄片之類的節目，一看到Underground的部隊在Osaka、Old Tokyo、以及蘇維埃區的游擊戰中擊垮聯合國部隊的鏡頭時大家都很高興。當然也有Takeuchi Kenji（竹內劍次）及其他外銷的游擊隊的紀錄片式電影喔，畫面上有英文字幕，可是父親他們還是拜託通曉日語的歐巴桑成立了幾所日語學校。」

「竹內劍次是什麼人？」小田桐問道。雖然心裡決定不要發問，終究還是忍不住了。

「哎呀呀，他可是比Wakamatsu還要有名百倍的日本人哪，外銷到古巴而成為英雄人物的游擊隊。」

「哦，我想起來了。」小田桐裝傻，心想：「這個國家竟然有軍隊外銷？」

「之後的情況則是到處都一樣，由於舊四國至今依然沒有地底隧道，不但無法建立準國民總部，也沒有準國民總部指導設立的日語學校。後來就出現了King of Lizard，而且還發生了那事件，啊，大概是自從Soltic Beach出道之後吧，因為出現了超級龐克樂團，也開始出現一些對『向現』感興趣的怪人，漸漸聚集在遠東殖民地，這其實說穿了，就是舊四國啦，都集中在那裡，其中還包括勞依茲保險公司大老的兒子、工黨幹部的子女、以及銀行家的女兒等等哩。後來在Soltic Beach登台演出的一家俱樂部，叫做『SOCIAL』的，那個，那個哪裡來著？」

澤田的談話停了下來。「摩納哥。」滿臉雀斑的瘦子小聲告訴他。

「沒錯，摩納哥王室的傻丫頭和英格蘭某貴族的兒子在那裡遇害，由於那件事被說成是Underground所指使的，雖然日語學校的老太太老師們是非國民，但也是國民義勇軍殘存下來那百分之五的日本人，連那些老太太都遭到逮捕，於是引發了示威，進而演變成暴動。即使那個時候，由於沒有地下隧道，Underground也沒有採取任何行動，或許舊四國對Underground而言並不重要吧。這時祖國那些笨蛋派來了ＳＡＳ，將殘存的少數非國民日本人殺害並破壞了日語學校，因為對手是ＳＡＳ，Underground以沉默來刺激對方，經過了兩個禮拜之後……」

「是十六天之後喔。」滿臉雀斑的瘦子小聲加以糾正。「那個日子，英吉利區的非國民是不可能忘記的。」雀斑小子又這麼補充。

「嗯，的確，是十六天之後，Underground僅僅派遣了十二人渡過瀨戶內海，在一個小時之內，將駐守在第三Slum一個警察局的一個ＳＡＳ連盡數殲滅。警察們光是看到戰鬥服上面縫著小小日之丸就全都逃走了，等到聯合國部隊派出攻擊直升機的時候，國民兵部隊早已不見蹤影，我還留著當時新聞的剪報。」

澤田從貼了兩塊膠布的破爛腰包裡拿出一小張泛黃的英文報紙給小田桐看。那是一篇寬五公分，長約七、八公分的報導，搭配一幀大概是翻攝自電視畫面的模糊照片，還有一幅單格的諷刺漫畫。日期是一九八九年五月二十日，報紙的名稱是《Daily Maker Far Eastern Colonial》，照片中有位著軍裝的人物，一旁的說明是Commander of "Underground" Yamaguchi（山口），漫畫則畫著大批頭戴ＳＡＳ鋼盔的男子被幾名看不清面孔的士兵嚇得抱頭鼠竄。

「英文我不行。」小田桐指著剪報說道，四周的混血兒面面相覷，好像放下心來似的吁了一口氣。

「……對於半個世紀以來持續與聯合國部隊，事實上就是合眾國的三軍，進行游擊戰的Underground軍隊而言，ＳＡＳ，英國空軍特勤隊就好像幼稚園園童一樣吧，十二人的敢死隊只用了五十八分鐘就殲滅了ＳＡＳ一個連，山口指揮官表示十二個人還太多，只要五個人就綽綽有餘了……搞了半天，你真的不是國民啊。」

聽澤田這麼說，小田桐問道：「為什麼你會這麼認為呢？」

「Underground的國民，不，即使是非國民，英文都應該比我們好啊。」

「哦，這樣啊。」小田桐點著頭，心裡卻為那剪報的事情感到茫然。這裡竟然是日本，而這個日本的日本人已經減少到二十六萬人，而且如今仍持續與美國戰鬥中。

「咦？」澤田看看小田桐的手腕並與自己的手錶比了一下，然後核對其他混血兒的手錶，說道：

「真是奇怪，我們的手錶都是便宜貨，但是因為準國民審查非得遵守時間不可，事先連分秒都仔細對過時了，可是相較之下，你的手錶足足慢了五分鐘喔。」

第3章

矯正機構

女作業員一臉訝異地看著小田桐，
手中還拿著完成的管子後退半步，
嘴唇開始顫抖，
怎麼啦，為什麼嚇成這樣，搞砸了嗎？
想到這裡時，規定的五分鐘已過……

在那挑高極低、地面裸露，類似拘留室的房間裡，小田桐無所事事地過了大約三天。與其說度過，或許說被置之不理還比較符合。起初的五、六個小時還會看看被說是慢了五分鐘的手錶，大概三回陷入淺眠之後，再加上地表傳來的寒氣累積在背部的緣故，就連注意時間的力氣都漸漸沒有了。

因為在地底，看不到太陽。小田桐這才知道，待在沒有窗戶的房間裡竟然會令人喪失時間感。不論少年觀護所、看守所或是拘留所都還有個小鐵條窗戶。

伙食都是由看守送來，內容與警察局拘留室大同小異。麥飯，淡味噌湯，醃蘿蔔，還有不知名的小魚魚乾。有一餐還是非常差的麵包，配上南瓜湯。雖然都是冰涼的，但反正也沒有其他事可做，還是全都吃光了。有個混血兒的味噌湯沒喝完，「這是誰的碗？」看守問道。「是我的。」那個拉丁裔的混血兒舉手承認，結果他接下來的兩餐都沒有東西吃。

沒有任何人企圖逃走。或許是因為電壓不足，一直亮著的電燈泡不時變暗。小田桐由混血兒們唧唧咕咕的閒聊中獲得了更多情報，在醒著的時候，用越來越模糊的意識加以整理。毫無疑問，這裡是日本。雖然這裡是死者之國，是死後世界的可能性雖然並沒有消失，但確實是擁有日本這個專有名詞的地方不會錯。血統純正的日本人，只剩下二十六萬了。他們被稱為國民，或者是國民游擊隊，似乎僅僅看到那身影就讓人覺得非常了不起，擁有如F１賽車選手般壓倒性的氣勢。在他們之下有大批稱為準國民的人，可是不清楚是否還有明顯的區別。令人吃驚的是，不論是看守或是那些調查官，幾乎都是準國民。這些混血兒則被稱為非國民，當然，小田桐在此也被歸於這一類，每年有兩次所謂的準國民審查，如今適逢審查的時期。國民都住在稱為Underground的地方。據說那裡位於中部山區的地底，富士山的北側，但是混血兒當中根本就沒有人去過。即使是準國民，要進入Underground都相當困難。日本被劃分為好幾區，但是除了Old Tokyo和舊四國等地區之外好像都沒有城鎮。北海道、東北，再加上新潟，稱為俄羅斯區，可是混血兒們對那裡幾乎是絕口不提。而且六個人中沒有任何一人來自那一區。Old Tokyo是俗稱，那裡有聯合國的統治總部，由最強大的美國三軍駐守，人口是各區中最多的，人口密度也高，有各式各樣大小Slum，好像已經變成了一個巨大的犯罪都市。聽說在中部地區有尖端企業聚集的地區，但是混血兒們對那裡的情況並不清楚。Osaka區位於大阪與神戶一帶，表面上是以商業與貿易為主，但是人種最複雜，治安之差與Old Tokyo相比也不遑多讓。澤田出身的舊四國區雖然重化工與造船的工廠群集，但由於英國早已撒手不管而留下了大批失業者，主要產業只有搖滾樂而已，已經整個Slum化了。所謂的『向現』則是一種藥，最早是由Underground所開發生產，但是在九州的某個中國區開始生產類似製品之後，中國區與Underground之間的關係便日益惡化。至於『向現』是什麼樣的藥則不清楚。在荷蘭與瑞士那可是不犯法的，叫做達夫的玻璃混血兒說。興奮效果是古柯鹼的十倍，價格卻只有海洛因的十分之一，達夫也曾這麼說。談論『向現』的人只有達夫一個而已。由於其他人對於『向現』的事情都絕口不提，於是達夫落單的情形越來越多。不過，到了第三頓飯送來的時候大家都累了，本來就沒有人開口說話了。在九州南部，有一個不清楚是否算是區的大歡樂地帶。雖然混血兒之中並沒有人去過，但是那稱為Big Bang的遊憩區卻經常成為話題。每個人都很嚮往Big Bang。聽說有大飯店與賭場、遊艇碼頭、高爾夫球場、賽車場，還有從世界各地群集而來的各色賣春女。談到Big Bang的時候，「Underground為什麼不會加以攻擊呢？」小田桐問道。謠傳是因為擁有Big Bang的集團提供了資金援助，有人這麼回答。

第五頓飯結束的時候，「為什麼我沒有發瘋呢？」小田桐思索著。沒想到人這種動物竟然這麼強啊，想著想著一個人露出了苦笑。儘管食物的味道非常差卻不覺得苦，而且混血兒們也比以前打交道的那些黑社會容易應付。沒辦法習慣的是：寒冷。自從知道應該不會立刻遭到殺害而解除緊張之後，就開始感覺到冷氣從裸露的地表以及從三合板另一方不斷滲入身體裡。因為在沒有窗戶的地底才會搞不清楚吧，小田桐心想。太陽一定已經下山，天開始黑了吧。首先是耳朵、整個臉部的皮膚與手發冷，接著是還沒乾的腳趾為寒冷所襲。當然並沒有風吹進來，可是寒氣卻像是霧或是煙一般飄來。於是室內溫度便緩慢但是確實地逐漸降低。應該還不至於凍死人的氣溫，可是從淺眠中醒來時會全身肌肉痠痛，心臟無力。不只是身體表面，就連內部，也就是一個個細胞都在發冷，小田桐這麼覺得。要是冷到骨髓裡就糟了。接觸到裸露地表的臀部尤其難過。

有兩個混血兒在地上鋪了帆布睡墊，也有人將塑膠背包墊在屁股下面。不知道在第幾回醒來時，以臀部為中心逐漸失去了感覺，牙齒不住咯咯打戰。小田桐一邊從臀部往腳按摩下去，心裡一邊想著自己還真能忍啊，並且開始玩起痛苦的時候都會玩的遊戲。試著回憶更慘的經驗的遊戲。比目前還慘的情況我不知經歷過多少啦，小田桐一邊以呵氣溫暖的手用力摩擦著腰臀一邊喃喃自語。沒錯，目前的狀況還算好哩，只要這麼喃喃自語，總是會多少變得比較有精神。例如，在那少年感化院的夜裡，凌虐總是在晚餐後固定的時間進行，比挨揍被踹更難以忍受的就是，只要哭著討饒便能夠獲得原諒的制度，如今回想起來那就和對老大下跪求饒是一樣的，就是要求必須無條件服從看守、教官、乃至整個少年感化院；還有那個不論我做了什麼壞事，即使只是犯了一點小錯都要罰我跪坐連續說教一、兩個小時的混蛋叔叔也一樣，那老頭總是拿著鞋拔子或是高爾夫球推桿之類的東西輕敲著我的臉頰或額頭，邊喝酒邊訓話個不停，可是他根本就不是真的關心我，只是自己喜歡說教而已，滿口酒臭說起自己小時候的事情，什麼每天早上五點起床打掃庭院擦拭走廊，說了將近兩百遍之多，唯有那件事情是絕對無法忍受的，我一直……很懷念寒冷的感覺，小田桐發現自己竟然有這樣的心情。為什麼會覺得那從皮膚表面冷徹肌肉、五臟六腑與骨髓的寒氣令人懷念呢？

邊用手掌摩挲著腳趾與大腿，發覺關於母親的記憶逐漸在腦海甦醒，已經好久沒有想到她了。剛上小學沒多久，母親便已離家出走。父親幾乎隨時都會說母親的壞話。扔下孩子跟其他男人跑了，根本就是人渣，那種女人最差勁了，不知不覺間自己也認為母親就是如此，這麼想的確比較輕鬆，而且也試圖忘掉自己就是那個人渣女人所生的，可是事情不可能永遠這麼簡單，每當那情景浮現在腦海時就會莫名地湧出失落感與憤怒，這時唯一的解決方法就是暴力。那個情景就是，在一個非常寒冷的冬夜，不是在叔叔家而是自己家裡狹小的臥房，發燒的小田桐躺在床上做著惡夢，被可怕的東西追趕，不論怎麼逃都沒有用，即使如此還是邊哭邊繼續逃跑的夢，醒來睜開眼睛時母親的手就在身旁，那手非常冰冷，令人覺得很舒服。為什麼在這個地方會想起母親呢，難道與寒冷有關嗎？小田桐覺得很不可思議。

吃過第七餐飯之後，叫做達夫的玻璃混血兒一個人被看守帶走，回來時已成了一具屍體。太陽穴附近被大口徑手槍射穿，送回來的時候仍血流不止。長時間被關在寒冷處所感覺已然痲痺的小田桐突然又緊張起來，可是其他混血兒則一副對於屍體已司空見慣的模樣，那睜著的眼睛與開了個窟窿的傷口都沒有令他們動搖，只看得出懷疑下一個是否會輪到自己的不安而已。這是小田桐第一次看到剛遭槍殺的屍體。這才知道原來只要身旁的人們表現出無所謂的態度，自己所受的打擊也會比較小。只是覺得剛才還在聊天活動的傢伙突然變得身體僵硬不會動彈而已。躺在裸露的地面淌著血的屍體，四周有蟲子在飛舞，好像被釣上來的魚一樣。

經過四、五個小時之後，傷口已不再流血的達夫屍體發出了臭味。或許再怎麼習慣接觸屍體也無法忍受那種臭味吧，只見混血兒們紛紛以手帕或是圍巾之類的東西摀住鼻子。那個味道到了第八餐飯的時候變得更為強烈，不論小田桐或其他混血兒都只得強忍著反胃進食。雖然混血兒們由於疲憊與戒心而甚少開口，但是從少數的對話中得知，他們認為被關在這個房間裡也是一種測試，達夫大概被判定不合格吧。小田桐覺得怎麼樣都無所謂。因為就算那是一種測試，不知道要怎麼做才會合格的話根本就沒有意義。

聚集在屍體上的蟲子越來越多，有一種蟲正試圖從達夫的口、鼻、耳朵、以及太陽穴的傷口鑽進他的體內。這時看守突然出現，數十隻蟲子受到驚嚇一齊飛起，發出有如耳鳴的振翅聲在房間裡飛舞。看守對那些蟲與屍體彷彿都視而不見，說道：

出來！

混血兒們的名字被叫到，一個個走出房間，變成只有小田桐一個人留下的局面。看守沒叫小田桐的名字，只是指著他說：

你也一樣。

在通道中，二十瓦左右的昏暗電燈泡照著裸露的地面，小田桐一行人走了相當久。看守領頭，小田桐殿後，雖然後面沒有任何人，可是當然並沒有人企圖逃跑。通道寬約一・五公尺，兩側仍是以三合板隔開，途中不時與十來人的混血兒隊伍錯身而過。相遇時，看守也沒有與同事打招呼或是敬禮，通道中所有的人都只是默默地，而且是以相當快的速度走著。這裡的通道有如網路般複雜，小田桐心想。通道有無數分岔，有時可以聽到大批人低聲談話的聲音，有些地方還傳來機械運作聲。當然不會有人想逃，小田桐喃喃自語。只要十秒鐘就迷路了。

途中也有坡道與階梯，而且幾乎都是向下的，可是小田桐依然因為步行速度異常迅速而上氣不接下氣。途中有些地方會變冷或是有暖空氣洩出，經過某些地點的時候呼出的氣會白得醒目，身體也開始微微冒汗。

立定！

看守舉起右手喝令全員止步，走進一條寬約兩公尺的橫向通道，那裡有一扇三合板製的薄門。打開門之後，裡面是個挑高與拘留室一樣低矮的房間。

「將行李放在這裡，穿外套的人將外套脫掉。」

喘著氣的小田桐也脫掉了羽毛外套。比之前的房間更狹小，可是多了四張木製，如同過去臥鋪列車那樣，大人勉強可以睡下的雙層床鋪。還有兩張木頭長椅，混血兒們將個人物品放在那裡。

動作快一點！

臉上只見傷痕幾乎完全沒有表情的看守，用沒有抑揚頓挫的語調這麼說，全員急忙再次外出整隊。

「聽好——」

非常中性的語調，不知道是因為左頰連到嘴唇僵硬的疤痕，使得說話方式變成這個模樣，還是這裡規定必須這麼說話。這種說話方式會令聽者緊張。在這裡完全看不到浪費的勞動力，一切都以最高效率進行處理，小田桐這麼認為。

「現在要進行輕手工作業，進入工廠之後就不再說明了，你們到標示著『9』的那一列觀摩作業五分鐘，然後換班。」

聲音和語氣彷彿三十年前NHK的播報員，然後就不再重複說明了。

「進去！」

裡面是以日光燈而非電燈泡照亮的工廠。大約有四到五個籃球場那麼大，排列著超過二十列的輸送帶，每一列各自掛著e、]、f、i、-的電燈標示板。小田桐與其他混血兒一同走到標示著「9」的那一列。輸送帶的馬達聲與刺耳的車削金屬聲轟然作響，下面鋪設了混凝土，不再是裸露的地表，挑高也遠比拘留室高得多，可是沒有窗子。

生產線上排列著直徑不一，看起來很輕的金屬管，還有應該是用來連接那些金屬管的寬幅接環，諸如此類的東西。這些是空調管路用的管子吧，小田桐邊這麼想邊走向標示著

「9」的電燈標示板，面向生產線站定。「9」生產線上有六個人正在進行同樣的作業，小田桐一行分別站在一個人的背後觀摩。小田桐前面是個穿著灰色工作服正將金屬管兩端車出螺溝的女子，只看得到她的背影。灰色粗布長褲，配上類似昔日小學生室內鞋的帆布鞋。頭髮剪得短短的，沒有化妝。黑色輸送帶中央畫了一條黃線。車好螺溝的管子都放到那黃線的另一側。車出螺溝所使用的工作機具位於作業員的左側，兩手拿著管子置於V字形鞍座上滑動，小心往高速旋轉的車刀中送進去四公分左右，將兩端車出母螺溝，然後迅速將削除的金屬屑清除，檢查螺溝，放在黃線的對面那一側，接著重複下一件。管子的直徑約十二、三公分，厚約二、三公釐，長度大概一公尺左右。除了「9」生產線之外，還有大批穿著便服的混血兒，應該也是來見習的。「從來就沒做過的工作，真的只要見習一下就會了嗎？」小田桐心想，眼睛交互看著年紀大約二十出頭的混血女子的臉與手邊。黑頭髮，眼珠也是褐色的，相貌接近日本人。個子並不太高，手指也很纖細。看看其他那些見習者，有人詢問了作業步驟，而前輩正親切地回答。

「請問，將管子送進車刀孔的時候，是要輕輕推送，還是要很用力呢？」小田桐這麼問，可是女性前輩作業員卻相應不理。「我是來自舊四國區的澤田，現在要複誦作業的步驟，請指正……」一旁的混血兒立正這麼說，小田桐看在眼裡才知道哪裡錯了。因為是女性，所以要先消除緊張吧，非得小心一點才行，小田桐和澤田一樣立正站好，「我是……」

才剛開口就又作罷。因為不知道該怎麼說才好，比方說大概不能夠謊稱是來自Old Tokyo或Osaka吧，若是說來自什麼中國區似乎又會真的被當中國人，也不能夠用新宿區矢來町，如此左思右想之下眼看規定的五分鐘就要到了，不禁有些著急，沒想到女性作業員突然回過頭來看著小田桐。那張臉，簡直與過去成人錄影帶全盛時期一個美乳豐臀、美麗但頭腦有點問題，而且真的是任何人都可以搞的美佳子一模一樣，小田桐又輕鬆下來，反正也沒有其他辦法可想，這種心情再加上不斷累積的疲勞，於是在她的耳邊說道：

「姊姊，不好意思，能不能簡單教我一下該用多大的力氣將管子往前推送才好呢？」

女作業員一臉訝異地看著小田桐，手中還拿著完成的管子後退半步，嘴唇開始顫抖。怎麼啦，為什麼嚇成這樣，搞砸了嗎？想到這裡時，規定的五分鐘已過，於是小田桐急忙戴起工作手套，抓起新送過來的管子將一端靠近車刀孔，看著她。

「喂，拜託啦，如果講話太粗俗的話我道歉啦，是輕輕推好呢，還是該一口氣用力推進去呢？」小田桐這麼說，她雙手摀著嘴顯得更為訝異，好不容易才開口。

「慢慢推，慢慢拉，這樣就好。」

我明白了，不好意思，說著小田桐開始工作。慢慢推進去，等車刀接觸時再用力按住管子以免晃動，然後小心抽出來，仔細一點的話並不困難。不知道是日本人的手本來就巧，擅長掌控微妙的用力程度，還是說我已經老大不小了，小田桐看著周遭的混血兒有人把管子弄得掉到了地上，心裡這麼想。

「你是什麼人？」

女作業員假裝要幫忙撐住管子，靠近小田桐耳邊這麼問。「我是什麼人？我是非國民啊，只是已經吃到這把歲數了。」小田桐這麼回答，「不是吧？」她的眼中露出了不安。

「你的說話方式，我們根本學不來，剛剛才說的『吃到這把歲數』，這種說法字典裡找不到喔，什麼非國民，騙人，準國民的人也是用像你這種平順的，就好像老電影裡面那樣，對了，就是有拿劍的人出現的那種電影，也是用和你一樣的方式說話，不論發音、措辭或是語調都一樣。」

有這麼回事喔，小田桐邊繼續工作邊這麼想。剛才我那種流裡流氣的江戶腔，或許對於那些必須學習日語的混血兒來說太困難了吧。在純子之前所交往的喜歡古典音樂的女人就曾經說過，巴黎有巴黎獨特的口音，倫敦則有倫敦獨特的口音，即使法國人或是英國人，若是不住在當地的話都沒有辦法模仿，講得好像自己多懂似的。

「你是監視官對吧？」

仔細一看女子的腿也挺長，鼻子周遭長著雀斑，還真是可愛，小田桐看著眼露不安的她，心裡這麼想。

「才不是咧！」

「不可能，應該不會錯，希望你能夠聽我說，因為我很熟悉『向現』的事情，所以被調查官懷疑，是不是在販賣『向現』，要不然就是沾染了『向現』。可是，我根本沒有，事實上，我是個研究員，Old Tokyo的大學只有一所而已，在那裡研究藥學，而且還擁有Identification Card可是調查的時候他們卻告訴我，那種ＩＤ聯合國部隊要印多少就有多少，不過事情不是那樣，我真的希望你能夠明白，我願意成為準國民並且去戰鬥。在Old Tokyo的Slum，齷齪的事情橫行，越來越腐敗，可是，Underground不只在古巴和柬埔寨造成了奇蹟，還為了更重要的目的而戰。」

小田桐著急了。這名女子很明顯話太多。即使是換班的時候這裡應該也不容許私語。

「夠了，話太多可不太好吧？」雖然小田桐這麼說，女子卻豁了出去，並沒有閉嘴。

「自從五〇年代初期開始，Underground就一直在生產，具有神奇功效的興奮劑與鎮定劑。」

「別再跟我扯這些了，」小田桐邊繼續工作邊這麼說，「我並不是什麼監視官，而且這裡不是禁止私語嗎？」

「請你聽我說，拜託，因為調查官根本不聽我解釋。如果是『向現』藥頭的話立刻就會被殺，根本不可能成為準國民，所以，只要明白我是研究員就好，不是藥頭，你明白對吧？不論什麼『青天』啦、『銀進』啦，或是『燭醒Ｉ』和『燭醒II』這些，都還只是為了研發用於對盤尼西林有抗藥性的細菌，所使用的合成抗生素，中途所衍生的產物。那只是在篩檢，非常惡性的，稱為革蘭氏陰性菌的細菌，中途所產生的，可是自從『燭醒Ⅲ』開始，Underground便成立了生化研究所，對於腦部的研究，世界其他地方都望塵莫及，那是要研究精神藥會在腦內的何處起作用，於是就用在聯合國部隊的戰爭傷患身上，主要是因為做到了在分子等級篩檢多巴胺接受器，於是就可以驗證鎮神劑系的藥物真的可以關閉多巴胺接受器這個假設，而『向現』則是遠遠、遠遠、遠遠、遠遠、遠遠，遠超過一萬倍的，在影響精神藥物方面，了不起的奇蹟。」

一看，看守正站在入口附近。在工廠的噪音下，應該聽不到女作業員的談話內容才對，可是問題並不在此，小田桐心想。不論我或是這個女人，大概都名列須注意人物的名單上吧，只要這兩個人交談就足夠了，總之，這裡基本上是不能夠私語的。

「喂，拜託妳別再說了，跟我說這些事情一點意義也沒有啊。」小田桐著急地這麼說。

「可是，你已經明白了吧，我是個研究員，所以，說明很詳細對吧，如果只是藥頭或是上癮的人，不可能知道這麼詳細吧。」

看守又增加了兩人，一名調查官從他們身後出現，看著小田桐與女性作業員。調查官對著看守耳語。女性作業員察覺之後直打哆嗦，與小田桐四目相交，說道：

「請你幫忙證明一下，證明我是個研究員。」

「剛才我就一再告訴妳，我根本不是啊。」小田桐這麼說。見兩名看守面無表情地走過來，女作業員用顫抖的聲音說：

「要被槍斃啦。」

第4章

戰鬥

想要停止吼叫放棄一切，想要發狂。
想要站起來衝入火焰之中；
想要脫光衣服擁抱燃燒著的屍體；
想要拜託年輕混血兒對自己開槍。
「不能認輸啊！」……

兩人被看守領著，在通道中走了相當久。途中經過了好幾處工廠。每一處工廠都在製造管子，大小不等的各式管子。其中也有塑膠製品，總之就是製造大量的管子以及用於連結、固定等等的零件，大概是供做吸排氣、給排水，以及電源配線等方面之用吧，小田桐心想。已經忘了是從幾天前開始的，自從被收容在這裡之後，因為被帶著到處移動，已經很清楚這裡有多大了。為了建造這麼廣大的地底世界，一定需要大量的管路。類似這樣的場所，在其他地方應該還有吧，而且，那個稱為Underground的地方，從名字來看應該位於地底才對，想必需要數量更驚人的管路吧。

兩人被帶著穿過的通道，起初還鋪設著混凝土，不久之後就變成裸露的地面，而後又走了相當久，終於又變成泥濘的土地。氣溫也隨之降低，小田桐推測大概是接近地表了。透過走在前面女作業員僵硬的背部，可以看出她的緊張與恐懼，但是據小田桐研判應該不會立刻遭到槍決。因為在出發之前還能夠去領回私有物品。沒聽說過在槍決或極刑之前還會歸還個人物品這種事情，雖說這只不過是從電影和電視上得到的知識而已。

從泥濘的路面再次回到乾硬的地面時，小田桐已經什麼都無法思考了。數度幾乎要跌倒，差一點撞上走在前面的女子的屁股。雙膝已完全靠不住，覺得疲勞不斷化為物質堆積在腳踝和大腿上。話又說回來，這些傢伙還真喜歡走路啊，如果再老個五歲的話我鐵定會倒下去吧，算了，就當作是好好運動一下嘍，這麼對自己說，以苦笑消除疲勞時，走在前面的女子搖搖晃晃倒了下去。由於仍然留著有女性主義存在世界的習慣，小田桐原本打算伸手攙扶，可是看到前方兩公尺處看守的眼神就又作罷。看守並不是那個失去了左手、臉上有疤的傢伙，看起來像是個拉丁裔的混血兒，眼見年輕女子跌倒在地，臉上的表情也完全沒變。自己彷彿成了物品還是蟲子似的被虐待狂般的恐懼，以及互相幫助這種自發性的奇妙衝動，在小田桐心中交戰。直到女人展現出自行爬起再度邁步向前的意志力之前，看守靜靜盯著她，眼神彷彿在說：妳在這裡一點用處都沒有！

接著又走了大約四十分鐘，來到一處奇怪的地方。那裡有用混凝土草率澆鑄、類似月台的結構物，小軌距的鐵軌彷彿通往黑暗般延伸至彼方。休息一下，看守對兩人下令，用下巴一比破爛的木製長椅。雖然覺得坐下去之後可能就站不起來了，但是小田桐還是認為不休息不行，與女子一同坐下，按摩自己的大腿、腳踝和小腿肚。女子坐下來之後立刻脫掉鞋又脫了襪，將髒濕的腳擦拭一下，然後從背包的口袋中拿出兩顆小橡皮球放在地上，腳底踩上去滾動著。接著看向小田桐，「這麼做消除疲勞的效果最棒了。」只說了這麼一句，然後微微一笑。還滿習慣走路的嘛，小田桐開始學她進行腳底按摩，眼睛移向那克難的月台，只覺得像極了生鏽的遊樂場。感覺就好像走進了叢林巡航或是什麼神奇世界的建築物裡等待乘坐細長的遊樂器似的。好久沒看到年輕女孩沒塗蔻丹的腳了，心裡邊這麼想，邊望著混血兒纖細美麗的腳背，透出血管的細緻皮膚吸住了視線，心裡回想著過去是不是跟擁有如此肌膚的女人上過床，這時遠遠傳來嘰——的聲音，連空氣都為之震動。看守又用他那中性的聲音和語調說道：

「起來準備！」

那是滿載各種物資的台車。第一節是動力車頭，伸出了像是天線的細長物，身穿野戰服、頭上鋼盔壓得低低的士兵坐在設有簡單操控盤的駕駛座上。各車廂的容積約有大型浴缸那麼大，有的有頂有的沒有，數量將近二十節。物資裝在紙箱裡，有些則裝在金屬箱中，也有散裝的罐頭與脫水食品塞滿了車廂，還有一節車廂上裝有小田桐在電影、電視或是漫畫上都不曾見過的機關槍彈鏈，有如粗蛇般盤繞著。每三節車廂搭載著一名士兵，蜷著身體抱著機關槍、步槍或是小型迫擊砲。

「上車！動作快！」

台車只是略微減速而已，並沒有停下來。士兵中的一人迅速招招手，並站起來整理後面那節車廂的貨物，騰出能夠容納兩個人的空間。女子邁步先跑了過去，小田桐急忙在後面跟著。與叢林巡航簡直是天差地別，小田桐邊想邊抓住台車的邊緣，跳了上去。立正不動的看守一個人被留下，向著逐漸遠去的台車及士兵敬禮。士兵們完全沒有理會看守，彷彿他根本就不存在似的。

士兵們蜷著身體的理由很容易明白。由於台車以相當快的速度行駛，迎面而來的空氣冷得似乎會割傷身體。不知道車輪是以什麼材質製成的，這種軌道車的震動和聲音都很小。台車本體是以類似強化塑膠的材料製成，小田桐與女子所在的車廂胡亂堆著像是釣竿盒似的火箭筒，剩下的狹小空間剛好夠兩人緊靠在一起，將臉埋在雙膝之間避風。除了每隔約兩百公尺掛著一盞六十瓦左右的電燈泡照明之外，真的是一片黑暗。

體溫隨著台車的前進逐漸流失，只穿著硬布料厚襯衫的女子開始發抖，於是小田桐將羽毛夾克脫下一半包住她摟在懷裡。風由前方吹進車廂中凍得潮濕的腳尖發疼，即使拚命活動腳趾卻依然漸漸失去了感覺。「媽的，到底要去哪裡啊！」小田桐對著和自己臉靠著臉的女人耳邊說道。即使竊竊私語也已不必擔心，這樣迎著風別人聽不到，就算會被懲罰也想像不出什麼比這更惡劣的狀況了。

「這件夾克溫暖又蓬鬆，我還是第一次看到這種東西，你到底是什麼人呢？」

女子在小田桐耳邊說道，皸裂發冷的唇顫抖著。耳朵接觸到乾燥冰冷的唇，小田桐心想，在之前那個世界可找不到臉蛋這麼清秀但嘴唇卻如此粗糙的女子。這時他想到自己應該帶著，一摸褲子口袋掏出曼秀雷敦的護唇膏，趁台車通過電燈泡下方時用摟著肩的手將女子的臉轉過來，為她塗上護唇膏。

「這又是什麼？搽了好舒服。」

「竟然連護唇膏都不知道，難道Old Tokyo那裡真的什麼都沒有嗎？」小田桐將嘴貼近女子耳邊這麼說。

「有富人住的城市，也有Slum，那裡的Slum是全世界最大的，什麼東西都缺，經常發生犯罪案件，而我是出生在ＬＡＪ。」

ＬＡＪ是什麼？

「是Latin America Junction，住著許多來自中南美洲的移民，除此之外還有很多Slum，例如West Bombay、East Bombay、Bay Area、Saint Christopher、China Town、Beverly Hills Pocket、Southern Cross、Northern Cross等等，其他還有很多。Slum裡住著沒有錢的人可是也有有錢人；各個Slum之間也會發生衝突；若是Slum內發生暴動，聯合國部隊的坦克車就會來；Slum裡都是一條條的小巷子，沒有哪個人是幸福的。」

為什麼會形成這種Slum呢？正當小田桐準備開口時，響起了彷彿身體都隨著台車搖晃的地鳴，正上方的電燈泡晃動著，砂石紛紛落在背上。地鳴接連不斷響起，或許是唯恐有出軌之虞，台車放慢了速度。

「是聯合國部隊。」女子說。

「這輛浪漫列車可能會開到什麼地方去呢？」小田桐問，卻由於地鳴造成的劇烈搖晃而咬到了舌頭。「在準國民本部的周圍。」女子邊拂掉落在頭上的沙子和小石子邊說：

「到處都有和聯合國部隊交戰的前線。你說什麼浪漫列車？」

「就是載著男人和女人像這樣IchaIcha（卿卿我我）一同旅行的列車。」小田桐告訴她。

「你剛才說什麼？IchaIcha？那是什麼意思？」

女子非常感興趣地這麼問。「互相擁抱、親嘴，總之就是指非常要好的男女身體互相接觸啦。」聽小田桐這麼說，女子稍微露出笑意，這是自從在那管線工廠相遇以來的第二次。接著又「IchaIcha，IchaIcha」重複了好幾次，「好像西班牙語喔。」低喃之後又露出微笑。

地鳴持續了很長一段時間，台車慢吞吞地前進，小田桐和女子都累得開始打起盹來，但是不時被冷風或是落下的小石子弄醒。一路上經過了好幾處與小田桐他們上車的月台類似的地點，台車數度減速，又有好幾個人上了其他車廂。這些情景看在小田桐眼裡就好像是夢中發生的事情一樣。女子形狀美好的鼻子與塗了護唇膏潤澤的唇近在眼前，卻連將腦袋移動兩公分去親吻她的力氣都沒有。地鳴停下後沒有多久，小田桐便落入了深沉的睡夢中。

「起來！」有人拍著自己的肩膀，幾乎同時就在非常冷的東西覆著臉和手這種極其不快的感覺中睜開了眼睛。女人也睜開了眼睛，本能地邊打量四周邊站起身來。

「星星！」

女子看著上方說道，小田桐也站了起來，明白這裡已不是地底。看得到天空，星星在閃爍。台車停止處的前方開了一個大洞，可以從那裡看到天空。非常不愉快的心情也因為看到天空和星星而略微平復。下了台車，跟著士兵們向前走。不知是因為剛才的砲擊還是支柱斷裂，現場發生了落磐。

已經有近百人正在進行清理作業，挖掘土石，裝進畚箕中運走，或是汲水，照明只有地上幾盞裝電池的提燈向下照著而已。腳步蹣跚的小田桐被帶往搬運土石的隊伍，女子則被帶去用水桶汲水的隊伍。分離雖然有點寂寞，可是現在可沒心情管那個。因為這是一分鐘就令人腰痠背痛手腳無力的重勞動。大約有二十個人以鏟子將土石剷進畚箕，然後用接力的方式一個傳一個送到附近低窪的地方傾倒。裝了土石的畚箕比過去雙手捧著搬運的任何東西都來得重，凍僵的腰發疼，雖然只要移動兩、三步便可交給下一個人，小田桐卻非得咬緊牙關才行。在此工作的其他人個個都比小田桐年輕。雖然提燈放在地上而且只向下照，周遭一片黑暗，但是眼睛習慣了之後，還是可以看見混血兒們的相貌與身材。因寒冷而痲痺的感覺隨著重勞動帶來的暖意而逐漸恢復，隨之也聞到了風從別處帶來的臭味。那是在那類似拘留室的房間裡，達夫的屍體所發出的味道，以及火藥與汽油味混合而成的臭味，一旦聞到了就絕對無法不在意。小田桐了解到，感覺器官的某處存在著作用比意志力更強的部分，是那裡在運作著。並非多麼強烈的味道，鼻腔深處和太陽穴卻感覺到刺痛。因為那是通知有生命危險的重要信號。

傳遞畚箕不過十分鐘而已，肩膀、手肘、腰部、膝蓋以及手指，都漸漸使不上力了。之所以沒有掉落畚箕或倒地不起，是因為知道其他混血兒也疲憊已極。雖然個子幾乎都比小田桐高又沒有小腹，體格看起來相當強壯，可是個個都步履蹣跚，也有人快要倒下了。一來小田桐不願躺在冰冷的土石之上，二來是一想到其他人也已疲倦，很不可思議的，就可以繼續忍耐腰部與手腳的疼痛了。倒地的人只要能夠自行爬起回到隊伍中，就會有士兵出現以水壺提供飲料。或許只是普通的水而已，可是很多人都因此而能夠回去繼續工作。不願爬起來的人，只要不妨礙作業進行，就不會有人聞問。

士兵們融入黑暗中潛藏到各處，並不時移動。有士兵兩人一組抬著大木箱走向彼方消失不見，也有人無聲無息從黑暗中現身。有人面向類似結合小型電腦與通信機的計量儀器敲打鍵盤，還有幾人戴著像是科幻電影裡出現的奇怪護目鏡。看起來好像在臉上安裝了小型攝影機似的。應該是夜視設備吧，小田桐猜想。四下黑暗，鋼盔上又插著偽裝用的草木枝葉，臉上還塗抹了油彩，但是來到身邊時一看，他們是道道地地的日本人。

小田桐原本還不時留意在工廠認識的女子是否平安地工作沒有倒地，後來終於也沒了那種餘力。乾裂的唇弄得耳朵發癢的觸感，也因為疲倦、寒氣、屍臭與緊張而迅速消失無蹤。不再看星星，甚至連看得見星星這回事都忘了。只是努力不要倒下，努力不讓畚箕掉落，盡量調整姿勢不讓負擔落在腰上，集中注意力在這些方面，持續著單調的勞動工作。

手持通信機的士兵突然站了起來，舉起右手在頭頂畫著圈子。埋伏在各處的士兵們也都一齊做著同樣的動作，隨後便立即朝與隧道相反的方向跑去。壓低身子，幾乎不發出任何聲音，避開積水，士兵們以驚人的速度跑著。真像比利啊，小田桐一時間出神地看著他們動作。混血兒們也都跟在士兵後面跑去，這時有人喊道：「來了！」原本跑著的人便急忙臥倒在土石上。小田桐也本能地跑開，努力找了一處窪地撲下去。已經有兩個人伏身在那窪地中，小田桐壓在他們身上，然後用力擠進兩人之間。幾乎就在這同時，彷彿巨型喇叭回授的聲音轉眼從後方接近，剎那間便由頭頂呼嘯而去。好像撕裂什麼似的聲音以及那東西通過之後的空氣震動，令小田桐微微陷入恐慌。那是什麼東西？小田桐覺得背部僵硬，恐懼從自己心中獨立出來開始喧鬧。如同胃自行痙攣一般，恐懼胡鬧著，越來越不容易控制自己的身體，忽然企圖站起來。這時身旁的黑人混血兒一把抱住，制止了小田桐。他用力將小田桐的身體壓在地上。

「冷靜一點，不會有事的，已經準備了非常多迪考伊，放心啦。」

說著他依然非常用力將小田桐壓在地上。由於臉正好對著那黑人混血兒的腋下，聞到一股酸酸的味道。那強烈的狐臭略微消除了小田桐的恐懼。因為令人不快的味道與自制力是相連的。「把你的髒手拿開，」小田桐罵道，「我沒問題啦，不會站起來的。」

「要是你一動，聯合國部隊的飛彈就會打來這裡啦！」

臉上被沙土弄髒的混血兒說。牙齒潔白，不知道滿二十歲了沒，小田桐心想。混血兒正打算開口時，空氣再度震動，尖銳的巨響從頭上呼嘯而過。是F-15E，混血兒喃喃說道。

「上面配備了LANTIRN（低空導航及夜視紅外線瞄準系統），只能求迪考伊救救我們了。」

小田桐再次感到背部發癢無法繼續保持沉默，於是問那年輕混血兒：「一直說迪考伊、迪考伊的，那到底是什麼？」

「假人啊。」他睜大眼睛回答，額頭上的泥和汗泛著光。

「是橡膠做的假人（decoy）啊，我之前待過製作那個的工廠，裡面安裝了小型化學發熱裝置，可以欺騙紅外線的熱感應器，明白了吧。你是白痴嗎？竟然連這個都不知道。」

年輕混血兒嘴唇發抖輕聲低語，小田桐發現，原來陷入恐懼的不只自己而已。在這寒氣中，混血兒卻不斷淌著汗水。這小子也很害怕，想到這裡，小田桐覺得原本彷彿令太陽穴和脊背都快爆炸的恐懼已經多少減輕了。一同臥倒在窪地的另一名男子，耐不住第二次空氣震動之後的安靜，突然爬起來拔腿就跑。小田桐和年輕混血兒都稍稍抬起頭望著。小田桐拚命克制跟著一起跑走的衝動，但這時隱約聽到咻的一聲，只見跑步男子的後腦勺連同毛髮一齊飛走。男子雙膝一屈，身體緩緩前傾倒下，就動也不動了。「看到了吧。」年輕混血兒說道。

「你也會變成那樣，因為，據說國民游擊隊連兩公里之外的硬幣都可以射穿喔。」

感覺不像是被子彈擊中。像是埋在男子後腦勺的小團火藥爆炸開來似的。屍體的後腦勺鐵定整個都被剜掉了。終於，遠方的天空隨著地鳴開始亮起。遙遠的彼方彷彿響起了回聲效果開得太強的電子鼓聲。地鳴斷斷續續撼動沙土，晃動的程度逐漸加劇。橘紅色的光不斷閃爍，感覺像是自己被拖向夕陽似的，越來越近。「那些愚蠢的傢伙。」年輕混血兒勉強擠出笑容這麼說。

「迪考伊便宜，炸彈貴，飛彈又更貴了，簡直就是在昭告世人聯合國部隊都是笨蛋嘛。」年輕混血兒的嗓門隨著地鳴與聲光的接近而越來越大。小田桐也覺得自己像是乘坐雲霄飛車的年輕女孩兒一樣想要大叫。終於，地鳴化為更直接的衝擊襲來，彷彿有人用巨大的榔頭一搥附近的地面似的。猛地來不及摀住耳朵，衝擊波從耳朵貫入，意識霎時變得模糊。小田桐只覺得繼續閉著眼睛自己會就這麼死去，於是喃喃告訴自己不會有事，睜開了眼睛。身體浮起了幾公分，「不會有事的」這聲音並沒有傳給自己，「不會有事」這句話的意義也消失無蹤，就連喃喃說著「不會有事」的其實是自己都漸漸搞不清楚了。整個視野都化為火紅，自己終於被拖進了夕陽之中，如今正被太陽灼燒著，在這樣的意識之下，各式各樣的東西從天而降。泥沙、石子、樹枝，台車、鏟子和水桶的破片，還有人類身體的部分與碎片。焦黑的手腳滾落在小田桐眼前，大小與顏色就與臘腸一模一樣，而且落地之後仍在繼續燃燒嗞嗞作響。真像富含油脂烤得太焦的臘腸，一想到這裡胃就開始痙攣，不禁嘔吐起來。「髒死了。」年輕混血兒說。

「沒時間在那裡吐啦，才正要開始咧，接著就是直協啦，趕快把坑挖深一點吧，即使手指爛掉也得挖。」

年輕混血兒說著便徒手開始挖掘濕軟的泥土。小田桐四下張望想找個能充當鋤頭或鏟子的東西，卻只看到焦黑的殘軀而已。或許是確信除此之外沒有辦法保命，年輕混血兒像狗在挖洞藏骨頭似的用手挖開泥土，然後用腳踢出去。小田桐也仿效他。「喂！」將泥土撥到一旁時，小田桐喊那年輕混血兒。剛才我們為什麼朝隧道的反方向跑呢，躲在隧道裡避難不就好了嗎？

「趕快挖不要廢話，深一點，深一點，再挖深一點。你還真是個蠢蛋，隧道就等於是我們的命啊，你雖然蠢，不過那些傢伙更蠢，沒看過那麼蠢的部隊，國民游擊隊會將直升機全數擊落，把聯合國部隊殺個片甲不留！」

那為什麼還要來攻擊呢？雖然指甲縫塞滿了細沙而發疼，小田桐仍然繼續挖著。

「你是什麼人？清客嗎？怎麼會跑來這裡？媽的，也難怪，這裡本來就是間諜嫌疑犯的勞動集中營嘛，為什麼我也得被抓來這個地方呢？」

汗流浹背的年輕混血兒邊繼續挖坑邊這麼說著時，突然有士兵出現在窪地旁將武器拋在小田桐他們身旁。兩把步槍，裝著彈匣的帆布袋以及手榴彈，「直協要來了，等到距離夠近之後再開火，別用全自動射擊，用三發點放。」士兵說完就又消失在黑暗中。

「帥啊！是M16A2。」

年輕混血兒興奮地架起槍。

「這是加拿大部隊的傢伙哩，我告訴你，大概在兩個月之前吧，Underground在接受法國電視台採訪的時候表示，如果有人要求，只要有那個必要，隨時可以輸出游擊部隊前往世界上任何一個紛爭國，於是美元就下跌啦。在這之前，最近並沒有什麼戰鬥，可是美元一下跌，Underground就會獲益，可以換成黃金與白金囤積下來哩。不過美國人是有自尊的，真的是狗屎自尊，如果連一個隧道也沒辦法破壞的話就傷腦筋了，隧道，就只是為了這個。」

「我不……」小田桐正要說的時候，有人喊道：「來啦！」並聽到直升機螺旋槳的聲音。

「我不知道怎麼用槍。」小田桐拍拍年輕混血兒的肩膀。「別鬧了。」他光火了。

「將保險調到半自動，接下來只要扣扳機就好了，在我開火之前絕對不要射擊，如果彈匣空了，就將扳機右上方那個卡榫按下去，換上新的彈匣，再按卡榫就又可以射擊了。更重要的一點，還是要在土坑裡躲好，飛彈就要來了，只有不死在飛彈和三十釐米機關砲之下，才能夠進行之後的戰鬥。看到剛才那位國民游擊隊了吧，帶著刺針飛彈哩，他們用火箭筒就可以擊落阿帕契，有了刺針，一定能把直升機全都幹掉吧。」

小田桐發覺自己正在改變。並非拿了槍的緣故。不是習慣了瀰漫在周遭的汽油、火藥與肉燒焦的味道，不是因為第一次目睹人類身軀被撕裂變成碎片而嚇得神經麻痺，也不是因為害怕那地鳴還會再次發生而有哪裡錯亂了，是小田桐在下意識中接受了某些東西。那不僅是死亡與恐懼，還有恐怖與死亡造訪自己的路徑與系統。雖然無法理解被死亡纏住這種事，可是那卻會化為恐懼這種訊號出現，有時會令神經錯亂。而死亡則是更為物質性的東西，無法控制，但是舉例來說，只要能夠將坑挖得更深，避免死亡的可能性就越高。小田桐告訴自己，不論發生什麼事，不論看到什麼東西都別慌亂，繼續將坑挖深就對了。幾乎四面八方都聽得到直升機螺旋槳聲了，視線朝上一望，藉著月光可以隱約看得到那輪廓。彷彿夏夜群聚在路燈下的蟲子似的。數不清有幾十架，以V字編隊開始俯衝，在視野所及的整個區域散開。「果然是阿帕契，」年輕混血兒喃喃說著並在胸前畫十字。然後露出一口白牙：「就算國民游擊隊再厲害也無能為力了吧，太多了。」牙床上滿是口水泡沫，話才說完，第一波編隊開火攻擊了。

距離小田桐等人躲藏地點仍有好幾公里的廣大區域起火燃燒，高高的火柱接連竄起，帶著汽油味的風吹來，地面持續震動。摻雜著紅與黑的橘色厚絨毯鋪向起伏的森林地帶，看起來相當壯觀。好像融入黑暗中的巨人用力踩著地表一路鋪著發光的紅毯而來。那只是第一波而已，小田桐心想。地表燃燒殆盡，整個被翻了過來。地面上所有的生物大概都死光了吧。第二波、第三波同時俯衝而下，地鳴變得更強持續更久，雖然與火焰還有相當的距離，帶著汽油味的風卻已經熱得令人發毛了。比三溫暖或蒸氣還熱的熱風，令小田桐有所覺悟。要是第四波與第五波來的話，自己這身體大概會變得跟烤焦的臘腸一模一樣吧。年輕混血兒咬著下唇，在坑裡如胎兒般縮成一團直打哆嗦。嘴唇因為咬得太用力而滲血都沒發覺。由於火焰逼近，他那骯髒的濕黑皮膚泛起了橘色的光。分不出是美還是醜的臉，小田桐心想。要是一張這種臉在之前那個世界走動的話，想必會被當成瘋子吧，想著想著，僅僅百公尺之外的山丘整個化為火焰向上捲起，地表劇烈震動，一陣衝擊傳來，好像太陽穴遭到重重一擊似的。「熱風要來啦。」小田桐低喃之後在地上趴好，臉都快埋進了土裡。彷彿毛髮都會燒起來似的熱風襲來，四處傳來慘叫聲。眼睛朝上一瞥，看到有人踉踉蹌蹌全身著火。衣服和身體都被烈焰包著，黑影轉眼間化為赤裸，從隆起的胸部得知是名女子。如果是那個女人的話，小田桐想著，嘴唇那麼乾燥容易皸裂，卻只用過一次藥用護唇膏就死掉啦。

「來了！」

士兵高亢的吶喊突破熱風傳來。

「手上有火箭筒的人對準螺旋槳軸射擊！」

直升機的音爆從正面不斷接近。近在身旁的泥土因為機關砲子彈的射擊而像水花般濺起。幾顆燒夷彈在前方爆炸，在那地鳴之中，還可以聽到像是將罐裝啤酒或可樂用力搖晃之後再打開拉環時的聲音從那一帶傳來，小田桐悄悄把頭抬起兩公分。所有的游擊隊士兵都一齊發射火箭彈。「命中命中！」躺在旁邊縮成一團的年輕混血兒喊著。「只要還有一架殘留，我們都會被燒焦。」直升機群在閃躲的同時也一齊發射飛彈。其中一枚在小田桐等人躲藏區域靠近中央處爆炸。清楚看見那流線型金屬，讓小田桐聯想到新幹線。趴在地上彷彿全身都被泥土掩埋的小田桐聽到火焰竄燒的聲音，緊緊閉上了眼睛，卻依然可以感覺到火團從身旁通過。由於連眼底都被火焰映得通紅，起初還誤以為眼皮著火了。連地面都發燙，激烈的震動持續著，四處傳來正被烤焦的人的聲音。小田桐已經沒有了感情。什麼也無法思考，只是用雙手護著臉和腦袋，像是用全身保護腹部似的蜷著身體在泥土中掙扎企圖鑽深一些，而且自己也在胡亂叫喊著。好像不大吼大叫就會昏過去似的。頭髮燃燒的味道與聲音令他發狂般用雙手撥弄頭髮，但那只是被炸入坑中的上半身屍體燒了起來而已。火焰翻掘泥土的聲音、人體上半身燃燒的聲音與大大小小的呻吟，不斷在眼底閃爍收縮的光，好像化為精巧黏土人偶起火燃燒的人體的味道，籠罩全身幾乎令人窒息的熱風，將泥沙彈入口鼻耳朵與嘴巴的地面震動，一切的一切都像在嘲笑求生意志似的不斷撼動自己的感覺。下意識中從腹中湧上來的吶喊，是小田桐不願受那嘲笑控制的本能表現。已經連自己身在何處發生了什麼事情都搞不清楚了。想要停止吼叫放棄一切，想要發狂。想要站起來衝入火焰之中；想要脫光衣服擁抱燃燒著的屍體；想要拜託年輕混血兒對自己開槍。

「不能認輸啊！」臉頰邊磨蹭著泥沙邊試著對自己這麼說，可是並沒有效果。光是地鳴與熱風，或是焦黑燃燒的人體上半部，就足以粉碎「不能認輸啊」這句話與意志力。周遭一切的刺激，都只是要讓自己明白人類不過是轉眼間便會起火燃燒，燃燒之後就無法撲滅隨即死去最後只剩下灰燼，渺小脆弱為柔軟皮膚所包覆的生物而已。有如排球或是籃球破裂時的聲音從遠方接近從而通過時，身旁的泥沙蹦起，那衝擊與恐懼使得身體離地咬到舌頭。蛋白質燃燒的味道已經滲入了泥土裡，小田桐再次陷入恐慌，「只要離開這坑洞跑出去的話一切就結束了」這強迫性的誘惑攫住了他。發狂的誘惑緊貼在喉嚨深處與脊背上，與性高潮的前兆非常類似。那是無法克制的。好像有別的小生物將神經切斷要小田桐站起來向火焰衝去，可是想不出任何方法能夠與之對抗。「已經不行了吧。」小田桐彷彿事不關己似的低喃。太陽穴旁一陣刺痛。一摸之下發現流血了，大概是被什麼碎片擊中的吧。我才不要跑出去咧，看著自己的血這麼下決心時，年輕混血兒使勁搖著小田桐的身體。「喂！喂！快逃命吧，壓低身子趕快離開這裡，阿帕契就要掉下來啦！」混血兒叫著，並將小田桐的身體扳過來要他看上面。與其說那是直升機，更像是兒童電視卡通機器人的直線條機體噴著火下墜。螺旋槳折損下垂，機身中央冒著黑煙。

年輕混血兒帶頭連滾帶爬離開了坑洞。小田桐也緊跟在後。直接帶著槍翻滾，然後爬起來屈著腰跑開躲避火焰。直升機在墜落的途中如同慢動作般不住晃動，到了離地數公尺的時候便爆炸了。雖然小田桐得以避開爆炸，但是另一個手臂受傷留在窪地的男子卻直接被那爆炸波及，右半身的皮膚剝離四濺，其中部分黏到了小田桐的羽毛夾克袖子上，還在繼續燃燒。焦黑的皮膚碎片將夾克燒了個洞，羽毛從那冒著煙的破洞冒出。小田桐壓低身子跑了好一會兒，找了一個深坑跳進去。坑裡也有一具右手抓著脖子左手向上伸出雙膝屈著的屍體，看到那焦黑油亮的大腿時又嘔了一下。由於覺得很噁心，抓起屍體的腳打算推出坑外，不料抓著的部分皮膚整塊剝落。像是烤魚的皮或是用沸水燙過的番茄的皮一般簡單剝掉留在手中，胃又再次痙攣。

忽然間，頭頂上方響起類似修路的聲音，趴著的小田桐抬頭一看，原來是被擊落的那架直升機的駕駛員。降落傘由於燃燒產生的上升氣流而滯空，駕駛員的衝鋒槍也很快耗盡了子彈。駕駛員張大了嘴叫喊著，但是聲音根本傳不到地面上。這時向上噴的火星引燃了降落傘，落下速度加快，跳進小田桐藏身坑洞的游擊隊士兵面無表情地朝著駕駛員開火。子彈正中臉部身體抽動了兩、三下之後落入火焰中，從長靴開始燒起來。「直協要來啦！」士兵對小田桐說。那聲音與以油彩塗黑的臉的眉宇之間都顯得非常有朝氣。單眼皮的鳳眼如含情般泛著光，嘴邊甚至還浮現微微的笑意。如果我是同性戀的話，小田桐心想，一定會受不了吧。「直協來了之後就引誘他們接近，然後全力開火射擊，我們會從側面的火牆中衝出來進行攻擊。」他看著緊握著槍的小田桐這麼說。

「大概一分鐘就結束了。」

「不怕被火燒到嗎？」小田桐脫口問道。這是新材料的防火戰鬥裝，士兵得意地說。可以在兩千度的高溫中停留十二秒，紅外線感應器也偵測不到。

以非常低的姿勢離開坑洞時笑著回過頭來：

「還有外銷哩，一套四千美金。」

將夜視鏡戴好之後士兵轉眼間便融入了黑暗之中。小田桐發覺自己相當激動。很能夠理解混血兒們為什麼會崇拜這些士兵。

另一波V字編隊的直升機群出現同時對左翼展開攻擊之後，具有雙螺旋槳的另一型直升機降下，消失在黑暗中，一會兒之後再度升空。距離小田桐潛藏的坑洞大約五百公尺遠。兵員運輸直升機總共有八架，只聽到各種東西燃燒的聲音不斷傳來。

結果還是沒問出直協到底是什麼，小田桐正這麼想的時候，傳來幾聲槍響。小田桐緊貼著坑緣趴在斜坡上稍微探出頭，嚇得差點停止呼吸。近在前方三公尺處有一名戴著防毒面具的男子蹲低身子四處窺探。舌頭緊貼在喉嚨深處無法喘氣，還聽到自己的心跳聲。男子手持非常小的衝鋒槍。野戰服款式及顏色都與國民士兵不同的男子，並沒有發現從土堆細縫窺探的小田桐。男子隨即臥倒，以小手勢示意後方跟進。這時，從他身後的黑暗中爬出了數十名身穿同款野戰服的男子。看起來像是爬上潮間帶的魚，並不像人。右前方持續燃燒的火光，使得帶頭的防毒面具男從小田桐的位置看去成了剪影。由於男子之前蹲低了身子，小田桐才能夠注意到他的存在。小田桐原本並不知道黑色系的迷彩服能夠如此融入土石環境中。如今雖然人就在那裡，只要一臥倒似乎就會隨即找不到蹤影。小田桐發現，在右前方如窗簾般搖晃的火光前有個比自己藏深之處更大的窪地，三、四個混血兒從中探出頭來，防毒面具男則從另一方用槍對著他們。防毒面具男躡手躡腳接近那個窪地。慢慢將身體轉向側面，從胸前取出一個形狀類似自動販酒機所使用的德利壺造型酒杯的東西握在手中。小田桐心想那應該是手榴彈，可是又無計可施。若是現在將槍架在土堆上，對方背後那群如潮間帶的魚的男子想必會一齊攻擊小田桐吧。因為距離大約三十公尺，男子們與小田桐又是正對著。絕對不能夠發出聲音。心跳聲是不是會被那些人聽到呢，小田桐不禁感到害怕。

化為剪影臥倒在地的男子用嘴拔掉了手榴彈的安全插銷，響起輕微的金屬聲。等到窪地中有兩個人注意到時，手榴彈已經擲出了。發現狀況的其中一人雖然以步槍連續射擊，卻只見臥倒男子前方的泥土迸起而已，終於火光一閃，隨著小田桐腹底一響，兩名混血兒從窪地中飛出。兩個人都肚破腸流。甚至連腸子的褶皺都看得一清二楚。投擲手榴彈的男子用小型衝鋒槍對著一名落在身旁抱著肚子呻吟的混血兒的腦袋將他擊斃。窪地中一人渾身是血以步槍連續開火；以手榴彈爆炸聲為信號，小田桐後方與左後方也響起步槍清脆的連續射擊聲。只不過那聲音與敵人數目相比實在太少又過於分散，靠不住。看著如潮間帶的魚般的敵人逐漸前進，小田桐從坑底拿起球形的手榴彈，和剛才那人一樣用嘴拔掉插銷。插銷一拔掉，好像昆蟲腳的金屬零件便鏘的一聲彈起。雖然擔心會不會爆炸而脊背發涼，如硬式棒球大小表面沒有光澤的手榴彈卻仍在手中。小田桐將手榴彈扔到了臥倒在地正試圖改變方向的男子前面。防毒面具男單手拿著衝鋒槍掃射，直到小田桐擲出的手榴彈滾過去碰到了大腿才發覺。男子察覺之後整個人好像彈起來似的企圖滾開，手榴彈卻在那一瞬間爆炸。小田桐原本想像男子的身體會像之前看過的屍體一樣如破布般撕裂，可是硝煙散去敵人的身影再度出現時卻渾身看不到血跡，手腳俱在，內臟也沒有四濺。原來小田桐並不知道，手榴彈在平地爆炸時威力只會向上方呈放射狀擴散，若是敵人臥倒在地幾乎沒有任何效果。只不過在非常近的距離之下爆炸，會達到震嚇、激怒的效果。男子扯掉防毒面具，邊嚷著邊以衝鋒槍還擊。罵著God damn、Fuck之類的髒話，薄唇上翹露出白牙。原來是白種人，小田桐心想。衝鋒槍的子彈濺起泥土，留下了如同槍眼的洞。小田桐將步槍伸出坑洞外，打算趁男子更換衝鋒槍彈匣的短暫時間加以攻擊。可是保險鎖住扣不下扳機。小田桐覺得頭皮發麻。近在三公尺之外的男子正以熟練的動作更換彈匣。小田桐與男子四目相交，感覺到自己逐漸被有如寒冷而沉重的霧的東西所籠罩。那霧有種甘甜的味道，從口鼻進入身體，所有的聲音都消失了，自己彷彿進入了慢動作影像之中。男子的動作也突然慢了下來，「原來躲在這裡，給你死！」低沉的聲音直接傳抵大腦。「他媽的！」小田桐大喊。死亡這個概念化為香甜的霧進入體內，大聲喊叫就是為了與之對抗。

「快開保險！」自己的聲音從身體外側傳進耳裡。一回神才發現自己在叫嚷。步槍槍口依然對著男子的臉，小田桐將保險調到全自動。這一切都發生在一秒之間，在敵人的衝鋒槍再次噴火之前，小田桐的步槍子彈已經以全自動模式猛烈射向男子的臉。幾乎感覺不到反作用力，聲音也不怎麼大，僅僅三秒鐘男子的臉便血肉模糊了。看著自己手中步槍的前端飛出了一種硬而尖的物體，首先打中了男子的牙齒和嘴部，然後轟掉了眼睛、鼻子和臉頰，將額頭連帶頭髮一起剝離，擊碎骨頭，小田桐覺得很感動。覺得進入身體裡那有如濕重霧氣的東西噴了出來，感覺就如同射精一樣。轉眼間小田桐便將彈匣用盡。依照混血兒教導的步驟換上擱在腿上的新彈匣後，發現如潮間帶的魚一般的敵人壓低身子不斷接近。大概是看到隊長的臉被轟掉，部隊所有成員都怒火中燒吧，除了接近的傢伙之外，連更後方的步槍與機槍都一起開火，還有士兵彎著身子就將手榴彈扔了過來。萬一手榴彈落進這個坑裡的話，小田桐思考著，由於坑洞呈缽狀，若是手榴彈落到坑底爆炸的話就會正面承受猛烈的爆炸力。小田桐發瘋似的迅速挖出一個細長的深洞。若是有手榴彈落進來就踢進那個洞裡去，這麼一來，爆炸力應該只會朝上噴出才對。小田桐十秒鐘不到就挖出了那個洞。並不是思考過事情的先後順序才進行挖掘的。憶起剛才自己投擲的手榴彈爆炸瞬間的畫面，一想像那爆炸力所及的範圍，就聯想到自己肚破腸流的景象。本能地想到非得將爆炸力限制住不可時，就已經發狂般開始挖起洞來。

如潮間帶的魚一般的敵人潛行逼近，雖然被混血兒們以步槍和手榴彈放倒了不少，但是前進的速度相當快。小田桐的前方也躲藏著相當多混血兒，正與敵軍的前鋒展開近身的肉搏戰。前方傳來「攻擊肚子！瞄準腹部！」的喊叫聲。敵軍前鋒已經逼近到距離小田桐只有二十公尺了。敵方子彈咻咻發出鐵塊劃破空氣的聲音從耳邊飛過，可是想像力已經不會再造成恐懼。不再想像若是下一顆子彈命中自己的臉會如何如何。小田桐集中注意力直盯著前方幾乎到眼底發疼的地步，一面以步槍對著潛行逼近的黑影射擊，一面注意是否有手榴彈落進坑洞裡。用步槍以半自動模式持續射擊時，小田桐明白了前方之所以會喊「瞄準腹部」的道理。若是腦袋、臉部或喉嚨中彈，人就會像被彈開似的直接後仰倒下；若是命中胸部，則會在短暫的抽搐下反射性扣下步槍或衝鋒槍的扳機一陣亂射；如果擊中腹部則會直接彎腰跪倒。因此在極近的距離下攻擊胸部，就會有被短暫的亂槍擊中的危險。一顆手榴彈飛來噗一聲落下，停在眼前。小田桐急忙縮回坑裡，將臉緊貼在泥土壁上。震動與聲響，右側腋下的泥土裂開，大概是有蟻窩吧，在持續燃燒的燒夷彈火光的照亮下，只見裡面爬出了數千隻紅身紅腳的螞蟻。在黏土裂縫鑽動的數千隻紅螞蟻看起來非常噁心。有如生理期的女性生殖器，一副殘酷又淒慘的光景。這些小傢伙根本不知道發生了什麼事，小田桐心想。不過我自己好像也一樣。在小田桐右側晃動燃燒的火勢依然不見衰減，有如一堵高牆，也不知道是什麼東西在燃燒。

風從背後吹來，火光照亮的範圍和位置隨著風勢強弱改變，潛行逼近的敵群也隨之進入視野。其中也有匍匐前進的敵人。攻擊臥倒在地的敵人很難命中。半蹲的姿勢目標就比較大了。由於距離很近，採用半自動模式三、四發連射必定會擊中身體某處。小田桐有些訝異，步槍這玩意兒居然這麼輕，後座力又小，可以輕鬆瞄準射擊。記不清到底殺了多少人。第一個是那個整張臉被轟掉的傢伙，後來的因為都是同樣服色頭戴鋼盔同樣姿勢所以搞不清楚，換了兩次彈匣，只剩一個，手榴彈則還剩下三枚，覺得已經放倒了十人以上，可是又覺得那全部都是錯覺，那些頭部或是心臟中彈一槍斃命的傢伙大概比較幸福吧，沒有立刻送命的傢伙則按著傷處在原地打滾，看了就不舒服；在搖晃的火光一度變亮下對那些傢伙開槍，半自動模式的子彈都集中命中下腹，清楚看見野戰服的那部分飛散、子彈扯碎了肉、血流下，想像著與血一同淌下的東西，那傢伙的臉也清晰可見。那傢伙好像因為無聊在安靜的午後公園為了餵鴿子而蹲下身似的，慢慢蹲了下去，手壓著下腹腳步隨即變得踉蹌面露痛苦，蹲下去後發現大量的血從壓著下腹的手滲出滴落以及被剜掉一大塊的那部分，表情變得很奇怪，既非憤怒也不是恐懼、痛苦或悲傷，而是像在乞求什麼似的，像在承認自己的罪惡與軟弱似的，一臉羞恥的表情，然後就喊叫著倒地翻滾。

其間雖然不時有混血兒被手榴彈或是威力更大的爆炸從躲藏的坑洞中炸出來，但是敵人的推進在距離小田桐二十公尺處停了下來。沒有人繼續潛行推進了。藉地形起伏為掩護臥倒，以手槍和步槍射擊投擲手榴彈，戰況陷入了膠著。混血兒們分散躲藏在相當大的區域，又不時變換位置，即使敵方人數與火力都占優勢也無法突破。小田桐停止射擊，望向大群的紅螞蟻。螞蟻聚成了長著絨毛的斑點亂鑽蠢動，可是並沒有移動到別處去。裂縫內可以看到一顆顆白色小粒，大概是蟻卵吧，當小田桐正這麼想的時候，突然有人從坑洞的左前方滾了進來。小田桐立刻架起步槍瞄準，但那是個白種混血兒，是自己人。左邊太陽穴淌著血。

「M3來了，共有四輛，我看到從直升機上放下來的。」

混血兒盯著小田桐的臉這麼說。因為不是與白人或黑人的混血兒而令他覺得不可思議吧。除此之外還渾身是泥與硝煙，而且日本人看起來比較年輕，或許一時還誤以為我是國民士兵也說不定。潛藏在前方的混血兒們開始匍匐撤退。

「你說什麼M3？」小田桐怒吼著。原本只是要像平常一樣說話，卻因為嚴重耳鳴而不覺成了怒吼。「是裝甲運兵車啦。」年輕的紅髮混血兒嚇得發抖，這麼回答。

「我曾經在ＢＨＰ的，Beverly Hills Pocket的暴動中看過。我自己並不住在那裡，聽說有大型暴動所以和朋友一起過去看，而且還聽到謠言，說是有連級規模的國民士兵在指導暴動進行。」

紅髮混血兒正說著的時候，從八百公尺外只見剪影的地形起伏暗處，首先是前端具有獨特突起的管狀物露了出來。砲管之後出現的是有稜有角的整個車體，那剪影與岩石、樹木及地形的起伏完全不同。

「若是Slum裡面起火，再怎麼燒都沒有關係，可是Beverly Hills Pocket因為與Metropolis的Downtown相連，所以聯合國出動了部隊，派出八輛M3前往。朋友告訴我那是M3布萊德雷，我的朋友非常清楚飛彈和槍砲之類的事情喔，上面配備了火焰噴射器、飛彈，還有，忘了是幾釐米的機關砲；飛彈一般是用來對付直升機的，不過那些傢伙大概是要攻擊我們才會加裝飛彈吧，在Beverly Hills Pocket也是這樣，那種飛彈有個非常著名的名字，我忘記了。朋友雖然知道可是也不能問他了，他死在Beverly Hills Pocket，葬身火焰噴射器之下，我也被燒傷了。」

紅髮混血兒將襯衫的袖子捲起少許露出燒傷的疤痕給小田桐看。因為是增生組織，皮膚隆起結疤呈粉紅色。

「被火焰噴射器搞到可就慘啦。」

混血兒說，眼睛看著出現在遠方的四輛M3。

「不論躲在哪裡，終究都會在火光下被發現，好像探照燈一樣緊追不捨，把人給揪出來，如果不撤退的話我們全都會被消滅。」

混血兒說是裝甲運兵車，可是造型和坦克根本沒什麼兩樣。臥倒在前方五十公尺處的敵軍爬起來蹲低身子開始朝M3後面退去。敵人逃啦，小田桐以步槍指給混血兒看。

「不是啦，是接到命令才後退的，等那些傢伙後退之後M3才會開始攻擊，M3的飛彈誤差不到一公尺，如果不快逃的話，這一帶就要變成火海了。」

紅髮混血兒壓低身子離開坑洞。「怎麼啦？」他伏在地上招呼小田桐。

「再不撤退的話會被殺喔。」

前方灰色制服的混血兒紛紛爬出坑洞，從土堆間朝自己這邊跑來。途中有時還會臥倒，然後爬起來繼續跑。雖然選的是黑暗的路線，可是左側的火牆偶爾會巨幅搖晃，因此而暴露行蹤的人就會被敵方的狙擊手瞄準幹掉。即使如此仍有幾十名混血兒從小田桐所在的坑洞旁邊經過。「還在等什麼？」紅髮混血兒喊小田桐。

「我要走嘍！」

「我要留下來。」小田桐對那混血兒說。持續耳鳴使得講話聲音依然很大。從坑洞旁經過的其他混血兒聞聲也轉過頭來望向小田桐。也有混血兒滾進坑裡打量狀況，一會兒之後再次衝出去。紅髮混血兒將背在肩上的兩個筒狀物，看起來像是什麼盒子的武器扔給小田桐，「Good luck」說著敬了個禮然後消失無蹤。那像是望遠鏡盒的筒狀物是用完即拋棄的火箭筒，見小田桐留下不逃，其他混血兒也接二連三將同樣的東西扔進坑裡。大概看我不知退卻是個勇敢的傢伙吧，小田桐邊想邊將七管火箭筒逐一豎起靠在坑壁上，不由得露出苦笑。我只是覺得繼續逃跑翻滾太累人罷了，而且很清楚自己連因為害怕死亡而採取具體行動的力氣都沒有了。各種聲音交織而成的耳鳴繼續著，脖子和肩膀僵硬，更要命的是雙膝使不上力。何況連這裡是什麼地方都不知道，小田桐心想，哪裡會有力氣潛行逃跑啊。

等到前方裝甲運兵車的剪影清晰可見的時候，仍有好幾十名混血兒如同昆蟲般跳著從小田桐所在的坑洞旁經過往後方退去。其中混雜著大批傷患，搭著朋友的肩膀，以步槍權充枴杖一瘸一瘸地跑著，雖然有時也會臥倒爬行，但因無法採取低姿勢，有不少人遭到擊斃。「媽的！」小田桐低聲罵道。看到咬緊牙關忍耐痛苦匍匐前行的人如此輕易遭到槍殺實在難受。「教我這個怎麼用！」小田桐抓住一個翻進坑裡的混血兒的手臂，在他耳邊大聲問。

「搞什麼鬼啊？」

額頭纏著染血的繃帶、左肩頭淌血的黑人混血兒喘氣看著小田桐。大概想說「相貌與說話方式像是游擊隊士兵卻不知道如何操作火箭筒，這是怎麼回事?」吧。「就教教我吧！我來把那些傢伙轟走！」小田桐說著將一管扛在肩上卻發現太短，模樣變得很奇怪，氣得又大喊：

「這麼短，根本沒辦法上肩嘛！」黑人混血兒不禁笑了出來。

「你呀！搞什麼鬼啊，M72輕型反坦克武器，連Slum的小孩都會用。」

混血兒這麼說時，前方的M3裝甲運兵車射出了火柱。泛藍焰的火柱向前直射近百公尺，真的有如探照燈一般，攫住了四個撤退的負傷者。細長放射狀的火柱不僅將負傷者亮晃晃暴露出來，還一度在他們的身體和衣物上迸裂、糾纏。雖然小田桐自認已經感覺麻痺不論看到什麼都不會驚惶失措，可是看到浴火的傷兵，還是渾身雞皮疙瘩，猛咳並且嘔吐。嘔出來的只有酸酸的胃液，胸口與喉嚨不住抽搐。負傷者無力地伸開雙手企圖逃離火焰的糾纏。張大了嘴巴索求空氣，看起來彷彿在笑，那搖搖晃晃的動作有如嬉鬧的舞蹈。最後終於化為漆黑的剪影動也不動了。也有人倒在地上，四肢向上探出繼續燃燒著。「他媽的！他媽的！」嘴角淌著胃液的小田桐低聲咒罵，並且緊緊握住火箭筒。

「底部有插銷，先拔掉。」

黑人混血兒說，自己也抓起一管長約七十公分的火箭筒。血從太陽穴流到了嘴裡，他用力吐出，露出了大顆的白牙。混著血的吐沫往大群螞蟻飛去。

「把蓋子打開，拆掉背帶。」

混血兒邊說邊示範，小田桐一步步照著做。

「要特別小心BACKBLAST喔。」

「那是什麼？」

「火箭彈向後噴射的氣燄，要是噴到坑壁上再捲回來可就慘嘍，還有，臥倒射擊時注意別燒到自己的腳。」

「要怎麼射呢？」

「把保險拉開，直接按下發射鈕，然後就莎喲娜拉嘍，不論誰來動手火箭彈都會發射。」

「我問的是瞄準器啦！」小田桐大吼。

「哪，Brother！」

好像是聽到了隨風傳來的履帶聲，金屬摩擦的聲音，黑人混血兒望著前方，壓著仍在淌血的太陽穴，輕輕搖搖頭。小田桐藏身的坑洞為中心的七、八十公尺範圍內，其他混血兒依然在艱苦撤退。其中半數負傷。

「用這玩意兒來對付M3，就好像用美工刀去跟獅子搏鬥一樣，如果命中的話，爆炸威力是可以幹掉旁邊的步兵，可是正面被擊中對M3而言就好像搔癢一樣，想要攻擊側面，就非得等M3來到這裡不可；事實上，用這玩意兒從後方攻擊好歹還有點效，可是他們馬上就會飛彈齊發將這一帶化為泥堆，一切就都結束了。」

打頭陣的兩輛已經逼近到前方約四百公尺處。後方五十公尺跟著另外兩輛，間隔比打頭陣的兩輛小。不知道是因為受傷不能行動還是不願撤退，前方仍有混血兒以機槍和步槍繼續還擊。

「聽West Bombay的朋友說，在八九年暴動的時候，他們的夥伴挖了深坑與M2和M3對抗，如果被火箭彈擊中正面，不論M2或是M3都不會怎麼樣，M3以非常驚人的速度殺到，在一個坑洞的正上方停下調整節流閥，躲在坑洞裡的傢伙全都被排放出來的廢氣毒死了；聽我的朋友說，他絕對不要那種死法，後來檢視屍體時發現，喉部和胸口都有指甲抓傷的痕跡，那個叫什麼來著，以前德國不是有個有毒氣室的集中營嗎？叫做奧、奧什麼來著？」

「奧斯威辛。」

「沒錯，聽說就跟那裡一樣。我說啊，飛彈和迫砲大概很快就會轟過來了，你為什麼不趕快逃呢？」

「我累了。」小田桐說，黑人混血兒聞言又笑了。「累啦！」他自己喃喃說著，用拳頭捶著坑洞的土牆，並不住笑著。由於那大白牙整齊好看，小田桐也笑了。一笑，體內有什麼東西甦醒了。那些傢伙為什麼要來攻擊這片不毛之地呢？

「不毛之地？」

黑人混血兒又笑了。「不是沒有重要的建築物或是基地，什麼都沒有嗎？除了那個崩塌的隧道之外。」

「只要發現一處隧道，聯合國部隊就會拍攝隧道的照片並加以發表，這麼一來，美元就會上漲one point，光是這樣而已喔，就不再有人相信Underground能夠打贏了，靠的全是隧道。那些傢伙花了將近一年都找不到隧道，雖然他們曾經公布過隧道通氣孔的照片和錄影帶，卻被認出來那只是兔子的洞穴，成了全世界的笑柄。」

右前方持續燃燒的火牆中連續發生兩次爆炸，火勢竄得更高更加蔓延。可能是燒到了未爆彈了吧，黑人混血兒正嘀咕著時，風向微微一變，M3開始放出了白煙。

「是煙霧！」

混血兒喊道。

「大概是迪考伊太多，他們不打算用飛彈和迫砲了吧。」

「什麼是迫砲？」

「迫擊砲啊，白痴！他們要衝過來啦，我要先閃了，你呢？」

「留下來。」小田桐回答。「你是怎麼啦？」黑人混血兒一臉匪夷所思又有點畏懼的表情看著小田桐。

「要是被戰車廢氣悶住就死定啦。」

混血兒扔下這句話之後便背起一管火箭筒，雙手抱著步槍翻出坑洞。煙霧瀰漫的範圍寬約五十公尺，正當他窺探了前方的情況之後悄悄轉身壓低身子準備向後方衝去的那一瞬間，白煙那方響起有如豆大雨點敲擊鐵皮桶的聲響，混血兒背部的左半邊應聲撕裂。機槍與機關砲開始齊射，想要把頭抬高一公分都辦不到；煙霧的前端已經飄抵小田桐藏身的坑洞。在被煙霧包圍之前，小田桐將飛過來的混血兒肩頭肉塊擱在自己的背部與後腦緊靠著的土坑邊緣，作為標記之用。曾試著找過木塊或石頭，可是木塊太小而石頭又滿是泥，無法當作標記。人肉碎塊血淋淋的，非常醒目。沒有連著骨頭。將那從脖子連到肩頭重約五百公克的肉塊放在坑邊，「拜託啦！」小田桐說道。「那些傢伙來的時候請通知一下，如果可以的話我會替你報仇的，我是說，如果可以的話。」放在坑邊的混血兒肩頭肉塊，看起來好像古代從海裡登陸時的魚一樣。彷彿隨時會行動似的。小田桐將刺刀裝到步槍上。只要將刀鐔上的圓環從槍管前端穿過去即可。將刀柄底部的座槽與準星座下方突起的刀座卡緊。自己一個人能做的只有上刺刀而已啊，當小田桐正苦笑的時候，四周已經為濃霧所籠罩。帶著難聞焦味的霧令人呼吸困難，並由於伸手不見五指而陷入了恐慌。好幾千發子彈從坑洞上方飛過。有種想要吶喊站起來衝出去的衝動，但是想像著那個黑人混血兒左半身被撕裂時的畫面，再看看頭頂上方的那肉塊，還是忍耐下來了。用外套袖口輕輕掩著口鼻，找了煙霧稀薄的方位，靜靜地、慢慢地吸氣。無意間一往上瞧，只見幾名失去方向感，壓低身子在小田桐所在的坑洞邊踉踉蹌蹌移動的混血兒一個個被轟倒。機關砲具有壓倒性的火力，人體就如同糖做的人偶，轉眼間四分五裂。飛濺的肉屑黏到了小田桐的臉上和手上。有個試圖扔手榴彈的混血兒上半身被打爛，一個連著三根手指的黑色球體掉在小田桐腳邊。「開什麼玩笑啊！」小田桐罵著，並試圖將手榴彈踹進之前在對面挖好的洞裡，不料那手指與部分手掌卻黏到了鞋子上。趕忙將腳伸遠些，用另一隻腳的腳尖像在弄掉泥巴似的讓手榴彈落進洞裡，緊接著就爆炸了。就如同事前的盤算，爆炸威力都向正上方噴出，可是小田桐卻因為坑壁崩塌而弄得全身是泥。被炸開的坑壁似乎正好是蟻窩附近，螞蟻也混在土中落到身上。受不了那幾千隻螞蟻在臉上爬的感覺正想大叫的時候，腦袋後方的金屬摩擦聲急遽變大，彷彿是由白煙之中浮現出來似的，墨綠色的裝甲籠罩了整個視野。裝甲下面是泛著霧光轉動的金屬車輪，後面則有部隊跑步跟著。士兵們幾乎是以全力快跑著。M3裝甲運兵車的速度還真是驚人啊，小田桐心想。記得以前在電影或電視上看到的坦克都是非常遲緩的。想起《勇士們》影集裡的桑德士軍曹，從後面跑著追上坦克攀爬上去，將手榴彈從艙門扔了進去。可是M3卻好像是在高速公路上奔馳的卡車。要用火箭彈擊中那種東西，怎麼想都不可能嘛，半身被泥沙掩埋著的小田桐邊這麼想著邊用舌頭和牙齒將跑進嘴裡的螞蟻弄死。沾滿唾液的螞蟻用腳搔著口腔黏膜、牙齦和舌頭，叮咬著。若是平日早就瘋狂漱口用手指猛掏嘴了，如今那小小的刺痛卻沒有發生在自己身上的真實感。由於剛才處理手榴彈時在坑洞中伸展、扭動身軀，漸漸搞不清楚方向了。M3由左向右從眼前經過。煙霧濃的地方什麼都看不見。黑人混血兒的肩頭肉在左側九十度的位置。小田桐轉身面向那肉塊，屈起手腳，雙手拿著步槍靠在坑壁上，姿勢好像半身埋在土裡的胎兒。等一下要是M3又從同一個地方經過的話該怎麼辦才好呢？若要以火箭彈攻擊，速度那麼快，非得在M3剛過就立刻起身，抄起沾滿泥的火箭筒，趁M3還沒有走遠時按下發射鈕不可，只不過，這唯有在下一輛也是近在眼前駛過的情形下才行得通，或許根本就看不到，邊想著這些事情邊將口中的螞蟻咬死，忍耐著那類似牙痛藥水的味道，這時，黑人混血兒肩頭肉塊的上方突然出現了人影，朝坑中衝進來。小田桐並未起身，只是雙手拿著步槍向上刺去。戴著鋼盔的士兵啪的一聲落入坑中，不過小田桐的刺刀也同時深深刺入對方的側腹直沒至刀柄。士兵的驚訝與慘叫透過防毒面具傳出。癱軟下垂的手中握著槍身很短的衝鋒槍，士兵企圖用那對準小田桐。可是痛苦使得他的動作變得非常遲緩。小田桐的姿勢彷彿用步槍支撐著士兵的身體似的，並舉腳踹過去，試圖將士兵踢倒在坑裡。無奈半身埋在土中踹的力道不夠，士兵並沒有倒下。我要挨子彈了！小田桐心頭一驚，將對方身體往前一頂順勢拔出刺刀，隨即藉著反作用力再次對著倒過來的左胸刺去。拔出刺刀時看見血呈淚滴形滴落。刺進胸膛的刺刀遇到了骨頭一度卡住。小田桐聽到自己刺出的步槍前端發出了令人不舒服的聲音，好像勉強打開鏽住的門時的聲音。將手中的步槍微微一轉，改變刀刃的角度後再往前刺，便毫不費力地沒入對方的胸膛直到刀柄。「你這個混蛋，你這個混蛋！」小田桐邊低聲咒罵邊使著步槍以刺刀的刀尖攪動。癱軟下垂的手抽搐似的扣動衝鋒槍發射了兩、三秒。子彈掠過小田桐的臉頰沒入土中。士兵杵在那裡不動了，在瀰漫的白色煙霧中忽隱忽現，真像在看故障的電視，小田桐心想。喉嚨乾渴，無法分泌唾液。舌頭在口中黏著牙床，喉嚨深處也黏糊糊的無法順暢呼吸。乾燥的牙床內側還有兩、三隻螞蟻在動，小田桐用舌頭將牠們搜出來咬死，極酸的體液塗布口中感覺有些麻痺。杵著不動的士兵的後方，第二輛裝甲運兵車在煙霧中時隱時現，同樣以驚人的速度經過。車後的煙霧急遽轉淡、中斷，視野又恢復成之前以晃動的火焰為光源的情景。悄悄將腦袋探出坑邊，在黑人混血兒肩頭肉塊的相反方向，看見四輛M3的車尾以及大約兩百名聚集在車輛周遭的敵人士兵。小田桐已經被超過去了。十多名敵軍落後本隊三、四十公尺四散開來，逐一檢查各個坑洞。只要發現倒地但仍有一口氣的混血兒就以機槍掃射。在仍殘留著些許煙霧的前線，混血兒們繼續以步槍、機槍和手榴彈應戰，放慢速度的M3不再施放煙霧，改以火焰噴射器掃蕩。從前方溜過來的混血兒，加上從小田桐所在地點撤退的混血兒，還有多少人活著呢？可能不到五十個人吧，小田桐心想，乾燥的唇低喃著：水，水，水，水……

清理戰場的聯合國部隊士兵早晚會發現這個坑洞吧，從坑外可以看到站著死去的士兵肩膀以上的部分。刺刀仍插在他的胸口，小田桐的手臂逐漸發麻。嘴裡已經連一隻螞蟻都沒有了。小田桐單腳踏住死去的聯合國部隊士兵的腹部，將步槍拔起。士兵失去了支撐，向前撲倒。小田桐口渴難耐，弄了少許士兵胸口冒出的鮮血含入口中。好像在嚼生肝一般黏答答的，並沒有補充水分的感覺，不過，喉嚨深處幾乎令呼吸困難的乾渴，在轉瞬間得到了舒緩。這傢伙不會有愛滋病吧，這邊的世界是否也有愛滋呢？邊這麼想著邊將撲倒的屍體從身旁挪開時，坑邊出現了兩名聯合國部隊士兵俯視著小田桐。其中一人未戴防毒面具。「這傢伙是，」他睜大了眼睛，大喊：「Jap！」戴防毒面具的立刻作勢要開槍但被那傢伙制止，並且呼叫夥伴。只聽到叫著什麼Solider、Jap的聲音，俯視小田桐的士兵增加到四個人，這時突然傳來咻的破風聲，巨大的聲響與閃光包住那四人，小田桐反射性地緊閉眼睛。眼底的殘像似乎看到其中一人的身體被某種東西擊中，上身支離破碎，爆炸威力也令另外三人向後倒下。「這是怎麼回事啊？」小田桐緊靠著坑壁，並且再次低喃：「這是怎麼回事啊？」有某種東西擊中了聯合國部隊士兵的上身引發強烈爆炸，那威力並非機關槍或機關砲，因為是像子彈一樣飛來的，也不是手榴彈，難道是混血兒所說的迫砲嗎？說不定是火箭彈，可是火箭彈是用那個好像望遠鏡盒的發射器發射的，大小至少和小臂差不多才對，記得在電影裡看過迫擊砲是呈拋物線落下的，然而將士兵上身炸碎的東西卻是直線飛行而且速度非常快，先是沒入士兵體中隨後才爆炸。小田桐已經能夠明確想像人體炸裂時會是什麼模樣。會有破風的聲音接近，沒入體中，將身體撕裂，四濺的程度、火光、威力以及方向，但不管怎麼說，小田桐心裡想著，來襲的不是敵人，這並不是因為受到攻擊的是聯合國部隊，而是那些傢伙到目前為止並沒有使用過這樣的武器。忽然間，小田桐想起那個如果自己是同性戀的話很可能會垂涎的國民士兵所說的話。

「直協來了之後就引誘他們接近，然後全力開火射擊，我們會從側面的火牆中衝出來進行攻擊。」

小田桐睜開眼睛，小心翼翼將頭探出坑外。轟掉四名敵人的東西是從側面持續燃燒的火牆方向飛來的。只露出眼睛從土堆縫隙望向M3離去的方向。不見清理戰場的士兵。是死了，還是與本隊會合了呢？前方傳來叫聲。是混血兒們的聲音，但是小田桐分不出那是慘叫抑或歡呼。幾乎停止行進的M3一度轉動砲塔，火力全開持續射擊。由小田桐目前所在位置來看，聳立在左前方側面的火牆有一部分大幅向前倒塌。感覺像是連根部都被燒毀的大樹倒下了。有如暗溝的火牆缺口中突然出現了兩名士兵的身影，各持一把槍管很粗像是機槍的武器攻擊左翼的兩輛M3。那比成人拇指粗上一截呈短胖形的彈藥彷彿用線拉著似的沒入M3的後部與上部，各自接連命中了十發左右。「帥啊！」小田桐不禁低聲讚嘆。只覺得喉嚨也不再乾渴。那武器與剛才轟掉四名聯合國部隊士兵的是同樣的東西。從爆炸與火光看來最接近手榴彈。可是國民士兵是以全自動模式發射的。有如撐竿跳選手般從火焰的缺口現身，僅僅三秒的時間就將M3化為鐵屑。真厲害，小田桐讚嘆。彷彿停留在空中似的，彷彿藉彈簧床跳起來似的，彷彿被看不見的鋼絲吊起來似的，他們由空中發射筒形的手榴彈，將M3以及身穿深褐色迷彩裝從車後爬出企圖逃走的聯合國部隊士兵化為碎屑。小田桐也看得出原本具壓倒性優勢耀武揚威的聯合國部隊轉眼間陷入了恐慌。因為深褐色迷彩裝有如一窩被搗毀的螞蟻，互相大喊似乎不知何去何從，鬧哄哄地聚在殘留的兩輛M3四周。M3回轉砲塔以機關砲亂射，並且突然緊急發動開始迂迴行進。兩輛車突然啟動時，有好幾名士兵被履帶捲了進去。火牆不斷崩塌，在M3的砲塔轉到那個方向之前，國民士兵就已接連避開，以筒型手榴彈準確地將逃竄的迷彩裝螞蟻炸飛。M3化為鐵片四散紛飛只留下前面的裝甲，被徹底破壞到根本看不出原來是個什麼模樣。

「嗯，問那個啊。」

將小田桐拉出坑洞並給予消毒水和飲水的國民士兵說道。看來年約二十歲，單眼皮鳳眼的青年。因為小田桐問他是用什麼武器來對付M3的。

「這是全自動的榴彈發射器。」

身高與小田桐相當，大概一百七十公分吧。

「可以十六連發，沒有任何其他國家擁有，足以殲滅一個連。」

四輛M3都化為廢鐵之後，國聯士兵很乾脆地投降了。放下武器舉起雙手的敵人，國民士兵都會放過，相反的，企圖開火的混血兒則有多人遭槍托揍倒。包括接受急救處理的傷患在內的數十名俘虜都被蒙住眼睛，被帶著朝某方位走去。重傷者有擔架可用，仍能步行者蒙著眼睛負責抬擔架。由兩名國民士兵負責押送，一群俘虜隨即消失在黑暗之中。「他們要去哪裡呢？」小田桐問一名混血兒。

「他們要在天亮之前走到非武裝地帶，在那裡搭直升機。」

四肢健在的混血兒寥寥可數。唯有能夠獨力行走的人，才得以隨國民士兵走向隧道。

「Underground絕對不會在戰鬥之後殺害俘虜，所以只要戰況稍有不利，聯合國部隊就會投降，只不過，如果在投降之後反抗的話，不但部隊所有的人都得死，隸屬Old Tokyo的師團還會遭到恐怖攻擊。」

前往隧道的距離相當遠，一路上，小田桐在減少至三十人左右的混血兒中尋找那個搽了護唇膏的女子。幾乎所有混血兒都是衣服破裂汙黑滿是泥土與血漬，必須一再確認才行，但是並沒有那個黑髮黑眼珠的女子。「留在前線那些受傷的人呢？」小田桐問走在旁邊的混血兒。那混血兒在戰鬥中失去了左臂裹著止血帶。

「留下的人都已經傷及內臟，不論送到哪裡都是死路一條，以我來說，若是平常的話根本就沒辦法走路，大概也沒辦法說話了吧，十二個小時之內，意識應該都很清醒才對，其他人也都一樣。難道你沒有分到嗎？」

他這麼反問。

分到什麼？

「『向現』啊。」

這麼一說才發現，有個混血兒失去了雙手、一隻腳以及部分下巴，下巴仍在滲血，用右肩僅存的肉倚靠著夥伴，單腳一蹬一蹬跳著前進。「向現」似乎是種很不得了的藥。雖然黑髮女子不在了，卻並不覺得感傷。雖說只是在隧道裡稍微聊了一下，為她搽上護唇膏而已，可是根本不覺得感傷的原因並非關係太淺。是因為小田桐沒有那個餘力去感傷。自戰鬥結束之後小田桐的思考仍然一直沒有恢復，靠著插入的倒敘畫面來行動。近距離觀看人體被爆炸威力炸飛，觀察那爆炸的方向與形式，急忙發瘋般挖掘坑洞……如今小田桐仍在與那相同的感覺下行走。看著四下無數的屍體以及散落的部分人體，已不再覺得反胃了。

帶頭的士兵取出一個像是中型字典的東西，開始用手指在表面敲打起來。仔細一看，表面附有鍵盤，原來是在敲鍵盤。大概是計算機吧，小田桐心想。可能在計算死掉傢伙的數目什麼的吧。「終於親眼看到啦」「好屌」，走在旁邊的兩個紅髮混血兒竊竊私語。「那是什麼東西？」小田桐望著兩人問。

「那是在隧道裡都能夠使用的DMDG，別的地方都看不到那麼迷你的機種。」

DMDG又是什麼？小田桐追問，兩名混血兒聞言一臉「這傢伙是誰啊」的表情。想起了遙遠的過去，問二十三歲的純子「什麼是神龍之謎」時，她也露出一樣的表情。啞然的表情。

「是數位通信機啦。」

紅髮，左耳流的血已經凝結的混血兒回答。

「發送一千兩百字，只需〇・七秒。」

同樣是紅髮，失去大腿以下部分的傢伙這麼說。兩人搭著肩膀走著。

「世界第一的。」

「只要一個按鈕就可以加密。」

「可是並沒有那個必要。」

「因為聯合國部隊根本追不上那種傳輸速度。」

之後兩人興奮地眼睛發光搭著肩膀，邊走邊繼續小聲談論國民士兵的通信機有多麼了不起……建立Underground的是從國外歸來的部隊，他們檢討在資訊戰方面的失敗，將海軍技術研究所移往地底，在夜視設備、溫度感應器、飛彈導向設備、超小型雷達、高速電腦、電子工學等方面，Underground的成就是其他國家望塵莫及的……

已經看得到往隧道的通道了。好像與之前和那個黑髮女子一同下車的地方不一樣。四周有多名士兵守衛著。通道是個垂直挖掘、澆鑄了混凝土的坑道，直徑一公尺多一點，上面還蓋著類似碉堡的東西，以泥土草木偽裝掩護。首先將負傷的混血兒從那小坑道吊放下去。小田桐排隊等候時，一名高個子的游擊隊士兵手持數位通信機走了過來，似乎是守衛的領隊，說道：

「你就是小田桐嗎？」

「是的。」小田桐回答。

「你將以間諜罪名處死。」

雖然那聲音壓得很低，但是混血兒與其他士兵全都望向小田桐。小田桐想開口，卻說不出話來，心想：反正不論發生什麼事不論怎麼解釋都難逃一死。面對這些能夠在三秒間將裝甲運兵車化為廢鐵的傢伙，我還能怎麼樣呢。「請等一下。」一個從戰場回來的游擊隊士兵上前說道。

「這個男人剛才與聯合國部隊戰鬥，還射殺了一名特種部隊的隊長。」

是提供飲水與消毒藥的士兵。小田桐高興得全身發抖。

「已經收到那份報告了。」

守衛領隊以中性的語氣回答。

「這傢伙是間諜，我們收到的命令並不是來自準國民本部，而是地下司令部。」

地下司令部一詞使得周遭的寒意與緊張更加深了一層。

「這傢伙穿著羽毛夾克，溫度比GORE-TEX質料要高出兩、三度，聯合國部隊就是用感應器偵測到了這傢伙才派直升機過來的。」

守衛領隊看著游擊隊士兵這麼說，並不是看著小田桐。

「那是不可能的事情。」

游擊隊士兵提出反駁。

「一來部分迪考伊也擁有那樣的溫度，更何況，如果F-15E加掛了LANTIRN並且以這個人為標的的話，我們早就全部陣亡了。」

混血兒們已經全都消失在通道之中，剩下的只有小田桐與士兵們而已。帶著寒氣與濕氣的風吹過漆黑起伏的地表。星光在雲層的縫隙中閃爍。東方的天空已開始微微露出魚肚白。

「這是地下司令部的命令。」

聽守衛領隊再度強調，游擊隊士兵沉默不語。

「等司令部下達最後一道命令之後，將在這裡行刑。」

留下守衛的士兵，其他游擊隊士兵也開始逐一從隧道的通道下去了。幫忙說話的那一位在臨走之前，拿水壺給小田桐解渴。「一定是弄錯了。」那傢伙小聲說道，並從口袋裡掏出從沒見過的綠色盒裝香菸，要敬小田桐一根。「我不抽。」小田桐回絕了。

「很遺憾，我們本來不會犯這種錯的，你表現得很英勇。」

「謝謝。」小田桐在他從通道下去時這麼說。看著星星與東方深灰色的朦朧天空，突然流下淚來。並不是因為稍後要被處死而感到害怕，而是當那個替自己說話的二十來歲年輕游擊隊士兵敬禮之後離開時，不知為什麼竟然想起了母親。那是一種非常突然，無法解釋的奇妙感情。因為心裡開始想像，母親或許並非如父親所說搭上了別的男人扔下了自己，而是轉移到這個殘酷但是單純，絲毫沒有曖昧之處的世界來了。但是自己也很清楚，這是不可能的事情。可是我不也這麼被捲進來了，所以可能性並不是沒有，那個提供飲水的游擊隊士兵的臉，小田桐從沒見過年輕的日本人有那樣的臉。認真，無邪，某些部分非常老成。眼睛閃亮，一直被他盯著自己甚至會覺得不好意思。那是自信的光芒。知道自己為何賭上性命為何而戰的眼神。老媽並非人渣並非最差勁的女人，在行刑前一這麼認定就無法克制住淚水。老媽是去有那種眼神的男人們身邊了，如果是那樣的話我就完全明白了，老爸和我都住在原來的世界，沒有任何一個男人有那樣的眼神。

「你在哭嗎？」

守衛領隊邊敲著通信機的鍵盤邊瞄著小田桐的臉。小田桐咬著嘴唇忍住淚，等到恢復能夠說話的狀態之後，說道：

「算是吧。」

「害怕被處死嗎？」

守衛領隊很尊敬小田桐。因為知道小田桐在對聯合國部隊戰鬥時的表現。「剛才看到很多人死了。」小田桐說道。

「好像稀鬆平常，和花瓶破掉一樣。」

「你從哪裡來的？」

小田桐的話語似乎引起了守衛領隊的注意。

「從你不知道的地方喔。」小田桐笑了。守衛領隊年約三十，肩上背著一把造型奇怪的槍。像是將霰彈槍與圓形彈匣的衝鋒槍結合在一起的武器。大概是全自動的手榴彈發射器吧。

「覺得這裡怎麼樣？」

守衛領隊看著通信機的液晶面板這麼問，沒望向小田桐的眼睛。怎麼問這種事情呢？小田桐心想。或許是疑問寫在了臉上，守衛領隊顯得有些難為情，指著亮著藍光的液晶面板。

「剛接到命令，要在行刑之前問這個問題，我自己也搞不清楚，還是第一次問這種問題。」

「簡單說的話——」小田桐回答。

「我喜歡這裡。」

「喜歡？」

守衛領隊一臉好奇地反問。

「雖然很累，不過，你大概不知道吧，我來的那個地方人人都愛管閒事，淨說些無聊的廢話，在車站等個電車，就會聽到『請注意，電車進站中』之類的廣播，還會提醒『列車與月台間隙大，請小心』，並且告訴你『請勿將頭、手伸出車外』，即使討饒也沒用；若是自行決定自己的事情自己去搞，就會慘遭圍剿指責；大家共同的目標只有錢而已，可是誰也不知道該買些什麼東西才好，所以都是看別人買什麼自己就買什麼，別人想要什麼自己也想要。因為大人們是這個樣子，小孩和年輕人有一半以上都發瘋啦，一直待在那個想吐也是理所當然的世界裡，卻被要求『不准吐！吞回自己的肚子去』，腦袋變得不正常是很普通的事情喔，可是，這裡不一樣。」

「我真是搞不懂。」

守衛領隊一直盯著液晶面板。

「難道沒有人挺身而戰嗎？例如在Old Tokyo就有超過九十萬的準國民游擊隊哩。」

「誰也不會挺身而戰，」小田桐說道，「不，也許你並不清楚，我所說的並不是發動戰爭，而是不會試圖去改變，每個人都沒有主見，唯命是從。」

「聽從聯合國部隊嗎？」

「不是。」

「那是對什麼人唯命是從呢？」

「很難對一無所知的你說明，就是子女對父母唯命是從，父母對子女唯命是從，每個人都會對某某人唯命是從。簡單說就是獨自一個人的話就沒有辦法決定事情，就會害怕，總是在觀察四周，等待機會俯首聽命。」

「好像半個世紀之前的——」

守衛領隊的視線由液晶面板移向小田桐。

「帝國軍似的。」

接著，幾番確認液晶面板上出現的文字之後，傳令給散開的士兵。

「不必執行這傢伙的死刑了。」

「來吧。」他催促小田桐。

「要去哪裡呢？」小田桐問。他用下巴一比隧道的通道，回答：

「地下司令部。」

第 5 章

Underground

以敵人也能夠了解的方式，
以全世界都能夠理解的方法、語言和表現，
持續展現我們的勇氣與尊嚴，
這將是活在下個時代的各位的責任……

進入外觀看起來只是一座土丘的碉堡裡，先得爬下十公尺左右的鐵梯。接著是彎彎曲曲寬約一公尺的通道，照明是非常昏暗的電燈泡，途中經過多處類似防火閘門的設施。那是看起來異常堅固的鐵門，大概是出入口被發現時可以關閉起來吧，小田桐心想。一名游擊隊士兵一言不發在前面領路。通道微微向下傾斜。空氣隨著往前進開始變得沉滯，寒意漸消，難耐的強烈睡意向小田桐襲來。走著走著竟然打起瞌睡，好幾次撞到牆壁才醒來。「你還好吧？」領路的士兵曾一度轉過身來問道。見小田桐點點頭，擁有整齊牙齒與清亮聲音的士兵露出了微笑。

來到昏暗的月台，那裡有身穿灰色制服的中年混血兒，可是士兵卻緊跟在小田桐身旁沒有離開，既像是保護也像在是監視。中年混血兒向游擊隊士兵立正敬禮，可是士兵只是輕輕點頭回應而已。獲准在木頭長椅坐下的小田桐一坐下去立刻就進入了夢鄉。

醒來時，人已在大小如浴缸的台車裡，就和前往隧道工程現場時所搭乘的相同。裝有材質看似強化塑膠的風擋，內側由於小田桐睡時的呼吸而變得霧濛濛。車廂很低，看不出其他車廂載運了什麼或是搭乘了什麼人。睜開眼睛時太陽穴發疼喉嚨渴得要命，沒想到腳邊竟然放著飲料，不免有些訝異。那是個有如馬拉松跑者邊跑邊喝附有吸管的塑膠容器，上面印有一長串號碼。莫非那士兵將自己的東西給了我嗎？小田桐想著。乾裂的唇顫抖著，慢慢喝水。微溫，略微緩解了太陽穴的疼痛。由於嘴唇發疼，手伸進口袋去掏護唇膏，卻連帶掏出了一個觸感奇怪的紅黑色物體。好些時間之後才發現那是塊燒焦的肉片。還真像牛肉乾，一想到這個，就急遽感覺到好像連五臟六腑都在翻攪的飢餓。台車上有簡單的座位，下面飄出一股令人懷念的味道。那是用厚紙包著的奶油餅乾，有些受潮而粉粉的，但是將第一片慢慢吃下肚之後，便狼吞虎嚥把剩下的三片送進了嘴裡。包裝紙上印著「第四類攜帶食品」，一想到可能是那個年輕士兵給的，淚腺好像又控制不住了。台車在低矮、昏暗，完全看不清周遭狀況的隧道中行駛，幾乎沒有發出什麼聲音。速度還真快哩，看著小電燈泡向後離去，小田桐心想。接著，當奶油餅乾吃完之後，數著隧道頂上固定間隔排列的電燈泡，數到第四十三個的時候就又落入了深深的夢鄉。

台車完全停下來之後小田桐仍然沒醒。「到嘍，起來！」有人搖著他的肩膀，這才睜開眼睛。那裡是一處像是倉庫旁卸貨場的地方，數不清的月台個個都很寬，相當高的天花板裝設的不是電燈泡而是日光燈，照亮這類似小型貨運車站的全景。叫醒小田桐的是一位將校軍官，服裝不一樣。不是野戰服而是制服，也沒背著步槍。邊揉著僵硬的脖子與肩膀邊走下車，看到士兵身上樸素的暗褐色制服，小田桐心想：「這些傢伙還是比較適合穿野戰服啊！」醒來之後，雖然變得破破爛爛的羽毛夾克散發出血腥與火藥的味道，卻不會感到不自在，也不會覺得不安。

穿過月台，來到站著數名武裝士兵像是檢查站的地方，制服軍官只是輕輕舉個手就通過了，小田桐也隨後跟著，心裡想：「真像國際機場」。有個可以搭乘單軌電車與各出口巡迴巴士的總站，擠滿了形形色色的人。小田桐跟在軍官後面，來到那應該是總站的地方。當然，與國際機場相比一切都顯得狹小，配色也樸素，自然也沒有張貼海報。可是，這裡似乎是Underground的交通要衝之一，小田桐首度見到了女性與兒童。女性個個都一樣，短髮，穿著低跟的鞋子，淡妝。女襯衫配裙子，襯衫配長褲，也有人外面還穿了夾克或開襟毛衣。至於兒童，看到一群應該是小學生吧，男孩是白襯衫配淺綠色長褲，女孩則是同樣配色的襯衫和裙子，全都裹著黃領巾，背著單肩書包。所有的質料都非常普通，可是很整潔。也有西裝筆挺手持黑皮公事包的中年紳士，以及身穿和服的老婦人。這幅光景令小田桐感到意外。原本還以為在Underground，連老老少少都穿著染血的野戰服拿著槍呢。

這個地方大如體育館，地面單純只是混凝土，籃球選手奮力一躍或許就可以碰到的天花板上排列著密密麻麻粗細不一的管子，下面掛著日光燈管，不斷有乳白色的列車呈放射狀出發進站。那是車廂較窄的單軌列車，十多節連結在一起自動行駛，每隔五到十分鐘就有一列。軍官催促小田桐搭上其中一列。

與小田桐過去所處的世界的巴士和電車相比長度相當，寬度卻只有一半，而且僅有幾個座位。不論車內或是站內都完全沒看到路線圖之類的東西。小田桐沒坐而是抓著胸部高度的金屬杆站著，可是根本沒什麼搖晃，列車幾乎是直線前進。嵌入式的小窗，安裝的是強化塑膠而非玻璃。車內除了窗緣、車頂和中央的金屬杆之外，一切都是以相同的乳白色材質製成，就和小田桐來此所搭乘的台車一樣。望向窗外，整個隧道也都包覆了類似的物質。大概是陶瓷樹脂吧，小田桐心想。

出發一會兒之後，在一處有如剛才車站縮小版的場所停下，幾個人下車，又有新的乘客上來。車門的開關由乘客自行手動控制。從這停靠站又有許多通道呈放射狀擴散出去，遠處可見極其人工的類似市街的地方。雖然只是行經時瞄過並不太清楚，但好像有簡單的購物中心，也有像是住宅的建築物，還有類似餐廳的店面。

經過幾處停靠站之後上來了一群人，好像是中學生。全員輕輕點頭致意，然後像是圍住小田桐和軍官般抓住杆子。十幾個男生，夾雜著三名女生。白襯衫與在總站看到小學生所穿的款式相同，但是褲子和裙子則是有如黃昏的天空般接近褐色的橘紅色，領巾則是洋紅色。

「可以請教一下嗎？」

其中一人用清亮的聲音這麼問小田桐，其他學生也都看著小田桐。因為小田桐全身散發出血汗和火藥的味道，而且服色又與游擊隊士兵不同，或許中學生覺得很好奇吧。

「不行。」將校軍官用柔和的聲音制止了發問的學生。

「我們正要前往司令部。因為他才剛從前線回來，如果是可以回答的問題，就由我來負責。」

聽到司令部、前線等字眼，學生們的眼睛都為之一亮。女學生也都露出興奮之情。

「昨天晚上CNN的新聞報導，說是發現了三條隧道，是真的嗎？」

聲音嘹亮的學生這麼問，軍官搖搖頭，柔和的語調依然沒變：

「你說的CNN是指什麼？」

學生聞言一臉「糟糕了」的表情。其他學生也紛紛提醒他小心一點，不要說蠢話。

「是Cable News Network。」

即使如此，回答的語氣依然沒有變弱。

「學校應該教過吧，CNN、FDR、IMF、DMZ、CIA等等都稱為縮寫，如果習慣了這些，就會弄不清楚原本的意思是什麼，所以務必在年輕的時候使用全稱，美軍士兵使用了一個叫做O・J的縮寫，你們知道O・J是什麼嗎？」

學生們搖搖頭。

「是Orange Juice啦。」

笑聲傳了開來。

「雖然說敵人使用縮寫，但如果我們也跟著仿效的話，可能就會搞不清楚意思。既然聯合國部隊的官方語言是英語，我們就必須比他們更能夠掌握英語的正確意義才行。」

「知道了。」好幾名學生異口同聲說道。

「還有一點，語言是活的，意思會隨著時間而產生微妙的變化，例如罵人的髒話，Fuck you，知道吧？美國人對罵的時候用的。」

學生們用手肘互相頂來頂去笑鬧著。氣氛挺開放的嘛，小田桐心想。

「fuck這個字眼，自幾年前起就被用來表示讚嘆之意，原本主要是東岸北部的黑人先開始的，後來連前線也逐漸這麼用了。有的辭彙會轉變擁有新的意義，有的辭彙則會失去意義變成死語，此外也會產生新的辭彙，這些事情也都必須注意才行。」

學生們頻頻點頭。這裡真的是在Underground嗎？小田桐覺得很意外。簡直就像是學費超貴的私立中學的校車嘛。

「好的，接下來回答剛才的問題，Cable News Network對於我們的報導，有哪一次是真實的嗎？」

「沒有。」學生們搖頭，同時露出自豪的微笑。這些傢伙是怎麼回事，憶起自己中學的年代小田桐覺得很難為情。以前自己班上也有這種類型的傢伙，擔任班長或是幹部什麼的，好管閒事、稍微嚇唬一下就立刻跑到老師跟前打小報告，好像笨蛋代表的傢伙，他們沒什麼可怕也不怎麼樣，只要不放在眼裡就好。可是，小田桐再次打量那些對軍官表示感謝的學生，心裡思索著。男女學生們已各自聊起來，不再注意小田桐與軍官，男孩子談論的是新型地對空飛彈，女孩的話題則是那個叫做Wakamatsu的鋼琴家。這些孩子可不是那種笨蛋，雖然個個因為在地底生活而顯得蒼白，可是結實的肌肉卻和那些笨蛋代表不同，身高大概是平均高度吧，不過肩膀、臀部以及腿部的肌肉非常發達而且結實，女孩也一樣，手腳優美而且手腕腳踝緊繃，彷彿全都是運動代表選手。而那些天生就只會向老師打小報告的笨蛋代表班長身材大多很畸形，好像酒店少爺一樣屁股小小的，腰似乎踹一腳就會折斷似的，身上的肉像海綿或是氣球一樣鬆垮垮的，就和養殖魚或是飼料雞之類的肉一樣；另外還有一種罕見而截然不同的類型，比例大概是每個年級會有一人吧，即使放任不管也會自己用功，腳程快，即使面對不良少年也可以輕鬆打招呼，不但敢於頂撞老師，也擅長開玩笑，這種傢伙很不好惹，即使受到集體逼迫也絕不低頭……自己竟不知不覺陷入了悲慘的思緒之中。這些孩子，小田桐望著在下一個停靠站下車的學生們，心裡想著。每一個，都是那種不好惹的類型。他們是中學生嗎？小田桐問軍官。

「他們是國民學校中等部的學生。」

軍官回答。

下了單軌電車，沿通道走了一會兒之後，這回換乘的是類似高爾夫球車的電動車，隨著制服軍官與士兵經過明顯下坡的通道，來到一處兩側共有十座箱型搭乘物的場所，從那造型看來應該是電梯。搭上其中一部，將校摁了標示著「7」的塑膠按鈕。按鈕上的標示一直排到「29」。

材質與台車和單軌電車相同，如載貨用電梯一樣大，除小田桐等人之外還有一名有相當年紀的將官搭乘，他在標示著「6」的樓層離去。

「化學戰的訓練情形怎麼樣了？」

為小田桐帶路的一方問老將官。

「基本上來說——」

老將官似乎是什麼教官，一隻手抱著個厚紙箱，裡面裝著文件以及兩本相當厚的書。

「那玩意兒根本不算武器，就和地震與海嘯的避難訓練沒什麼兩樣。」

兩人說著相視而笑，然後老將官走出了電梯。完全沒有敬禮或是制式的問候。此外，這裡應該很接近司令部的中樞才對，卻連個步哨或衛兵都沒有。沒有插旗幟，沒有部署配置圖，也沒有位置平面圖。

到了標示著「7」的樓層之後，小田桐繼續被帶著穿過通道來到一個房間，並被交代在那裡等候。簡單的房間，只有一張圓桌與六把椅子，桌上擱著一本書。

國民學校小學部六年級教科書，封面上用黑體大字印著「社會」。紅色和紙書籤夾在靠近最後的部分，小田桐打開讀了起來。

第九章　現代

第一節　大日本帝國的滅亡

由上一章可以明顯看出，經過中途島海戰、瓜達康納爾島戰役之後，大日本帝國便迅速走上了滅亡之路。一九四四年，塞班島被占領，在緬甸的戰線也遭擊潰。塞班島，是用來作爲轟炸日本本土（指現在的舊北海道、本州、舊四國、九州等四個大島）的空軍基地，當時的大都市已經全部都化爲焦土。除了軍事設施與工廠之外，住宅區也遭到空襲，許多日本老百姓喪生。

一九四五年三月，沖繩淪爲戰場。舊日本軍並沒有保護沖繩的居民，反而以所謂的間諜罪嫌將他們殺害。五月，德國因爲首都柏林淪陷而投降，繼續戰鬥的只剩下了大日本帝國。八月，蘇聯背棄了條約，進攻滿州、庫頁島以及千島群島。八月六日，廣島（本州西部的城市，目前已不存在）、九日，長崎（位於九州，目前中國區的一個城市）、十九日，小倉（九州的城市，目前已不存在）、二十六日，新潟（目前第三俄羅斯區的一個城市），以及九月十一日，舞鶴（本州日本海沿岸的港都，目前已不存在），分別遭到原子彈轟炸，各有十萬到二十萬人喪生。當時還沒有人知道原子彈的事情，僅僅稱之爲新式炸彈而已。

舊日本軍的決策者們準備進行本土決戰，頒布了「義勇兵役法」等敕令。那是要少男少女到老人，幾乎所有的國民都得從軍的命令。此外還組織了各種特別攻擊隊，有許多二十歲左右的年輕人因爲以肉身進行攻擊而送命。

十一月三日，美軍在南九州登陸。包含兒童與老人在內的舊日本軍雖然奮力抵抗，但由於武器、彈藥、糧食、衣料、醫藥用品等一切物資都匱乏，至翌年一九四六年二月，九州淪陷。三月，蘇聯軍隊在北海道登陸，美軍則在關東的海岸登陸。

由於戰鬥與空襲，交通、運輸與通信等國家的機能完全停擺。六月，美軍占領東京，軍方的決策者遭逮捕，大日本帝國滅亡。

爲什麼會發生這種事情呢？讓我們就各方面來思考一下。首先就是，忽視了戰爭中最重要的補給、情報與科技，而且，更爲重要的生命也沒有獲得尊重。還有就是，不僅軍方的決策者而已，所有的日本人都「無知」。不清楚交戰國的國力，語言不通，也不清楚文化和風俗習慣，例如即將在新幾內亞登陸作戰的時候，情況卻是連那裡的地圖都沒有。這未免也太不把生命當一回事了。不論軍人或一般老百姓，就在特別攻擊隊、玉碎、集體自殺和萬歲突擊之中，把生命當兒戲送掉了。

不愛惜自己生命的人，就不會愛惜別人的生命。那麼，爲什麼當時的日本人會不愛惜生命呢？還有，爲什麼會「無知」到那種地步呢？

那是因爲，過去從來沒有經歷過眞正的民族危機。由於四周受到大海的保護，不曾與其他民族交戰，所以沒有學會了解其他民族與國家是非常重要的事情。而且也沒有學會，必須積極尊重生命才能夠守護生命。

如果沒有進行本土決戰，僅僅犧牲了沖繩之後大日本帝國便投降的話，或許日本人就會繼續「無知」下去，繼續不尊重生命，然後什麼也沒有學會吧。

可是，犧牲未免也太大了。一九四六年八月，日本的人口由原本的八千萬減少至五千萬，到了十二月，更因爲蘇聯軍隊的大屠殺、游擊戰、饑荒與疾病等等而減少至二千三百萬人。

由於一九四七年二月蘇聯軍隊與美軍在東北地方（本州北部，現在的第二俄羅斯區）開戰，一九五〇年十月，中國軍隊與美軍在九州西部動武，以及隨之而來的屠殺，各地反對聯合國技術移民而引發的游擊戰，以及衣物、糧食與醫療用品嚴重缺乏等等情況，到了五一年三月，據說日本人的數目已不到一千萬。除此之外，逃亡海外而成爲難民的人也絡繹不絕，日本人口更是日益減少……

教科書裡刊載了許多照片，其中一張令小田桐看了不禁頭暈目眩。照片中日本人的屍體重重疊疊一直綿延至地平線的彼方，說明寫著「一九四六年四月，橫濱（現在舊東京的一部分）的戰死者」，屍體幾乎都赤裸，畫面中還有戴著防毒面具的美國兵與推土機。由於數量實在太多，起初還看不出那是屍體。好像只是沿著海岸線堆疊延伸至遠方的消波塊似的……如果沒有進行本土決戰，僅僅犧牲了沖繩之後大日本帝國便投降的話，或許日本人就會繼續「無知」下去，繼續不尊重生命，然後什麼也沒有學會吧……

第二節　地下司令部的誕生

我們目前所居住的日本國．地下司令部，是如何建立起來的呢？這裡的基礎，是以軍方原本打算在舊長野興建的地下大本營。只不過，軍方的計畫從設計之初就非常草率，此外，由於以強行抓來的朝鮮人充當工人，部分機密便經由間諜落入了美軍之手。

一九四六年二月，天皇陛下準備移駕地下司令部時，在途中遭到美國空降部隊攻擊，原因就出在這裡。直到一九六六年為止，陛下都住在舊東京的臨時行宮，並受到聯合國部隊監視，目前已經出居瑞士。

一九四四年十一月，舊日本陸軍的部分將校團由緬甸與新幾內亞返國。是第十五軍與特設十八軍僅存的少數軍官。以參與過因普哈戰役的三十一師團　本悟大佐爲核心的將校團，由於被懷疑違抗軍令而轉調負責舊長野的地下工程。舊海軍也投入了地下大本營的建設工程，　本大佐協同管制總部的中琉龍一少將，爲了極機密的日本防禦作業，活用在外地的實戰經驗並整合各種方案，進而付諸實行。

首先，他們召集了海軍技術研究所，化學研究部、電機研究部、電波研究部、材料研究部、音響研究部的技術軍官，建立起與陸軍將校團之間的網絡。接著，開始依照另一份設計圖挖掘隧道建設地下大本營。當然，那並不是件容易的事情。缺乏混凝土、木材與鋼鐵，勞動力不足，此外還有憲兵隊在監視。可是在大學與民間企業都有人出面協助的情況下，隧道逐漸擴展，不斷加深、加長。

一九四五年七月，當海軍技術研究所的各研究部門正要遷往地下，進駐隧道之內的時候，與憲兵發生了衝突。　本大佐在這時的戰鬥中陣亡，之後由小澤一生中佐接下指揮權。在大日本帝國滅亡之後，小澤中佐曾於東北戰爭（一九四七—四九）、西九州戰爭（一九五〇—五三年）中，分別與蘇聯、中國軍隊交手，之後也曾對美軍發動游擊戰，是一位能夠在各種交涉中爭取有利條件的著名指揮官。可是，美軍於一九四五年十一月、一九四六年三月登陸之後所爆發的慘烈戰事，以小澤中佐爲首的地底隧道內國民士兵們卻因爲無法前去支援而苦惱。因爲只有極少數的人得以進駐地底隧道，之後卻只能眼睜睜看著以十萬爲單位的日本人遭到殺害。

雖然也有「離開隧道出去作戰」這樣的意見，但是帝都防衛司令官石原莞爾大將也下達了「……繼承帝國陸軍遺志，以隧道爲據點展開游擊戰，爲維護國體而努力」的極機密指令，因此小澤中佐與所率領之全體國民士兵都繼續駐守隧道內，同時，地下司令部也在這一段時間不斷加深、加長，範圍越來越廣。

第三節 冷戰期間

一九四六年八月，同盟國宣布第二次世界大戰完全結束。然而，那卻是另一場新戰爭的開始。

德國與朝鮮的國土與民族都遭分割，德國分爲東、西，朝鮮則分爲南、北，蘇聯與美國之間的對立日益嚴重。

人口減少至一半左右，國土幾乎全部化爲焦土的舊大日本帝國，遭到美國與蘇聯爲首的四個國家分割統治。換句話說，蘇聯占據了北海道與東北，本州其餘部分與大半個九州被美國占領，英國占據了四國，至於西九州，則爲主張權利的中國派遣軍隊進駐。當時的中國，國民政府與八路軍（即人民解放軍）一再發生衝突，蔣介石企圖切斷八路軍的勢力，於是對毛澤東派兵西九州一事表示默認。這件事情，成爲日後西九州戰爭的導火線。

蘇聯違背了波茨坦宣言，著手在北海道與東北建立自治區。除了在各地興建大型集中營與裝甲部隊的基地，從本國招募移民，屠殺除了醫生、農業與工業技術人員之外的日本男子，並準備開發大型農場、漁業及水產加工業。

美國對此一再提出警告，雙方之間的局勢越來越緊張，終於在一九四七年十月，於宮城南部（現在的俄羅斯第二區的一部分）爆發了戰爭。地下司令部接受美國的要求，派出游擊隊士兵，展開了坦克無用武之地的山岳戰，在關鍵性的神室山地攻防戰中包圍了蘇聯兩個師團並予以殲滅，向全世界展現了他們壓倒性的實力。對於一直以來只有劣質的武器與少量彈藥，而且在糧食與醫療用品也不足的情況下作戰的國民游擊隊士兵來說，在美國的物資支援下出擊，簡直就是如虎添翼。

在三年之後爆發的西九州戰爭中，國民游擊隊與中國區的人民解放軍交手。戰爭形成一進一退耗時的拉鋸戰，可是裝備、情報與補給具有優勢，而且又熟悉地形的國民游擊隊，於一九五二年二月發動大型攻勢，終於在對美國有利的條件下訂定了停戰協定。這場戰役，在世界戰史家的著作中被譽爲「最高級的游擊戰」，並成爲後人游擊戰爭、戰略、戰術的範本。

地下司令部雖然與蘇聯及中國交戰，不過這是爲了獲得美國的糧食與武器而不得不然的決定。即使隧道建造的範圍在大日本帝國滅亡之後更加擴大，但由於缺乏糧食與物資，危機的狀況一直沒有解除。這並非屈服於美國之下，反倒是地下司令部經常將美國視爲最大的敵人。

大日本帝國滅亡時，在西伯利亞、滿州、東南亞、北太平洋諸島等地，共有超過兩百萬舊日本軍的軍士官兵。西九州戰爭將近結束時，扣除死亡以及與當地同化者，那個數目只剩下了一半，於是地下司令部向以美國爲首的聯合國提出要求，讓殘留在海外的日本人回國。滯外日本人幾乎都被關在集中營裡，也希望能夠回歸祖國。

當聯合國以沒有餘力爲由將要求駁回之後，地下司令部便派遣國民游擊隊進入舊東京，以兩天的時間占領了統治總部，俘虜了統治司令，強迫他執行所要求的條件，半年後，約有四萬人終於得以踏上祖國的土地。

由於東北與西九州的戰事，再加上幾乎同時期爆發的朝鮮戰爭，各區都成爲軍需物資與糧食的儲藏庫，軍需品的生產與供應也同時進行，尤其是以舊四國爲中心的新工業區一時之間開始繁榮起來。地下司令部在這段期間成功取得充分的糧食、物資，甚至外幣美元，並開始在隧道內興建醫院、學校、住宅，同時開辦了各種工廠與研究所，也獲得值得注目的成果。其中最具代表性的是，稱爲「乙型」的輕質強化塑膠，「f號」強化陶瓷，可以在地底栽培的水稻品種「螢火蟲二號」，以及極小型電晶體等等，並於五〇年代後期開始有小規模的外銷。

另一方面，美國、蘇聯、英國與中國，開始了以滅絕日本民族爲目的的「技術移民」，在這擁有兩千年悠久歷史的國土上，移入了爲數超過五百萬的外國人，各區開始急劇混血化。

第四節　與世界的關係

進入六〇年代，世界經濟日趨安定之後，各國的技術移民政策逐漸停擺，也開始出現部分企業由於生產力不佳而撤資。美國將中南美偷渡客與東歐難民半強迫地送到舊日本，英國送來的則是本國的失業人口與非洲雇工。一九六二年，英國突然決定從舊四國抽手，將三百萬移民棄之不顧。中國區，由於對六〇年代後期的文化大革命發表了批判性的聲明，與本國的關係開始惡化。而蘇聯，則是將位於北海道與東北的三個區（當時的第一至第三蘇聯區，現在的第一至第三俄羅斯區）納爲蘇維埃的自治區，並脅迫聯合國承認。到了一九六六年，獲認成爲自治區的那些區，整個都集中營化，生產力日見滑落。至於位於舊本州，以舊東京爲中心的美國區，爲了與蘇聯區抗衡而有超過六十萬的常駐部隊，但是除了舊東京周邊之外，製造業遲遲沒有發展，直到八〇年代，舊中部地方才出現群集的半導體工廠。

由於僅是移民的數目不斷增加，製造業並沒有發展，各區都會區的失業人口持續增加，於是誕生了好幾個巨型Slum。混血化的情形更進一步發展，暴動頻仍，在一九七三年遭逢第一次石油危機時，各區由於暴動而死亡的人數據估計超過了十萬人。

在日本地下司令部的研究室裡，化學製品、新式材料、電子工學等領域相繼都有劃時代的發明問世，持續對全球市場造成影響。在外交方面，除了加強與中南美及東南亞各國的關係之外，也對深受美國、蘇聯與中國等大國干預之苦的國家進行軍事援助。

竹內劍次大尉應該可以算是最受全球矚目的國民游擊隊員吧。一九五七年，竹內大尉等六名游擊隊員經由香港前往古巴，在古巴東部山區與卡斯楚所率領的反抗軍會合，協助進行革命。革命成功之後，竹內大尉依然留在古巴，指導計畫農業的推行。

至於在中南半島，各有一個連的國民游擊部隊被派遣至寮國、柬埔寨及越南擔任軍事顧問團，共同爲對抗帝國主義而戰。對於地下司令部的這些舉動，美國無視於國際輿論，宣布使用戰術核武，當獲知一九六九年越南的新年攻勢是國民游擊隊在背後指導之後，便於舊長野地底進行了總計八回的小型核爆。地下司令部派遣了一個營的兵力攻擊舊東京作爲報復，此外不僅指導Slum發起暴動，同時也向國際輿論控訴地底核爆所造成的環境破壞。由於地下司令部宣布已經製造出戰術核子，終於迫使美國發表了終止地下核爆的聲明。

在石油危機之後到了一九八〇年代，各先進工業國的重心開始由重工業轉向，朝應用電子工學等高科技產業方面發展。跟不上這些腳步的蘇聯，自一九八六年起開始進行政治與經濟的改革，並且逐漸開放言論自由。至於東歐，在蘇聯停止干預之後……

記述蘇聯解體以及之後世界情勢的部分，小田桐跳了過去。因為與之前所處世界所發生的事情一樣。

第五節　日本國的未來

全世界目前已經進入了混亂、迷失的時代。各地的武裝糾紛、內亂、饑荒、環境破壞、歧視等諸多問題層出不窮。聯合國就不必提了，沒有任何一個國家爲了下個時代創造出新的價值觀。

然而，重要的並不是價值觀與目的意識。而這正是我們日本國與美國之間最大的不同點。最重要的是保命，以及生存。我們日本國經由戰爭所學到的，正是這個。

爲求保命所需要的東西，並不是只有糧食、空氣、水與武器而已。不可或缺的是，勇氣與尊嚴。這五十年來，我們沒有任何一個人罹患戰爭恐懼症，也沒有人自殺。

我們從全世界任何一個國家都沒有經歷過的危機中出發，而且如今依然處於危機之中。與以美國爲中心的聯合國部隊的戰爭依然持續著。這場戰爭應該絕對不會終止吧。可是，我們卻獲得了拉丁美洲、亞洲、非洲，以及各個深受內亂與紛爭所苦的國家的信賴。我們以軍事力量與尊嚴贏得了信賴。

我們不靠任何國家的協助存活至今，沒有向哪個國家臣服，沒有向哪個國家獻媚，也沒有模仿哪個國家的文化，一切都是由我們自己判斷下決定，進而持續對全世界造成影響。

「沒有任何歧視存在的國家，只有Underground的日本而已。」一九七二年，愛因斯坦博士爲團長所率領的國際考察團，在訪視地下司令部之後發表了以上的評論。一切的歧視，都是在缺乏勇氣與尊嚴的地方，在缺少向世界展示勇氣與尊嚴的意志的共同體中，爲了勉強維護那團結與秩序而產生的。

切勿忘記那數千萬在各區遭到殺害的日本人。今後，我們仍然必須在這個地底，向全世界展現自己的勇氣與尊嚴。以敵人也能夠了解的方式，以全世界都能夠理解的方法、語言和表現，持續展現我們的勇氣與尊嚴，這將是活在下個時代的各位的責任……

讀完之後小田桐望著教科書上刊載的各種照片與圖版，一時感到茫然。除了蘇聯解體、創立獨立國協的簽署儀式、柏林圍牆倒塌、波斯灣戰爭等照片之外，還有一張數名國民游擊隊軍官與一名白鬚白髮面帶微笑的白種人老者合影的照片。圖說寫著：愛因斯坦博士。圖版則包括原油價格波動的曲線圖、冷戰時期的歐洲地圖，還有國民士兵所投入的國際紛爭這個項目。連阿富汗都去啦，小田桐喃喃道。有游擊隊外銷喔，為什麼要讓我看這種教科書呢？正想著時，門打開，一個額頭微禿，看起來年近半百的男子進來，在小田桐對面坐下。身穿與剛才領路的軍官相同的制服，戴著圓框眼鏡。一副學者的模樣，小田桐心想。只不過當學者的話目光也太銳利了。

「我是Yamaguchi（山口）。」

男子為了觀察小田桐的反應而緩緩報上名號。小田桐不知道該如何自我介紹才好。

「你叫Odagiri Akira對吧。」

山口說著露出微笑，我是這裡的司令官，隨後又補充了這麼一句。司令官？小田桐的心中有種要從椅子上跳起來的忐忑，同時還有個疑問，為什麼這麼高層的傢伙會單槍匹馬出現在自己面前？

「你，是從哪兒來的？」

小田桐仍然無法回答。可是，這個自稱山口的司令官有種神奇的磁力，一會兒之後，話語好像被吸出來似的脫口而出。

「一來我自己也搞不清楚，再說，即使加以說明別人一定也無法了解。」小田桐雖然這麼說，卻有種奇妙的感覺。還是第一次用這種方式講話。彬彬有禮，聲音有力，語調緩和，幾乎沒有抑揚頓挫。彷彿自己變成了一個優秀的人似的，奇怪的感覺。

「是從另一個世界來的，對不對？」

聽山口這麼一說，小田桐不由得睜大了眼睛。

「意思是說不是從其他哪個區或是哪個國家，而是另外一個世界，沒錯吧？」

小田桐點點頭。

「因為，過去也曾經有好幾個人來過。」

聽山口這麼說，小田桐告訴自己要保持鎮定，這時有人敲門，一名身穿制服的女性進來。

嗶嘰色帽子、襯衫、裙子，黑色低跟皮鞋，短髮，指甲剪得很乾淨，似乎沒有化妝。「打擾了。」說著將托盤上的茶杯放在兩人面前。微微散發出香皂氣味的女軍官隨即又離開了房間。長相好像很久以前的，小田桐心想，大映或是東映的黑白電影裡出現的人物。

「由於他們淨說些莫名其妙的話並且表示反抗，全部都立刻遭到射殺。不是中國人，是日本人，可是服裝怪異，其中一個還故意將頭髮染成金黃色，據說每個人的手錶都比我們的時間慢了五分鐘。」

山口摁了圓桌的某一處，一會兒之後，先前那位女性送了一個塑膠袋過來。塑膠袋裡裝著小田桐的皮夾以及皮夾的內容物。山口打開袋子，取出一張萬元紙幣。

「我從沒見過這麼精巧的紙幣，不但印有日本銀行券，還有，這個人物是福澤諭吉，以及面額壹萬元的紙幣這幾點，不但任何地方都找不到，過去也不存在，再說也沒有任何理由要在這裡偽造這種東西。過去來的人裡面也有人帶著同樣的紙幣，這麼看來，結論只有一個，有另外一個世界，我說得沒錯吧？」

小田桐點點頭。山口淡淡說著，表情一直沒變。是那種根本無法由表情與說話方式推測他在想什麼的類型。

「你這個人很有意思，因為四十八人委員會開會決定要見你，才由我為代表出面來和你談一談，你迷失在一個完全不同的另一個世界卻沒有大呼小叫，也不試圖證明自己的身分，我們都認為你大概撐不了多久就會死了。看過教科書了吧？」

小田桐再次點頭。

「這個房間位於地表之下兩千兩百公尺深的地方，我們持續挖掘的隧道，長度非常長，分成好幾百層，而且美國人還引發了八次核爆，所以有磁力錯亂、磁場異變的情形發生。根據物理學研究室前年的調查報告顯示，有許多處物理常識並不適用的地點存在。這裡的生態系也與地表不同，具體說來，甚至還有只有這裡才看得到的生物。不論發生什麼樣的事情都不會令人感到意外。」

山口的說話方式與聲音擁有絕對的力量。若是聽他說這樣下去唯有一死，自己大概會點頭稱是就去死吧，小田桐心想。力量的後盾並非權力或階級這類社會觀念，而是科學性。科學的明確性化為空氣的粒子包圍著山口。這個人所說的事情附有明確的保證毋庸置疑，就如同下雪的時候會冷一樣是個單純的體驗，再怎麼蠢的人都會明白。小田桐還是第一次遇到這種人。

「你好幾次避開了死亡，要對你進行了解，最簡單的方法就是將你認定是間諜，可是你什麼都沒說，只是在疑問之中採取行動，知道我在說什麼嗎？」

小田桐搖搖頭。

「行動的時候，滿腦子只想著不能死，這讓我，不，知道你的事情的不止我一個人而已，我們對你從哪裡來而那裡又是個什麼樣的世界，並沒有多大的興趣，可是，對你這個人很感興趣，是這麼回事，滿腦子只想著不能死，也就是說只想著要活下去，你知道這意味著什麼嗎？」

小田桐再次搖頭表示不知道，然後喝了口茶。

「那就是游擊隊的本質。」

女軍官名叫Matsuzawa（松澤），年紀大約二十五歲吧。小田桐隨著山口與松澤少尉離開放著教科書的房間，移往餐廳。走出房間來到電梯間，到另一層的營房簡單沐浴之後，搭乘類似高爾夫球車的交通工具去換乘單軌電車，來到這家餐廳。雖然司令部裡也有食堂，松澤少尉笑著說，可是司令官喜歡這家店的蛋包飯。山口並沒有帶著護衛之類的隨從。即使松澤少尉，也只是因為山口表示「只有兩個大男人一起吃飯太痛苦了」才陪同前來的。雖然一路有官兵打招呼，但是並沒有人敬禮，不論在電車上，進入這家店的時候，或是在松澤少尉面前，山口都是一副極其隨和的模樣。周遭的人也都沒有表現特別的接待方式，非常自然。

「聽說你參加了對聯合國部隊的戰鬥。」

松澤少尉這麼問小田桐。「是啊。」小田桐只是輕輕點點頭，隨即將眼睛別開。沒有辦法好好和她面對面。五官清秀，但是並非那種會令人回頭多看一眼的美。即使如此胸中還是有股奇妙的騷動。並非制服的緣故，而是松澤少尉的態度極為自然而認真，反而強烈地讓人感覺到女人味。化妝、說話方式以及一個個動作，在在都強調出女人的屬性與特質，雖然並沒有賣弄風情，卻反而散發出某種雌性獨具柔性的，某種將觸感、味道與分泌物等抽象化而成的氛圍。

負責送餐的是個不到二十歲的年輕女孩。似乎是與松澤少尉熟識，邊將送來的雞肉炒飯、漢堡餐與咖哩飯放在桌上，邊聊著共同朋友的事情。聽來年輕女服務生應該是邊念書邊在這家餐廳工作。小田桐覺得有些呼吸困難。不論松澤少尉或是年輕女服務生，都好像小田桐孩提時代所看的黑白電影中的女明星。聲調，說話方式，小動作與走路方式，髮型，整體氣質都顯得分外嬌媚，情色。這些女人，小田桐心想，過著與那個世界「只要這樣妳也可以成為性感女神」之類的女性雜誌專題完全無關的生活，沒有將自己推銷給不特定多數男性的概念。可是這反而使得雌性的特質變得更為顯眼，結婚之後在臥室或其他地方也都能夠毫不勉強地改變行為舉止。小田桐心底浮現情慾，為了掩飾心情而轉向山口，問道：

「那個，我可以問問題嗎？」

「什麼問題？」

山口正在看食堂裡的《前鋒論壇報》，只是將臉轉向小田桐。

「剛才你說的話我有些地方不太明白，可以請教一下嗎？」

「可以啊。」

「你說我滿腦子只想到不能死並且採取行動，這正是游擊隊的本質，那麼，假如說游擊隊員被敵人俘虜，只要提供情報就可以活命，否則就要被處死，遇到這種情況該怎麼辦呢？」

聽小田桐這麼問，正要回答時，山口看到桌上的雞肉炒飯，「怎麼回事？」他出聲了。

「少尉點的是咖哩飯對吧？」

山口中斷了與小田桐的談話，看看松澤少尉又看看年輕女服務生。

「小田桐點的是漢堡，那這一份是我的嗎？」

他看著放在自己面前的雞肉炒飯這麼說。

「我點的是蛋包飯喔。」

年輕女服務生從圍裙口袋裡掏出點菜單，歪著腦袋喊了聲哎呀，便將雞肉炒飯送去給別桌的客人，然後把擱在出菜櫃檯上的蛋包飯端過來放在山口面前。「不好意思，」年輕女服務生大剌剌地輕輕一鞠躬，「因為蛋包飯很受小朋友歡迎，所以才弄錯了。」說著與松澤少尉相視而笑。山口有些不好意思，「那就開動嘍。」說著拆開包著湯匙的紙巾。

「剛才你提了問題喔。」

山口邊切開包在飯外面的煎蛋皮邊看向小田桐。小田桐剛切了塊西餐廳那種味道令人懷念的漢堡排送進嘴裡，因為想重複剛才的問題，正急著把食物塞進喉嚨時，山口舉起左手制止他。

「我還記得，別吃得那麼急。」

山口將煎蛋皮配著飯吃了一口之後說道：

「是問被敵人俘虜的情況吧，如果說只想到要活下去就是游擊隊的話，在遭到敵人俘虜的情況下，是不是應該背叛自己人洩漏情報以避免被處死，靠這樣活下去，這個問題對吧？」

「是的。」小田桐出聲回答。松澤少尉一臉的確該問的神情看著兩人。小田桐依舊沒有辦法正視她。每一個表情，握著湯匙一根根沒塗蔻丹的手指都散發出魅力，十分嬌媚。如果是這個女人的話，小田桐心想，只要能和她去公園散步坐在長椅上聊天，應該就很滿足了吧。

「如果做出那種事情，就不算是游擊隊員了，到那個時候，就跟死了沒什麼兩樣。」

回答之後，山口轉向松澤少尉說道：

「不好意思，幫我拿一下醬油露。」

山口在煎蛋皮上滴了幾滴醬油露與番茄醬混勻，很享受地吃了兩、三口。

「在你來這裡之前所處的那個世界，日本已經不再戰鬥了嗎？」

是的，小田桐簡單回應。

「那麼，到沖繩戰役、蘇聯參戰、以及廣島和長崎遭到原子彈轟炸為止都一樣嘍？」

松澤少尉這麼說，小田桐點點頭。那就是模擬的第八號嘍，她右手依然拿著湯匙，喃喃說道。

「沒錯，是模擬第八號，我們假設從日本向中國要求權益但並沒有派兵的情況開始，到九州被占領接受波茨坦宣言為止，進行各種模擬，由於每種模擬所輸入的資訊量大約有百萬項，而模型的不確定因素比率大概是百分之十七、八，不過見到你之後才知道，模擬果然只是模擬，結果和預測不一樣。」

山口又滴了幾滴醬油露，然後將蛋包飯往嘴裡送。不論山口或松澤少尉吃東西都是細嚼慢嚥。

「什麼意思？」小田桐問道。回答的是松澤少尉。

「如果情況是犧牲沖繩無條件投降的話，根據預測，我們最後會變成美國價值觀的奴隸，雖然經濟發展的水準會有好幾個階段，但是結果基本上都一樣，也就是說會接收美式的理想生活模式，但是卻沒有發覺那種事情畢竟是不正常的；由於文化的危機意識逐漸逼近零，因此，比如說將日本人所獨具的精神層面優良的部分，以美國也不得不理解的方式發送出去的可能性就消失了，是吧，將美國最流行的生活模式原封不動移植到日本來流行，應該發展成類似這樣的狀況吧；在政治方面則漸漸不得不看美國的臉色，變得只能夠推動美國所期望的政策，在外交方面這種趨勢會尤其明顯，日本的政治力、政治影響力在國際上會變成零甚或變成負數，所謂負數，是說日本的外交能力、外交政策決定力，可能會變成國際上製造問題的原因；具體來說，就是穿上美國人穿的衣服，聽著美國人喜歡的音樂，看美國人想看的電影，玩美國人喜歡的運動；如果說得更極端一點，甚至連收音機播放的都是英語，街頭的招牌全都是蟹行文字，人們把頭髮染成金色或是紅色，配著連意思都不明白的美國歌曲跳舞，不就會變成這個樣子嗎？於是就陷入了連這是不正常的都毫無自覺的奴隸狀態，不過我見到你之後才明白，一切只不過是模擬罷了，你並沒有把頭髮染成金黃色。」

松澤少尉說完對小田桐笑了笑。不，事實上正如同妳剛才說的，小田桐原本打算這麼說，但還是作罷。松澤少尉以柔媚的聲音仔細說明模擬結果的時候，小田桐並沒有正眼看她，而是望著餐廳裡的其他客人。簡單的塑膠製椅子，完全不具裝飾性，統一成奶油色調的店內在日光燈下相當明亮，貼在牆壁上的菜單以烏龍麵、月見烏龍麵等起首，接著是七、八種西餐廳的吃食，最後是咖哩飯、漢堡餐、果汁和汽水。裡面一桌坐著帶著子女的父母。父親大約與小田桐同輩，身穿西裝，母親年約三十五，白襯衫配黃裙子，頭髮束在腦後，男孩是中學生，女孩應該是小學生。讀中學的男孩吃著雞肉炒飯，雖然母親叮嚀他要細嚼慢嚥，但是畢竟正在發育，果然是全家第一個吃完，於是安靜地看著雙親與妹妹吃著咖哩飯和炒飯。「哎呀，你還沒吃飽吧？」母親說。聽母親這麼問，男孩搖搖頭。父親抬起頭，看看吃得乾乾淨淨一粒米也不剩的雞肉炒飯盤子又看看男孩，說道：「要不要再吃些什麼？」男孩又搖頭。父親對男孩笑了笑，「你現在最容易肚子餓了，要吃飽一點才行，不要再點個月見烏龍麵什麼的嗎？」男孩說好啊，聲音有點大，「可是我再點一客的話，爸爸能用的外食券不就少了嗎？」父母親相視而笑。不要在意那種事情啦。這時，應該還在讀小學低年級的妹妹說：「哥哥，給你。」並且把自己吃的蛋包飯推向男孩。妹妹的腿上擱著一個老舊的玩偶。妳要把自己的份全部吃完才行，母親對女孩說，然後幫男孩點了月見烏龍麵。月見烏龍麵送來，男孩開始吃之後，父親問他好不好吃。男孩高興地點點頭。

小田桐發覺自己的眼淚快要掉下來了。心裡想：那位母親應該不會消失不見吧。小田桐一直渴求的那種毫不虛飾的親和力包圍著一家四口。山口和松澤少尉一臉「怎麼回事呢？」的表情看著小田桐。小田桐為了掩飾自己的難為情，開口發問。

「為什麼要繼續戰鬥呢？」

「理由只有一個。」

山口已經將蛋包飯吃得乾乾淨淨了。

「一個就足夠了。我的父親從新幾內亞戰線歸來，步兵二三八連隊，包含父親在內，在新幾內亞、瓜達康納爾和緬甸戰鬥的士兵們，是日本有史以來最艱苦地獲得最寶貴情報的人，他們以士兵的身分與海外有了交集，除了外交使節團與少數公司人員、一小撮留學生之外，他們是有史以來最早與海外有具體交集的人。雖然也因為無知而犯下戰爭罪行，可是他們在戰爭中，即使處於連生存都有困難的狀況卻然持續奮戰，他們這樣得來的情報可不容許白白浪費掉，聽清楚，絕對不容許。為了民族的延續，一定要將那些重要的情報確實傳遞給下一代才行，沒有選擇的餘地，為了將他們所獲得的寶貴情報正確傳遞下去，除了持續戰鬥之外別無他法。」

「真搞不懂為什麼司令官會親自來見我。」與山口道別之後坐上單軌電車，小田桐在車上問松澤少尉。

「怎麼問這個？」

松澤少尉抬頭挺胸抓著車廂裡的杆子。身高大約一百六十公分吧。

「他不是這裡的最高負責人嗎？那種人應該很忙才對。」小田桐依然無法好好正眼看著松澤少尉。

「那是四十八人委員會的決定，因為實務工作都交由年輕軍官負責，並不會忙到連睡覺的時間都沒有，再說司令官的好奇心也非常強。」

不知道是因為聲音本身不同，或者是因為在地底而產生震動，還是因為小田桐的耳朵經過戰鬥之後變得錯亂，聲音聽起來怪怪的。像是老電影一樣，像是用老式麥克風或錄音機錄起來的一樣，模糊、輕柔的聲音。帶著一種似乎會在耳邊縈繞的柔媚。光是聽著松澤少尉的那種聲音，心情就變得很好。逐漸興奮起來的小田桐問了自己最在意的事情。

「我接下來會怎麼樣呢？」

「總之先休息一下吧。」
「不，我的意思是，等一切都結束之後。」
「不想回去嗎？」
小田桐分外浮動的情緒又消沉下去。因為，想起了那間泥土地面的拘留室、鋼管工廠，以及崩坍隧道的工程現場。
「應該還有家人在等你吧？」
「咦？」小田桐不由得提高了音量。「難道打算讓我回到原來的世界去嗎？」不覺有些掃興。原本還以為自己這個知道祕密的外人會被關起來呢。可是，除了隧道的出入口之外，這個地方毫無祕密可言。
「我想，你現身的地點幾乎可以正確推算出來，只不過，那一帶並沒有隧道的出口。從Old Tokyo繞過去應該比較近吧，可是，我們沒辦法為了你一個人派人帶路護送，大概會趁有任務的時候順便吧，例如趁定期潛入Old Tokyo的時候帶你過去，但不管怎麼說，目前的時機並不太好。」
「為什麼呢？」
「美國總統前往俄羅斯訪問，才剛發表了加強兩國之間合作體制的聲明，一來因為美國和俄羅斯都把我們視為眼中釘，而且他們為了轉移國民對於內政不滿的聲浪，最近應該都會拚命想辦法替自己加分吧，我想，聯合國部隊的部署也會增加吧。」

這裡的人們是如何分辨出各個單軌電車站、目的地、通道、以及自己家的呢？小田桐心想。不論從電車小窗往外所見的模樣、電車本身、通道、排列在通道兩側或單側的大小房屋，或是四處可見類似廣場的空間，顏色統一，在小田桐的眼中看來全部都是一個樣子。只有司令部周遭與電梯間的構造樣式有少許變化，標識、路牌等等一概都沒有，如果放自己獨自外出想必一下子就迷路了吧。

松澤少尉步行的速度相當快。由於洗了澡吃過飯，因戰鬥與之後的移動而緊繃的肌肉得以放鬆，感覺身子變輕了。也許氣溫也有影響吧，小田桐在離開餐廳時脫掉了羽毛夾克。這裡比之前所處的環境都要溫暖，雖然應該使用了某種動力來換氣才對，卻保持著適當的濕度，也沒有異味。通路有幾公尺寬，足以讓類似高爾夫球車的四人座電動車輕鬆錯車。所使用的材質，不論地面、牆壁或樓板全都一樣。由光澤、質感以及走在上面的感覺來看，小田桐認為那應該是強化塑膠。軌道上則塗布著一層陶瓷樹脂之類的物質。

即使如此，小田桐心想，挑高低，通道又狹窄，更何況看不到天空，又沒有遼闊的景色，可是卻沒有什麼壓迫感，這是怎麼回事呢？過去曾在電影裡看過，在潛水艇或太空船裡四壁造成的壓迫感會令人呼吸困難，並逐漸演變成密閉空間恐懼症。只要看著地平線、隨風飄移的雲、大海，俯瞰山谷或是眺望遠方綿延的群山，心情自然就會獲得解放。常聽人說綠意是不可或缺的，擁有花圃與植栽的公園及行道樹可以舒緩我們的心情。這麼說來，這個Underground應該會變成一個精神官能症與精神病患的大本營嘍。

「休息一下吧。」

松澤少尉說。兩人來到一處類似廣場的空間，在那裡的塑膠長椅坐下。有個類似車站販賣部，販售雜貨、香菸和零食飲料的亭子，松澤少尉去買了柳橙汁回來。罐裝的柳橙汁是美國製品。當然，雖說是廣場，也只是稍微寬敞，並非有噴水池或雕像還有鴿子那種場地。不過是個長寬各約十公尺的空間，設置有長椅罷了。三個看似小學生的男孩在玩足球，練習控球。三個人控球的技術都非常高明。另一張長椅坐著個身穿西裝的老人正在看報。頗有些年分的西裝，裡面是灰色襯衫，長褲是深褐色。真是個時髦的老先生，小田桐心想。若是在那邊的世界就會是打著華麗的領巾頭戴鴨舌帽叼著菸斗的模樣，可是這一位卻沒有那種流氣。給人的印象非常正派。只不過老人失去了右手。

目光移到了松澤少尉交疊的腳上。沒有穿絲襪。豐腴小腿繪出美麗的曲線，經由緊繃的腳脖子到被包裹在平凡的黑皮鞋裡的腳，小田桐莫名地感到怦然心動，決定開口說話。雖然又不是情侶的約會，可是沉默不語似乎還是會令人窒息。

「那個老先生——」小田桐這麼說，松澤少尉聞言將視線轉過去那邊。

「可真時髦啊。」

「那位是曾經參與東北戰爭的有名軍人。」

語氣似乎在質疑怎麼會扯到時髦。反省之後，小田桐明白是表達方式錯誤。也難怪，Underground這裡並沒有純粹為了打發時間而閒扯的習慣。想表達什麼或是想問事情的時候，一定要選擇正確的辭彙才行。

在戰爭持續進行的情況下，根本沒有餘力去注意服裝的事情，他心想。

「軍人必須時常注意服裝保持整齊清潔，如果邋遢散漫，就是不合格的軍人。」

小田桐覺得好像是在說自己不合格，不覺有些喪氣。松澤少尉嘴角浮現一抹淘氣的笑，似乎覺得自己說得太過一板一眼了。

「過去由於一切資源都缺乏，大家的穿著都很差，相較之下如今已經好得多了，只不過因為軍事費用的比率只升不降，自然沒辦法奢侈講究。可是，我們大家都喜歡規規矩矩的服裝，說不上什麼時髦喔，畢竟這裡總是受到全世界的矚目，打扮必須規規矩矩才行。」

那才是真正的時髦啊，雖然想這麼說，但還是作罷。男孩子們的球滾了過來，松澤少尉撿起來扔了回去，男孩以額頭接球，經胸部、大腿巧妙地將球完全停住，「謝謝。」以很嘹亮的聲音道謝。「真厲害。」小田桐喃喃說道。

「這裡沒辦法建造足球場。」

松澤少尉的眼睛追著男孩看，說道。

「棒球場也沒有辦法，需要廣大空間的設施都沒辦法建造，不過，游泳池或是小型慢跑場，不需要太大空間的比賽場地還是可以的。我們的游泳與長距離田徑項目很強喔，有時會獲邀參加亞洲或中南美的運動大會，曾經締造輝煌的紀錄，可惜還是沒辦法參加奧運。不過，全世界的人都知道，日本在馬拉松方面經常是世界第一，選手就不必說了，連孩子們也都拚命練習，與柔道、劍道和相撲相比，練習足球、游泳、田徑或是射擊，不是更能夠向全世界展示自己的力量嗎？」

「少尉也練什麼運動嗎？」小田桐第一次以「少尉」來稱呼。

「我練低欄和鉛球。」

「鉛球？」小田桐提高了嗓門。松澤少尉露出了「是不是很意外呀？」的笑容，「我的胳臂相當粗喔。」說著捲起制服的袖子給他看。

「對吧？」

小田桐搖搖頭。根本算不上粗。白皙的皮膚上，隱約可見青色的血管與柔軟汗毛。那如同大海彼方的波浪般，白皙美麗的胳臂的那一側，是繼續練習控球的男孩們與看報的老人。小田桐覺得，自己似乎明白為什麼處於封閉的狹小空間裡卻沒有壓迫感的原因何在了。

「這是我的父母親，這位是小田桐先生，司令部的客人，可能會留下來住幾天。」

被帶來的地方是松澤少尉自宅。穿過盡是工廠、事務所與商店的區域走了相當長的距離之後，來到一處排列著幾乎同寬的細長出入口的地方。看來像是住宅街，門上的確標示著「S-325」，還掛著小小的門牌。進去之後是個五坪左右的長形空間，那就是松澤家的全部。不必脫鞋。牆邊有狹窄的摺疊式三層床。桌椅似乎全都是可以摺疊的，固定式的棚架上排列著電話和電視、造型奇特的電腦、數量可觀的磁碟片、書，以及大概是在瑞士拍攝的皇室全家福，背景是湖。

「失陪一下。」

松澤少尉說著走向盡頭處的廚房，關上摺式的拉簾，換好衣服。將制服掛進隱藏式的衣櫥，小田桐的羽毛夾克也接過去掛在一起。

握手之後，松澤少尉的父親讓了張椅子請小田桐坐，心裡似乎在猜想來者是何方神聖。身穿肘部有補強的茶色毛衣與同色系的厚長褲。個子很高。灰髮覆著前額，下面是銳利的眼睛，嘴角與下巴顯示出堅定的意志。小田桐一直覺得忐忑不安。松澤少尉穿著粉紅色薄毛衣，深藍色居家長褲，窺探站在廚房的母親手上在做什麼。母親穿著圍裙，往上盤的頭髮用塑膠髮飾固定住，身高比女兒矮十公分，手背與臉頰顯得豐腴。廚房狹小，兩個成年人站在裡面就什麼事都做不成了。熱源應該是電力。裝有抽風機，與大小比較起來顯得相當安靜。

「綾子。」

父親叫道，少尉應了一聲轉過頭來。父親來回看著小田桐與女兒，「難道——」他說道：

「難道說，這個人，是妳的……」

「不是啦。」少尉端出盛裝菜餚冒著熱氣的鍋子放在桌上，在小田桐旁邊的椅子坐下。

「剛才不是說過嘛，是司令部的客人，因為我這兩天事情比較少才會帶他過來的啦。」

少尉說著，將鍋裡的內容盛在小湯皿中放在桌上。母親用托盤送來米飯與泡菜，忽然間就要開飯了。小田桐看看時間，下午六點多。從玄關門上的小窗看出去，外面的通道已變得昏暗。似乎已經調整為夜色了。在這間屋子裡，到就寢之前的時間到底應該做些什麼來度過呢？小田桐思索著。四人處在一起空間過於狹小，更何況，我該睡在哪裡呢？床只有三張而已，而且根本沒想到馬上就與別人的雙親一同用餐。

「是小田桐先生喔。」

父親並沒有碰碗筷，皺眉看著小田桐。「我要開動嘍。」松澤少尉說著開始進食。湯皿裡盛的是蔬菜燉雞。「好啦，老公，先吃飯吧。」母親催促著，但是父親相應不理。

「你隸屬於什麼單位？既沒有穿制服，又說什麼是司令部的客人，難道不是日本人嗎？」

怎麼演變成這步田地啊？小田桐心想。雖然燉雞散發出香味，父親的心情卻似乎並不太好。女兒帶了個來歷不明的男人回家，這也難怪。「我是日本人。」小田桐回答。

「是喔，長相與講話的確是日本人，可是，身上的贅肉太多，應該也還不到退伍的年齡才對。」

小田桐正要開口時，松澤少尉制止他，靜靜地說：「爸，這太失禮了吧。」

「有什麼失禮的，我還沒有老到得聽妳訓話的地步，這是怎麼回事？難得看妳早回家，卻帶了這麼一個是什麼部隊都不清楚的男人回來。」

真的好像置身於老電影裡一樣。小津安二郎，那樣的電影。父親似乎並不想吃飯。毛衣相當老舊，四處可見縫補的痕跡。「不好意思，很冒昧突然來訪，我還是離開到別的地方……」小田桐小聲說著時，電話響起，少尉接起來聽。「好了老公，快趁熱吃吧。」母親對父親說，然後對小田桐輕輕點頭致意，說：「真是不好意思。」小田桐搖搖頭說沒關係，父親卻大聲說道：「不必跟來歷不明的傢伙道歉！」

「不要吵啦，我都聽不清楚了，這是通重要電話喔。」松澤少尉握著非常小的聽筒，正色說道。父親雙手交叉在胸前瞪著已經不再冒熱氣的湯皿。「請不要介意，我們這裡地方小，還是可以當成是自己家一樣，別客氣。」母親小聲對小田桐這麼說。「外面又沒有旅館，老公，你就克制一下自己的情緒吧，上回不也招待過一位法國電視台的人住下來嘛。」聽了這些話，父親不高興地說：「那是一種外交啊。」交叉在胸前的手依然沒放下。

「真是的，都已經解釋過兩次了。」

松澤少尉看著小田桐。

「已經決定明天出發了，為了演奏會，Wakamatsu明天要動身前往Old Tokyo，來福槍分隊將隨行護衛，你也要一起去喔。太好了，出發的時間比預期的要早。」松澤少尉說著對小田桐一笑，繼續啃帶骨頭的雞肉。

「綾子。」

父親的表情一變，放下了交叉在胸前的手。

「這一位明天也要在來福槍分隊的護送下和Wakamatsu一同前往Old Tokyo嗎？」

松澤少尉捏住骨頭的部分啃著雞肉，點點頭，正要開口說話時，父親舉起大手制止她。

「不必說沒關係，我明白，是我誤會了。」

然後轉向小田桐，深深一鞠躬。

「不好意思，我應該早點明白你身負祕密任務才對，我曾經在軍中待了三十年，也了解特務的情況，真是不好意思。」

「這點事情不必在意啦。」小田桐這麼說，松澤少尉對他一擠眼睛，似乎是表示幸好沒有造成誤會。之後，父親的態度為之一變。「記得還剩兩瓶才對。」說著自己站起來去廚房的小冰箱拿了啤酒來，交代母親把燉雞再熱一下，然後和小田桐乾杯。瓶身貼著「櫻」商標的啤酒味道香醇酒精含量也高，「真不敢相信竟然這麼好喝。」聽到小田桐讚美，父親高興地表示：「這可是世界第一的啤酒喔。」並且一再乾杯。「使用富士山的地下水，完全採用德國的方法釀造，據說在Old Tokyo的黑市一瓶要價美金十塊錢，就連聯合國部隊那些傢伙喝過之後都受不了其他啤酒了。美國的啤酒很差，根本沒味道，簡直就是苦澀的小便，連那麼差勁的啤酒都會高高興興灌下肚的傢伙，日本怎麼可能會輸給他們。」當父親得知小田桐曾參與隧道修復工程現場的戰役之後顯得更加興奮，才喝了一瓶大瓶的啤酒就已經臉頰通紅，開始講起自己過去的經歷。那似乎已經是老生常談，吃飽飯的母親與女兒相視而笑，一臉「又開始了」的表情。「我在西九州戰爭中與八路軍交過手，那些傢伙可要比美國佬或是俄國毛子難纏好幾十倍，老實說，當時那些傢伙在游擊作戰方面或許還更勝我們一籌，我是在戰爭快要結束的時候前往西九州的，雖然是第一次參與實戰，但是因為曾經接受嚴格的訓練，僅僅半天的時間就成為一個合格的游擊隊士兵，我參加了掃蕩戰，因為那個時候八路軍已經被逼退到雲仙一帶，他們雖然厲害，可是游擊戰中不清楚地形的話可贏不了，經過兩度交鋒演變成肉搏戰的時候，我發現自己已經脫胎換骨，那是在訓練中絕對不會明白的，不是有種稱為慢動作的鏡頭嗎？我看到拿著ＡＫ的八路軍從對面的樹林裡，他們稱ＡＫ為五六式，好像野鹿一樣跳躍前進朝我們逼來，我躲在倒樹後面，可是ＡＫ的子彈嗶嗶啪啪削掉了朽木的樹皮，那可真是猛烈的突擊啊，不過八路軍並不知道我們埋伏在那裡，我們戴著經過偽裝的鋼盔悄悄探出頭持續觀察著敵人，等到敵人逼近到連露出的牙齒都看得清清楚楚的時候，聽好喔，你一定也很清楚吧，我發覺除了自己之外的一切時間都變慢了，變成了慢動作喔，朝我們逼近的八路軍彷彿都停止了動作似的，好像假人一樣等著我行動，我滾了出去攻擊假人，咻，咻，咻，好像奇蹟一樣竟然槍槍命中，開始進行肉搏戰的時候情況還是沒變，敵人以慢動作行動，我則行動自如，只要用刀刺進他們的咽喉或是腎臟就好了，噗嗤，噗嗤，噗嗤，噗嗤，噗嗤，噗嗤，就這樣，我剎那間體會到自己已經成為游擊戰士了；美國佬最差勁了，與海軍陸戰隊一起包圍雲仙的非國民村的時候，你和綾子大概都只知道聯合國部隊而已吧，那個時候還有數目大概是現在一百倍的非國民村，那些傢伙的靈魂和心就不必提了，連外貌都已經變得不是日本人了，他們是國民義勇隊的殘存者，穿著破破爛爛的衣服躲藏在山間村落種植芋頭和南瓜，真的就像是乞丐或是鬼一樣哩，如今依然殘留著相當數目，不過你絕對不能夠相信那些傢伙，雖然會說日語，可是只要能夠保命，那些傢伙會把靈魂和心賣給任何人，在西九州的話全部都是八路軍所豢養的，聽好喔，你畢竟也是特務，如果有機會去非國民村遇到那些傢伙一定要立刻幹掉才行，要是因為聽到用日語喊著饒命饒命而掉以輕心的話，就會在尖銳的大菜刀或是鐮刀下送命，腦袋被送去給八路軍，那些傢伙我們可是見一個殺一個，在和老美的海軍陸戰隊一起包圍那種非國民村進行監視時還發生了一件事，一個年輕的，說是年輕大概也跟我相同年紀，年輕的白人，在聽收音機，用耳機喔，雖然是用了耳機依然隱約有聲音傳出來，我們的小隊長衝過去痛毆那小子，而且小隊長用純正的英語，白種小子大概是個鄉下人吧，滿嘴愚蠢差勁的英語，連我都覺得很驕傲，小隊長說：『要是再這麼搞就殺了你』，海軍陸戰隊的長官也無話可說，因為這樣亂搞說不定會造成整個部隊被殲滅，這個時候，那個白種小子竟然嘿嘿傻笑著拔掉了耳機，收音機大聲響起，大概是故意做出惡意的反抗吧，海軍陸戰隊的長官還來不及趕來阻止，小隊長就用刀割斷了那白皙的咽喉……」

父親說著這些的時候，母親和女兒邊喝茶邊聽著，實在是幅奇怪的景象。小田桐幾次感到不太舒服。父親的英勇事蹟持續講了兩個小時還沒停。

「真是不好意思，讓你當了這麼久的聽眾。」

「好久沒有這麼愉快的夜晚了。」說著，心情愉快的父親自己組好了床就寢，隨後松澤少尉邀小田桐出去走一走。「慢走喔。」母親的臉上浮現出讓人覺得那應該絕對不會消失的溫柔微笑，送兩人出門。

走在變得昏暗的通道上，不知道是不是因為行人稀少，隱約聽得到類似地鳴的低沉聲音。大概是巨型的換氣設備吧。小田桐覺得胃部一帶很沉重。是松澤少尉父親的故事的緣故。

「剛才出門的時候，媽媽竟然對我說，要是能這樣多一個兒子的話不知道有多好啊，這種話喔。」

剎那間，小田桐想像起將要與松澤少尉結婚著手進行各種準備的情形。可是，隨即又想到那種事情是不可能的。因為住在這裡的人說起來幾乎個個都是菁英分子，如果現在歷史重演的話，小田桐心想，不論怎麼看，我應該都會在那非國民村裡種芋頭或是南瓜吧。

「是獨生女嗎？」並肩走著，小田桐這麼問。難得和松澤少尉在一起，還是盡量別想其他的事情吧。

「有個哥哥，可是戰死了。」

好像問了件不該問的事情。看過那動作疾如風，從火焰中衝出轉眼間便將四輛裝甲運兵車化為廢鐵的游擊隊士兵，心中已經有了他們彷彿是不死之身的印象。

「我今年，已經二十八歲了喔。」

松澤少尉說。她的手背在後面，膠質涼鞋的後跟一路敲著通道的塑膠地面。粉紅色毛衣的質料並不太好。應該已經穿了很多年，可見多處磨損的痕跡。織線變薄的部分透出身體的曲線。裸體一定很美吧，小田桐心想。

「看起來不像二十八嘛。」

「不可能啦。」松澤少尉聞言搖搖頭。

「在過去，女性士兵非常少，像我媽媽也曾被捲入戰火，當然也會使用步槍射擊，可是她並不是士兵喔。不過現在不同了，有大批的女性士兵，四十八人委員會對於女性士兵是否能夠直接上戰場還沒有達成結論，不過，這些年來女性研究員、技術員、醫生也不斷增加，出生率因而急劇下降喔，甚至有人認為再這樣下去，即使不對Underground採取任何手段，到了二〇二五年我們也會自行滅亡。」

兩人來到的地方，是一處有白天喝柳橙汁的廣場兩倍大的空間，有個用塑膠磚堆砌出來的部分，應該是舞台。現場已經聚集了數十人。松澤少尉跟幾個熟人打招呼。還裝設有音箱。負責操控ＣＤ設備的是個十五、六歲的年輕男孩，大概是高中生吧。

終於，音箱中放出與小田桐在那邊世界所聽過的任何音樂都不一樣的奇妙節奏與旋律，身穿白色芭蕾裝的女孩出現在舞台上。首先進行的是根本沒辦法跟著打拍子的複雜節拍，然後配上以單簧管、雙簧管、長笛與小提琴發出的不諧調音交織而成的和聲，背後並且加入類似吟唱古蘭經的金屬式高亢歌聲。這是Wakamatsu的新作，松澤少尉加以說明。小田桐心想：原來這個鋼琴家並不是只會演奏古典音樂啊。這時，原本在舞台中央直立不動的少女，有如鳥類展翅般伸開雙手，然後又維持那個姿勢不動。從開始到結束非常流暢，動作本身進行異常迅速。感覺就好像少女並沒有動，只是鎂光燈閃爍的那一瞬間產生了影子隨即又消逝似的。接著，少女高踢左腿，腳尖緩緩放下至與舞台平行的位置，而後再次靜止。接下來，少女抓住複雜節拍中的某一點，手腳維持原來的姿勢開始以右腳為軸旋轉，這時小田桐感覺背部有東西一閃而過，不禁開口叫好，甚至忘了身旁松澤少尉的存在。仔細一看，少女全身都經過徹底鍛鍊，甚至散發出一種殘酷的感覺。她是世界知名的舞者喔，松澤少尉的嘴靠近小田桐耳邊為他說明。這不必說我也知道，他想要大吼。因為被少女的舞蹈所吸引心情正愉快時卻被拉回到現實。觀眾鴉雀無聲。身體旋轉之後，少女開始重複著某種小動作。右手與左手，右腳與左腳交互短距離伸出，重複了兩次，可是第一次與第二次的速度不同。第一次的速度快到眼睛都難以捕捉，第二次則有如溜冰選手般流暢而緩慢地運動手腳。與其說那動作是配合著音樂，不如說是抓住了複雜節拍的某個瞬間來進行的。那反覆中穿插著微妙的變化持續進行，可以感覺到廣場的氣氛逐漸緊繃。雖說有變化，也只不過是偶爾手掌翻飛，腿部動作忽然停住，肩膀瞬間一抖那種程度，可是時機都經過綿密的計算，廣場上開始發生不成聲音的騷動。小田桐也明白那是緊張轉變成興奮所引起的。汗水在少女的額頭上發亮，她邊繼續跳著邊環視觀眾並且露出了笑容，這時響起了類似搖滾演唱會的那種歡呼聲，還有人吹口哨。少女極度緊張，可是卻也表現出自己樂在舞中。小田桐原本並不知道舞蹈中竟然蘊含著如此的力量。在廣場的封閉空間中，彷彿只有那少女是活著的。而且，專注看著少女的舞蹈時還有種感覺，彷彿原本被強化塑膠包圍著的空間開始融解，向外無限延伸出去。不知不覺間小田桐的太陽穴與腋下冒出了汗水。心情變得極度亢奮，甚至連自己身在何處一類的事情都變得曖昧不明。這麼了不起的舞蹈為什麼只在區區數十名觀眾面前表演呢？小田桐心想。他們應該是要相互確認自己是了不起的民族，這不須松澤少尉說明也能夠了解，那名少女擁有居住在Underground的日本人的尊嚴，當然也是因為自己喜歡而持續接受舞蹈訓練，是一種處於與原來那世界的盂蘭盆舞及阿波舞等等所謂鄉土藝術相反位置的舞蹈……以敵人也能夠了解的方式，以全世界都能夠理解的方法、語言和表現，持續展現我們的勇氣與尊嚴，這將是活在下個時代的各位的責任…………孩子們實現了教科書裡的內容，這些人們，比方說，是不是就算要將那些住在稱為非國民村的地方種植芋頭和南瓜，為了求生而將自己賣給敵人的傢伙趕盡殺絕也都沒關係呢？小田桐想著，心裡似乎有種恐懼感。可是並不清楚是對什麼東西的恐懼感。

「那個啊，就是配合著Wakamatsu經常提倡，稱為Asian Polyrhythm的節奏，將能樂與古典芭蕾結合而成的獨特舞蹈，除了那女孩之外還有非常多優秀的舞者喔。」

嗯嗯，很容易理解的舞蹈，這麼邊聊邊走回松澤家，地板上鋪好了為客人準備的毛毯，小田桐正準備就寢時發現跪坐在昏暗屋內一隅的母親，差點叫出聲來。母親面對設在牆角的小佛壇，用幾乎聽不見的聲音誦經。之前一直沒發覺在那裡，真的是非常小的佛壇。松澤少尉望著那裡說道：

「是為了哥哥，直到今天母親依然會在大家睡了之後誦經，一個晚上都不曾間斷過。」

漫長的一天過去已經快要累癱了，可是發覺母親的誦經聲中途似乎轉變成啜泣，小田桐覺得彷彿被施加了詛咒似的，久久難以成眠。

第6章

Old Tokyo

這傢伙擁有意志，
能夠給無形的東西賦予實體的意志，
小田桐覺得那意志似乎成了一種眼睛看得見的，
閃閃發光的東西。

松澤少尉送客來到車站。這是兩年前才通車的新隧道，她加以說明。

「連我都還沒有搭過呢。」

車廂裡是橫式雙人座位，可搭乘六人，第一節車廂呈流線型。簡直就像是雲霄飛車嘛，小田桐心想。

松澤少尉介紹小田桐與Wakamatsu，以及來福槍分隊一位名叫Mizuno（水野）的少尉認識。Wakamatsu只在與小田桐握手時站起來，之後就一直坐在長椅上戴起耳機彈著擱在腿上的小型電子合成器。看起來既像是小孩子在撥弄玩具，又像是母親在哄著小嬰兒。原以為是個年紀更大，板著個臉的人物，可是跟想像中完全不同。年齡與小田桐相仿，即使士兵們隨即坐在一旁窺探手法也沒說什麼，反而將耳機借出讓他們聽聽聲音。雖然Wakamatsu確實是曾在倫敦和紐約公演的世界級音樂家，可是有必要出動武裝部隊護送嗎？小田桐昨夜曾這麼問。因為音樂會的場地在West Bombay Slum的正中央而聯合國部隊要求停止舉辦，不知道會發生什麼狀況，可是一來各方面早在半年前就已經開始準備，甚至還有海外的觀眾前來，沒辦法喊停，再說Wakamatsu也很想辦，松澤少尉解釋。來福槍分隊的分隊長，是個留著鬍子，胸膛厚實的軍曹。我以護衛任務指揮官的身分同行，水野少尉向小田桐說明。水野少尉似乎也認為小田桐是個身負特殊任務要潛入Old Tokyo的人。來福槍分隊的成員包括水野少尉、好像叫做武平的軍曹等九人，個個都一身野戰服，全副武裝。軍曹背著火箭筒、步槍及全自動榴彈發射器，水野少尉除了步槍之外腰間還掛了個槍套，裡面是槍身縮短的霰彈槍。水野少尉應該還不到二十五歲吧，偶爾會露出親切的表情，體格就像是個足球隊的中場球員。

身穿深褐色制服負責檢查列車的主管發出檢查完畢的信號，水野少尉所率領的士兵轉眼間完成整隊，依序上了車。小田桐與松澤少尉握手，雖然想送個什麼禮物當作紀念品，可是身上什麼也沒有。反倒是松澤少尉送了一個隨身聽大小，從未見過的機器。很像是攝影用的測光表。

「這是個數位顯示的磁力儀，從隧道工程單位那裡借來的，當作是比較複雜而精巧的指南針就好了，打開開關，按下黑色鈕就會顯示出數值，請在尋找回去地點的時候使用，一般來說再高也不過二點五到二點七而已，在目標地點我想大概會出現意想不到的數值吧。」

小田桐被安排與Wakamatsu同座。繫上安全帶。松澤少尉揮著手。像是雲霄飛車的列車起動了。

「速度真快啊。」

Wakamatsu打開了話匣子。車廂狹窄，沒辦法將電子合成器擱在腿上。

「好像兩個小時會到，是過去的一半。」

Wakamatsu用無精打采的模糊聲音說著。士兵們好像全都在睡覺，大概是養成了能休息的時候就盡量先休息的習慣吧。隧道內依然黑暗。只不過頂上每隔一定間距出現的照明並不是電燈泡，是日光燈。

「如果想睡覺的話就直說，我就閉嘴。」

短髮，尋常的白襯衫配黑色V字領毛衣，好像工作用的多口袋卡其色長褲，長統靴，似乎有點寂寞總是望著遠方的眼睛令人印象深刻，但是看起來並不像音樂家。怎麼看都像軍人。

「我不睏，沒關係。」

Wakamatsu聞言喃喃說：「太好了。」好像在自言自語似的。

「可是我已經很睏了，即使話題很有趣氣氛很熱烈，如果我想睡的話，希望談話能夠就到那裡為止。」

聽到這些話，小田桐暗自笑了笑，心想：還真是個連小事都要一一確定的怪人哪。

Wakamatsu面無表情地隔著密閉式擋風玻璃望著黑暗的外面。

「我從司令部那裡聽過你的事情，據說是從別的地方來的。」

小田桐點點頭。

「我也是四十八人委員會的成員，所以各方面的情報大致也都能掌握，你之前所處的世界，也有莫札特吧？」

有，小田桐回答。

「是喔。」

Wakamatsu的視線，從黑暗的外面移到了擱在前面座椅的電子合成器上。

「想不想聽聽我的音樂呢？」

「聽過了。」

Wakamatsu聞言似乎嚇了一跳。「在哪裡聽的？」

小田桐說明地點與情況之後，「覺得怎麼樣呢？」他扭身靠了過來。

從來沒聽過那樣的德布西，小田桐實話實說，然後又補充：感覺音樂閃閃發光，好像可以用眼睛看見似的。

「真的嗎？真的嗎？真的嗎？」Wakamatsu聞言數度確認，高興得像個小孩子似的。

「我真的很高興喔，不論是在演奏的時候或是作曲的時候，我所想的正如同你剛才所說的那樣，企圖創造出某種具體的，好像是可以看見的，可以實際觸摸的音符，並且加以串連，你明白嗎？我的父親是個技術員，過去曾開掘過隧道，仍然健在喔，小時候偶爾會帶我去現場看，如今這個隧道已經採用雷射了，可是過去只能夠使用鑽孔機，聽說更早期還是以人力進行挖掘的，雖然說切削岩石與爆破基本上並沒有改變，不過要爆破岩盤可是非常困難的喔，要開出正方形坑穴的時候，爆破孔會以非常美的對稱形式排列，穿心孔、冠孔與踏孔、援助孔，這樣的配置啊，簡直就美得像是DNA模型一樣，遇到質軟地盤時就必須使用構件來支撐土石，使用木頭支撐的形式似乎也可以視為一種建築物，使用鋼鐵的拱型支撐也很美，再來就是革命性的支撐材料，乙型塑膠的開發問世，簡單說就是沒有任何多餘，也沒有任何不足，我父親經常這麼說，好的隧道看起來好像並不是人類挖掘出來的，而是自古就存在於那裡似的，我就是想作出那樣的音樂，比較容易懂的要算是莫札特了吧，而且是第二十號到二十七號的鋼琴協奏曲，沒有多餘，也沒有不足，感覺那並不是莫札特所創作出來的，只是由莫札特從某個地方找出來罷了，剛接觸鋼琴不久就聽到莫札特，心裡不免會想，只要有這種東西就足夠了吧，大概任何人都會這麼認為，既然有這種東西存在，還有必要創作新作品嗎，如果有哪個音樂家沒有這樣的絕望就是不知羞恥吧，因為那是將完美這種概念轉化而成的音樂啊，可是如果大家都因此而打退堂鼓的話，我們就聽不到德布西、威爾第還有華格納了，你說是吧，記得是去年吧，法國一位名叫高達的電影導演來到Underground拍攝紀錄片，非常科學的，歐洲派的人物，他認為自己並不是在製作或表現什麼東西，只不過是將影像加以組合罷了，加以組合，嗯，非常容易了解喔，我也有同感，爆破孔的配置與支撐構件的造型也都是組合，既然是組合，應該有接近無限多種可能吧，或許會有與莫札特不同的組合也不一定，小心翼翼地從單純的組合出發，一點一滴將那組合複雜化，並不是想出什麼好點子或是靈光一現什麼的，就和我父親以前所做的一樣，考慮地質條件與隧道的長度和大小，用計算尺算上幾百遍、幾千遍，就像用假設法和消去法來解數學題一樣讓事物越來越明確，進行這種作業的時候既不會興奮也沒有快感喔，用M16狙擊敵人要比這有趣一萬倍，這麼做下去，某種時刻就會來到，一種令人難以置信的瞬間，就好像有恐龍從平靜無波的湖中冒出來一樣，會有音樂出現，不是做出來或是完成，是突然之間，好像很久很久以前就已經存在的東西正巧現身似的，就那麼出現了，接下來只要機械式地賦予形式即可，超乎尋常的只有那出現的瞬間而已，會令人震顫，好歹我也是個不錯的士兵，不論用M16也好用AK也好，以全自動射擊將目標的腦袋如同哈密瓜一樣打爛的時候好像也會有喔，有種超乎尋常的東西，比那更超乎尋常的東西並不多喔，可是，那出現的一瞬間會令人震顫喔，或許和作戰有得比吧。」

小田桐邊聽邊點著頭。Wakamatsu所說的事情大概只能了解一半。可是Wakamatsu並沒有以別人不了解也無所謂，只要自己能說個痛快就好的方式講話。小田桐聽得出那是經過審慎選擇措辭用語，想要盡可能讓人容易明白地講話。不會錯，小田桐心想。就是這傢伙彈奏出那種德布西，為那種芭蕾作出節拍複雜至極的音樂的，並不是因為散發出極有個性的光環，也不是因為這傢伙體內有什麼別人所沒有，類似製作工廠的東西，只是這傢伙擁有意志，能夠給無形的東西賦予實體的意志，小田桐覺得那意志似乎成了一種眼睛看得見的，閃閃發光的東西。就和Wakamatsu所彈奏的德布西的音符化為眼睛看得見的光粒子是一樣的。

「我會在音樂會上演奏新曲目，希望你務必要來聽，為理查．史特勞斯的《變形》加上節拍，演奏時間是一個小時，沒有什麼起承轉合，有的是漸強，緻密的、壓倒性的、巨大的漸強

（crescendo），相當有意思喔，或許吧。」

才說到這裡，沒一會兒Wakamatsu竟然就睡著了。映入眼中的只有等間隔亮著的日光燈而已，其他什麼也看不見。坐在狹窄的位子上，小田桐也倚著車廂閉上眼睛，卻因為松澤少尉浮現在腦海而睡不著。竟然連不經意的小動作與臉部表情都記得一清二楚，自己不禁有些訝異。

那白皙的手臂，在燈光調降成昏暗夜色的塑膠通道裡並肩散步時涼鞋的聲音，膠質涼鞋前端微微可見沒塗蔻丹的腳趾甲，曲線令人覺得非常奇妙的小腿肚，透過粉紅色毛衣隱約呈現剪影的背部美麗線條，全都位於兩千公尺的地底，令小田桐陷入了感傷的漩渦之中。從口袋取出磁力儀，打開開關，摁下黑色按鈕試試。出現的數值是二・四七三三〇八。小田桐長久看著那液晶顯示面板。

胳臂被Wakamatsu一頂睜開眼睛時，那氣氛奇特的月台上已經有荷槍實彈的士兵列隊維持警戒狀態了。除了水野少尉的部隊之外還有將近二十名士兵排列在月台上，同樣是全副武裝。應該是車站的警衛部隊吧。擋風罩被人從外面打開，隨著Wakamatsu下車，隨即就有一名士兵遞上了防毒面具。慢慢吸氣，用力呼，將電子合成器背在肩上的Wakamatsu這麼教小田桐。橡膠的味道與觸感，視野變得狹窄，呼吸聲聽起來被放大了。小田桐一行所搭乘，像是雲霄飛車的列車上堆放著木箱與金屬箱。水野少尉邊戴手套邊走了過來。

「聽說你要前往南富士對吧？」

小田桐點點頭。

「音樂會之後，我們會同行，所以到音樂會結束之前你就跟著我們。」

聽到這些，Wakamatsu輕拍小田桐的肩膀。太好了，可以聽到非比尋常的漸強嘍。

月台的空氣冷冽而且濕氣重。混凝土地面潮濕。松澤少尉的母親在夜裡幫忙洗淨球鞋並且晾乾了。小田桐這才知道，清潔乾爽的鞋子穿起來這麼舒服。

走了一段路之後，日光燈變成了電燈泡，雖然視野受限於防毒面具看不清楚，可是來到的開闊場所似乎是什麼工廠的遺址。繼續前進之後，地面四處變得滑溜溜的。不知是油漬還是長了青苔，只得戰戰兢兢前進以免滑倒。或許是看起來很不安，走在後面的Wakamatsu出聲招呼。

「並不是遭到什麼化學武器的攻擊喔，因為這裡很久很久以前是地下工廠，會出現一些瓦斯罷了。」

時高時低的天花板有各種東西垂掛下來，到處都有地方漏水。走在Wakamatsu與小田桐前後的士兵們一路都沒有發出聲音。不但沒有腳步聲，就連肩上的多把火器槍枝都沒有發出碰撞的聲音。隱約只聽得到戰鬥服布料摩擦，非常微弱的聲音。軍曹領頭，水野少尉殿後，行進的速度非常快。小田桐雖然跟得上，但因為還得一面注意不要滑倒，不時必須小跑步才行。右側排列著巨大的水槽，上面附著彎彎曲曲的管子。只不過水槽與管子都好像得了皮膚病似的滿是鐵鏽，破裂外翻扭曲，重重堆疊。掉落積水地面的管子上和破裂的水槽底下有成群的老鼠窸窸窣窣蠢動著。發現小田桐一行人的老鼠發出像是數千個嬰兒同時吸奶似的難聽叫聲；堆積如山的管子崩落的生鏽金屬碰碰撞撞跌落地面發出沉悶的回音。老鼠開始行動了。那麼一大群，根本逃不掉吧，小田桐正這麼想的時候，水野少尉對一名站定的士兵打了個手勢。快趴下，是震撼彈，Wakamatsu押著小田桐的肩膀。Wakamatsu將電子合成器挪到左腋先趴下身去，小田桐也跟著臥倒。心裡後悔怎麼沒有借雙手套來戴。地面的觸感令人發毛。摸起來好像青苔上發霉，然後上面又覆蓋了青苔，整個腐爛掉似的。身旁是穿著連帽厚外套的Wakamatsu。由於眼睛的位置降低，鼠群的輪廓變得更清楚了。彷彿是表面有無數腫瘤，長著粗硬短毛的地毯不斷朝自己逼近。尾巴如同雨點打在水面般波動起伏，牙齒在電燈泡的光線下發亮。快閉上眼睛，Wakamatsu在耳邊大吼，士兵對著逼近到只有數公尺的群鼠鼻尖發射震撼彈。一股火藥味傳來，眼底被染成明亮的橘紅色，小田桐一瞬間失去了所有的感覺，隨即聽到「快起來，走啦！」手臂被人拉著站了起來。震撼彈漂浮在積水上繼續燃燒著，發出噗嗞噗嗞的聲音。鼠群陷入了恐慌，互相踐踏逃竄。有幾隻跌跌撞撞爬了過來，那體型幾乎可說是小兔子的老鼠，被士兵一腳給踢飛了。

穿過地下工廠來到坡度和緩的通道時，水野少尉下令可以除下防毒面具。那通道的入口站著兩名步哨，由牆邊經過偽裝的開關點亮了照明。不是電燈泡而是原子筆大小的日光燈。在微弱的青白色燈光下浮現出來的通道由中途開始越來越狹窄，終於只剩下一個人勉強能夠通行的寬度，並且朝兩、三個方向分岔。不論天花板、地面或兩側的牆壁都澆注了厚厚的混凝土，路上多處設有堅固的灰色金屬門，彷彿是在大型核子防空洞的內部似的。逃離鼠群之後，小田桐想起了之前聽Wakamatsu說過的事情……Old Tokyo的地底到底是什麼樣的狀況，有些什麼東西，沒有任何人清楚，在遭占領之前原本就有地下鐵，美軍登陸之前又毫無計畫亂挖地下坑道，遭占領之後有一段時期為了防備蘇聯的核武而將通信等纜線全部埋入地下，還建造了幾座地底工廠，這些都在Slum形成之後廢棄，如今已形成了一個分成很多層的迷宮，除了老鼠之外還棲息著各種生物，更匪夷所思的是甚至還住著人哩。雖說Slum的路上也有大批流浪漢，不過那些住在地底的傢伙更是可怕，或許已經不能夠算是人了吧，已經退化了，視力當然是已經沒有了，也不會說話，我曾經遇到過一次，沒有攻擊性，只是好像掉到地上的樹懶似的慢吞吞爬行生活著，似乎怕光，用燈一照就嚇得怪叫，你根本無法想像那種聲音是人類所發出來的，聽了之後連續好幾十次出現在惡夢裡喔，根本不想聽到第二次，我知道退化是怎麼一回事喔，雖然我並不知道進化是不是需要意志，進化的價值也一言難盡，可是退化就很糟了，那好像是生存意志被連根拔除的叫聲，與其說是恐懼，不如說是羞恥，好像是充滿羞慚的聲音，老鼠的叫聲都比那要好得多……小田桐想到了，在那隧道修復工程現場的戰役中，那個小腹中彈的敵人士兵，同樣也露出了似乎滿是羞慚的表情。

持續走過一再分岔的狹窄通道之後，登上一段很長很長的階梯。來到階梯盡頭準備打開鐵門的時候，所有士兵都進入了備戰狀態。身體緊貼著牆，各自把槍拿在胸前打開保險以便隨時可以射擊。軍曹首先拿出一個像是小型計算機的東西，摁下標示著數字的按鈕之後，傳來鎖打開的聲音。門開了約兩公分的縫。軍曹確認過門的那一側，與水野少尉交換過手勢之後，將看似沉重的門完全打開。軍曹躲在門後探出半身將步槍伸向外面。士兵一個接一個壓低身子從裡面出去。因為不清楚Old Tokyo會發生什麼狀況，千萬不能大意，Wakamatsu這麼說。小田桐也跟著Wakamatsu來到外面。是一棟半毀大樓的地下室。天花板有一半塌陷，成束的鋼筋扭曲變形，那一方可以看見小田桐久違了的明亮天空。雖然被混凝土碎塊遮蔽，被四周的大樓圍住，又瀰漫著類似廢氣的煙霧，還是因為懷念而不由得深深吸進一口氣。

士兵們兩人一組踏著瓦礫堆跑了出去。軍曹經常打頭陣，確認安全之後兩人接著跑出去，就這樣依序前進，最後是Wakamatsu、小田桐與水野少尉。衝上瓦礫堆來到一樓。無樓板的牆面上有多處砲彈的彈痕。有個像是大廳服務台的狹長櫃檯，爬著藤蔓的各樓層劃分成許多房間，小田桐猜測這裡原本大概是飯店，可是除了玻璃與瓷磚的碎片之外什麼也沒留下。穿過一樓層面走向只剩下支柱的旋轉門入口時，發現有一名男子坐在混凝土塊的陰影中。乾瘦的男子骯髒到看不出年齡和國籍，而且明顯已經發狂。好像不久前才被揍過，門牙全部斷落嘴裡仍然淌著血，見到士兵時臉上的表情依然沒變，只是用手中類似美工刀的東西割著自己的頭髮，然後靜靜看著割下來的頭髮從手中散落。穿過只剩支柱的旋轉門，來到原本可能是飯店的建築物外面。一輛整個燒得焦黑的大型巴士橫倒在地，旁邊有幾名少年圍著一個火堆。同樣都穿著質地粗糙的連帽外套、破破爛爛的牛仔褲和球鞋，十五、六歲的黑人和白人，大概是打斷那個流浪漢牙齒的傢伙吧，塊頭最大像是頭頭的黑人抓著一個白色的小東西高高舉起，對眾人笑著。一發覺士兵來到，他便發出好像女孩子見到當紅歌星似的歡呼，並且試圖接近。見士兵們舉槍制止，他好像真的被開槍打中似的嚇了一跳，反射性地停下腳步，隨即高舉雙手。「別開槍，別開槍！」他用發音很不標準的英語喊著。八成是經常遇到這種情況吧，小田桐心想。因為那是深知若是無視警告就會被射殺的人會有的反應。「你們在這裡幹什麼？」軍曹用英語問。帶頭的黑人舉著雙手，搖頭表示聽不懂英語。一名士兵以西班牙語問同樣的問題，然後翻譯對方的回答。「只是在這裡燒營火胡鬧而已，並不知道這裡是禁止進入的區域。」他說。「準國民總部到底在搞什麼鬼啊！」水野少尉不耐地說道。「難道沒有派步哨嗎？好吧，幫我傳話，這些傢伙統統要槍斃。」士兵用西班牙語翻譯告知，男孩們瞪大了眼睛，高舉雙手七嘴八舌嚷嚷著。還有人邊喃喃說著：「No，No，No」邊哭了出來。小田桐的視線停在一名個頭比其他人小一號的灰髮白種男孩身上。只有這個男孩沒有吭聲也沒有哭，反而露出了冷笑。臉頰瘦削，眼睛卻特別大。瞳仁也是暗沉的灰褐色。不論哪裡的不良少年都一樣，在單純的角力關係下生存，會在下意識之中採取接受自己在團體內境遇的態度。這小田桐很清楚。那小子經常被其他人欺負，所以見到有壓倒性的強者出現夥伴陷入恐慌哭哭啼啼反而覺得高興。不僅如此，那灰髮小個子機靈，有那種態度的傢伙即使被欺負一、兩年也不會乖乖服從，而是會靜靜等待個子長大能夠報仇的時機到來，而且也知道只要自己有心，就能夠比其他人都聰明、更殘忍，最重要的是，只有那小子不顯慌亂，因為他很清楚情況越是危急，獲救的希望就會因為慌亂而減少。水野少尉下令，要士兵用槍命男孩們雙手抱頭走向迴轉門，在崩塌的牆壁前面朝牆一字排開。兩個白種男孩因為這樣就尿褲子了。三名士兵，在距離數公尺處舉起步槍。不知何時會開槍的恐懼，使得男孩們的脊背直發抖。那個灰髮男孩開口了。雖然只是由發音很破的單字組合而成，但聽得出是英語。飯店，流浪漢，很多，發瘋的人，很多，流浪漢，逃走，很多，流浪漢，逃走。感覺異常漫長的時間慢慢過去，一個男孩臉上失去血色昏倒了。「搞什麼鬼啊。」水野少尉嘟囔著，並且從口袋裡掏出香菸遞給像是頭頭的黑人男孩，透過翻譯告誡：「絕對不准再進來這裡了！」然後將他們釋放。男孩們一臉難以置信的表情接過香菸，邊擦著淚邊不斷道謝，抱起倒地的夥伴匆匆遠去。究竟是水野少尉一開始就只打算嚇嚇他們，抑或那個灰髮男孩的話打消了槍斃的念頭，小田桐並不清楚。灰髮男孩離去時兩人四目相交。或許覺得是同類吧，男孩對小田桐微微一笑。

男孩們的身影消失不見之後，水野少尉命令軍曹：「傳令封鎖C—83通道。」軍曹從胸前口袋掏出通信機敲起鍵盤。另外兩名士兵用沙土覆蓋火堆，然後用力踏過。出席音樂會的時候都是這個樣子嗎，小田桐問Wakamatsu。

「只有在Old Tokyo啦，倫敦要比這裡安全一萬倍。」

離開旅館大門口，走進夾在兩排大樓間的狹窄馬路。身體緊靠著牆邊，在昏暗的陰影中前進。左右兩側大樓的玻璃窗全部都破了，所有建築物都瀰漫著一股霉味與破碎洋灰乾燥的味道，完全沒有人氣。甚至連紙屑、垃圾、菸蒂、狗屎或是破木片都看不到。地面上只有碎玻璃、混凝土碎塊，以及看起來好像是從瓦礫中長出來的鋼筋束而已。盡頭處，可以看到一棟巨大的建築，破碎的窗玻璃反射著夕陽。那棟大樓的二樓伸出一根杆子，上面掛著日章旗。是準國民總部嗎？Wakamatsu喃喃念著，水野少尉搖搖頭，是阿達一族，說著露出了苦笑。這些阿達一族，拿日之丸出來獻什麼寶啊，我來過West Bombay很多次，這裡的準國民最差了。

「就組織來說不是最大的嗎？」

Wakamatsu說，水野少尉點點頭。

「而且是歷史最悠久的，這種組織已經沒用了，不論威脅或讚美都是白費力氣，也不想想該做些什麼，別的不說，那日之丸的比例根本就是亂搞。」

水野少尉這麼說，兩人笑了笑，好像在說真是拿他們沒辦法啊。小田桐覺得很意外，這兩個人竟然是以對等的身分交談。雖然Wakamatsu看起來年輕恐怕也已年近四十，而且是Underground引以為傲的世界級音樂家。水野少尉的年紀至少小他一輪吧，可是並沒有使用敬語。邊走邊悄悄向Wakamatsu提出這個疑問，得到的回答感覺卻像在說別問這種理所當然的事情吧。敬語會模糊責任之所在，溝通的速率也會低落。

日章旗下有好幾百人正在等待Wakamatsu和兵士們。也有人揮舞著日之丸小旗。絕大多數都是混血兒，但是其中有幾名日本人臉孔，坐著輪椅的老人。彷彿藏在皺紋裡的眼睛流下了淚水。Wakamatsu和士兵們來到老人們面前握手寒暄。還有大批肩上背著步槍或衝鋒槍，胸前口袋位置掛著手榴彈，可是並未穿著戰鬥服的混血兒。大樓入口掛著寫有「歡迎若松先生」「日本萬歲」的條幅。雖然是以墨寫在白布上，字體卻很可笑。好像是外國人拚了命寫下的漢字。這個那個也紛紛要求與小田桐握手。輪椅老人們流著淚邊握手邊用力點頭。雖然沒有去過，小田桐心想，不過，巴西等國的日裔移民社會大概就是這種感覺吧。人們不斷高呼萬歲。遠處圍著Slum的居民眺望這裡的景象。眼神空洞的男人，抱著乳兒一臉疲態的婦女，打赤腳的兒童，還有像是死了一樣動也不動的老人。與準國民本部大樓隔著一條馬路的對面是密集的克難小屋，全都以鐵皮和破木料搭成。小田桐想要找那個灰髮男孩，可是每個人看起來都長得一樣，只得放棄。

「警備工作已經夠充分了，我們召集了所有註冊有案的準國民負責警戒，只不過，請容我說明，一方面，我們只知道一部分的聯絡管道，再者，由於音樂會會場周邊的警備工作無論如何都比較重要，要將如此廣大的West Bombay整個劃為禁止進入的區域進行完全警備，是不可能的事情。」

日裔臉孔的老人邊擦著額頭上的汗水邊向水野少尉解釋。大樓二樓類似大會場的這個場所，除了從窗戶射入的斜陽之外，由於破掉的玻璃都以厚塑膠布封住，室內燒著許多煤油爐，熱得令人感到頭暈。大會堂裡有大批脖子上掛著相關識別卡莫名其妙的人，三五成群聚在一起邊喝著茶、啤酒或可樂邊聊天。接受水野少尉查問的準國民本部警備負責人因而非得扯開嗓子提高音量不可。

「容我進一步說明，雖然聯合國部隊已經提出停止舉辦音樂會的要求，可是因為海外前來的ＶＩＰ客人相當多，我們直到不久之前才接到通知，若是依照預定計畫強行舉行音樂會的話必須獨自負責警備工作，並且也接到了報告，從Northern Cross、Southern Cross、Beverly Hills Pocket各本部派出的連級規模裝甲運兵車、裝甲卡車與噴水車已經完成集結正在待命；其他地區也有數以萬計的居民徒步或搭乘汽車前來這裡，所以我們暫且先禁止無許可的East Bombay船隻靠岸；Slum淨化委員會也發出了通知，要捕殺最近在河川地上以前的高爾夫球場一帶異常增加的野狗。所有的準國民已經總動員，大家都非常期待能夠欣賞到Wakamatsu先生的演奏……」

大會堂裡原本的隔間已經全部拆除，有三面是補了塑膠布的玻璃窗，地上鋪著四處破洞翹起的紅地毯。雖然準備有用舊的沙發組、鐵管椅，甚至還有摺疊式的木頭椅子，但人數實在太多，沒位子的人群聚在沙發四周；煤油爐上的茶壺和鍋子冒出的蒸氣以及香菸的煙使得空氣整個都變得白濁。小田桐與水野少尉及其他士兵一同待在房間一隅。警備負責人坐在鐵管椅子上，水野少尉與士兵們則將他圍住。脫掉了連帽夾克與白襯衫只剩一件T恤的Wakamatsu，坐在靠近中央處的沙發上，與看似樂團成員的黑人一起，分發樂譜並大聲說明事情。Wakamatsu的正後方站著剛才進屋前經介紹認識的經紀人保羅，正在應付大批聚在那裡想要與Wakamatsu說話的人。「目前正在商討演出事宜，請各位稍後再來致意。」說著露出不自然而誇張的笑容為Wakamatsu擋駕。名叫保羅的這名男子年約三十歲，是個金髮的東歐人，聽說是Wakamatsu在Old Tokyo的代理人。穿著質料很差、袖子與身長的尺寸都不對勁的單薄西裝；腳上是裂了縫的黑皮鞋。包圍Wakamatsu的人牆旁邊有一群人，看起來像是平面媒體記者，還有三組扛著攝影機的電視台人員。再過去的牆邊，是邊看著畫在大紙上的舞台平面圖邊進行討論的燈光與音響工作人員；胸前掛有勳章的老人們坐著輪椅聚成一圈；叼著香菸的混血兒們來回走動，身上的武器發出喀啦喀啦的碰撞聲；穿著胸口敞開的紅、黑色鑲金線禮服或穿著領子與袖口縫有毛茸茸皮草的白色、黑色洋裝，濃妝豔抹來歷不明的女子，大模大樣直接拿著瓶子喝啤酒；幾個不知什麼人帶來的髒兮兮小孩想要弄可樂來喝，被準國民混血兒追著跑；打扮像是護士的混血女郎推著載有可樂和啤酒的推車來回推銷；四處響起幼兒和嬰兒的哭聲。大會堂裡就是這麼個狀況，並沒有將相關人員全部聚集在一起，至少也該為Wakamatsu與樂團成員準備個別休息室才對吧，小田桐這麼認為，但是將聽到的談話整理之後才知道，這個地區是首度舉辦如此大型的音樂會，大家都因為沒有經驗而手忙腳亂。持續接受水野少尉查問的老人得知自己警備負責人的職位或許會因情況而遭解除，屁股離開了鐵管椅子睜大眼睛，嘴角唾沫冒泡，講話的聲音更大了。

「請您聽我解釋，請您聽我解釋，請您聽我解釋，這一次，說實在的，是Wakamatsu先生在英國和美國大獲成功之後，第一次在Old Tokyo舉行的音樂會，自從場地決定要在West Bombay這裡之後，我們就反覆舉行了總計可達數百小時的會議，協商警備方式等諸多事宜，如果只有準國民參與的話，哪怕是全權交由我們主辦，想必都遠遠更加容易才對，可是因為Slum淨化委員會、其他各國及隸屬聯合國部隊的新聞單位、亞洲和非洲委員會、West Bombay人權委員會、以及環境保健社團等等，幾乎這個地區所有的團體都加入了共同舉辦的行列，而我們卻沒有隨之獲得控制這一切的權限，所以請容我再進一步說明……」

「好了好了，」水野少尉要老人在椅子上坐下，打算將查問告一段落。「我知道了，事到如今你再怎麼辯解也於事無補，別再說了。還有，到底是誰先開始使用請您聽我說、請您容我說明這些個敬語的？我不准你再使用這種奇怪的日語，你是獲得了誰的許可還是受什麼人委託才說這些話的呢？不是應該憑自己的意志與責任開口嗎？說明、解釋，這樣講不就夠了嗎？」水野少尉對老人這麼說，似乎不太高興。老人的整張臉和脖子上都滿是汗水，染髮劑開始從額頭髮際化為黑汁淌下。準國民本部的幹部若是遭到罷黜或許會失去各種相關的好處吧，當他一臉惶恐又想要開口時，被水野少尉一喝：「閉嘴！」一副快哭的模樣垂下了肩膀。「怎麼這麼熱啊，而且這裡根本就沒有管制。」水野少尉對軍曹們這麼發牢騷的時候，穿著單薄西裝的保羅面帶不自然的笑容來到，「由於時間還很充裕，不知道是否方便借用Wakamatsu三十分鐘時間呢？」他以非常流利的日語問道。要幹什麼？水野少尉轉過頭去用克制著不耐的聲音問。

「哎呀，這裡太亂了，沒辦法好好說話，事實上，East Bombay那邊企業家聯盟的高層，目前已經來到，在距離這裡搭車只要五分鐘的地方，並且表示，希望我們務必前往他們的俱樂部稍事休息，還特地為Wakamatsu準備了禮物。」

保羅的後面站著十二、三名男子。個個身穿西裝，左手上拿著外套，個子很高。少尉，這幾位是由East Bombay的麵包工廠、製果工廠、製藥廠前來的貴賓，這回的音樂會收到了他們令人難以置信的贊助，黑汁從額頭流到了太陽穴的老人從鐵管椅子站起來介紹那些身穿西裝的男子。身上是褐色或黑色的喀什米爾西裝與外套，腳穿義大利皮鞋的男子們，非常禮貌地向水野少尉鞠躬致意。水野少尉一時不知如何應付才好。可疑的傢伙，小田桐心想。要說是中東或是中南美都可以的長相，職業一清二楚，因為不良分子的特徵是萬國共通的，同行彼此很快可以認出來。身穿西裝的男子們散發出與小田桐過去一同鬼混的傢伙一樣的味道。是黑社會。

「少尉，你看一下。」

Wakamatsu推開人群，來到水野少尉與保羅中間站定，高舉一個細長的黑色硬盒。大會堂裡的人想弄清楚發生了什麼事情，都聚了過來。電視台人員推開圍著Wakamatsu的人牆打亮燈光，將攝影機對準，伸出前端固定著麥克風的長桿。Wakamatsu一打開盒子，周圍隨即響起了驚呼。

「是Fender的，九四年款的電鋼琴，他們為了今天特地送來給我的。」

人群中開始議論紛紛。Wakamatsu高興得像個小孩子似的，這並不是沒有道理。據說鋼琴在Underground嚴重不足。Wakamatsu小的時候，每週只能夠彈一次真的鋼琴，其他時間都是用畫在紙上的鍵盤來練習指法。這種狀況如今依然持續，Wakamatsu那些才華洋溢的學生孩子也非常渴望可以接觸能夠發出聲音的鋼琴。警備負責人那老者與保羅開始拍起手來，並且逐漸擴散到整個大會堂。Wakamatsu自己也加入鼓掌，並且轉身與那些西裝男子逐一握手，握手中充滿了感謝。電視台的燈光與攝影機追著這一幕。還有照相機的鎂光燈閃起。沒有鼓掌的只有士兵們與小田桐而已。水野少尉面有難色。Wakamatsu是Underground的驕傲，可是無法提供偉大的才華充裕的條件，卻是Underground最弱的部分。

「您知道那幾位在East Bombay的俱樂部嗎？我曾經獲邀去過一次，實在是令人難以置信喔，在河裡，有一種特別的船，可以連車帶人一起上去，簡直像一棟大樓的船，裡面有電視、音響和吧檯，夜裡在河中行駛的時候還可以欣賞兩岸的夜景，因為有那種船，即使橋上塞車也不會有影響，從俱樂部的大門口到玄關就有五十公尺，前院還搭建了舞台，可以舉辦古典音樂演奏會。」

水野少尉覺得很為難。小田桐想起了那非常狹小的松澤少尉家。因為這是以Underground根本就沒有的東西，來招待Underground的英雄。一面與Wakamatsu握手，西裝男子們或朝攝影機舉起了手，或交頭接耳，或是咧嘴笑著。雖然他們的服裝或髮型都很時髦，可是個個的牙齒都很爛。有人缺了好幾顆牙，牙齒表面滿是黃褐色的汙垢，牙齦的顏色也極差。此外眼睛經常顯得濕潤，眼白部分明顯充血，這些都是毒品成癮的證明，大概並不是『向現』吧，『向現』似乎會對瞳孔造成影響，是古柯鹼、安非他命或海洛因之類的傳統毒品。「好啦Wakamatsu，勞斯萊斯在外面等著，快上去吧。」保羅喊道，整個大會堂裡再次響起熱烈的掌聲，Wakamatsu看著水野少尉，似乎在徵詢是否同意。水野似乎無法決定，用求助的眼神望向小田桐。小田桐搖頭。不能讓Wakamatsu去，不知道那些傢伙打著什麼算盤，小田桐用眼睛這麼表示。

「我無法同意讓Wakamatsu離開這個地方。」

水野少尉這麼說，周圍一齊發出了非難的噓聲。胸口別著CNN徽章的電視台組員將鏡頭朝向水野少尉。「少尉，為什麼呢？在音樂會開始之前還有時間。」Wakamatsu蹲在地上邊撫著電鋼琴邊問。水野少尉再次望向小田桐。小田桐對Wakamatsu開口了。「那些傢伙是幫派分子，是有毒癮的人，不能跟他們扯上關係，鋼琴既然給了就收下沒關係，但是絕對不能去作陪。」

「說這是什麼話，難得人家好意招待我們，難道你有什麼證據嗎？」

保羅臉色一變質問小田桐。Wakamatsu靜靜看著小田桐。小田桐對他點了兩、三次頭。「那些傢伙是與音樂沾不上邊的垃圾，搞不好是打算以Wakamatsu作為人質交換『向現』的製法也不一定，隨便問問他們對於Wakamatsu的音樂有什麼感想，保證回答不出來，像他們那種人到處都有，根本就爛透啦，看看他們的眼睛和牙齒吧。」小田桐的聲音很大，邊環視四周，邊指著西裝男子們繼續說著。保羅的臉色變得鐵青。上了年紀的負責人張大了嘴看著小田桐，周遭鴉雀無聲，西裝男子中會日語的傢伙小聲對其他人翻譯，有幾個人雙眉直豎，滿臉通紅。再生氣些，小田桐心想，這些傢伙只要發火就會露出本性。「看看那眼睛和牙齒吧，雖然不知道他們是哪個國家的人，可是只要持續嗑藥嗑上十年就會變成那副德性，不知羞恥的傢伙，為了錢什麼事都做得出來，連女人小孩都會殺，大概連自己的老媽都不會放過吧，說不定連老媽也都是一個德性，那些傢伙的老媽搞不好也一樣，說不定連老媽的老媽也一樣是垃圾，整天嗑藥嗑到腦袋都壞了。」小田桐一扯到母親，男子中有幾人眼神一變，雖然戴著帽子的男子企圖阻止，一個年輕小夥子還是衝了出來拔出手槍。周圍的人發出尖叫臥倒在地。雖然手槍對準小田桐的臉，但是有一名士兵以閃電般的速度剎那間扭住了對方的手腕。又有幾名男子掏出了手槍，不過像是首領的戴帽男子用不知哪國的語言大喝，制止自己的手下。因為士兵們個個架起步槍，而水野少尉的霰彈槍則對準了戴帽男子的腦袋。除了輪椅老者、持有武器的混血兒以及一名攝影師之外，其他人都趴在地上。小田桐的確說出了一般人無法忍受的話來。然而如果只是製作麵包糖果的企業家，即使再怎麼生氣也不可能會掏槍。戴帽男子指著保羅說了些什麼，然後脫帽對趴在地上的人輕輕點頭致意，把手下趕出屋子，然後自己也冷笑著緩緩走了出去。保羅茫然杵在那裡，Wakamatsu過去賞了他一個耳光，問：「你到底拿了他們多少好處？」保羅聞言叫了起來。雙拳緊捂太陽穴顫抖，噴著口水叫囂。應該是想要對著Wakamatsu說的吧，可是眼睛卻看著地板。「小日本鬼，你這個野蠻人，不給我錢，就連十塊美金都沒給過，你這隻黃種猴子，難道不知道全世界的人都這麼說嗎？你根本就不了解歐洲音樂，黃種猴子玩不了歐洲音樂啦，根本就弄不懂嘛，你的音樂只有第三世界的那些飢餓小鬼，還有那些下層階級的廢物會聽，小日本鬼有能力了解歐洲嗎……」Wakamatsu不理會持續嚷嚷的保羅，抱著電鋼琴走回沙發，繼續和團員討論。沒有任何人注意保羅。轉眼間大會堂裡又恢復了嘈雜。人人一齊大聲談話，混血兒們叼著菸作勢開槍射擊鬧著玩，濃妝豔抹的女子們拿著整瓶的啤酒邊喝邊發出嬌聲，身穿類似護士白制服的年輕女孩遠遠看著Wakamatsu出神，警備負責人老者擦著不斷流下的黑汁，這一切都映在攝影機的監看螢幕上，嬰兒的哭聲響起，有人弄翻了煤油爐上的茶壺發出慘叫，停止嚷嚷的保羅垂頭喪氣走向Wakamatsu。水野少尉走過去拍拍小田桐的肩膀，邀他上頂樓。「電梯應該會動吧，我實在是不習慣這種場合。」

頂樓連個護欄也沒有，混凝土四處塌陷，但是可以眺望整個West Bombay。兩名士兵留在大會堂；包括軍曹在內，水野少尉等七名官兵都來到屋頂。大會堂的悶熱令人呼吸困難，雖然這裡有冷風從遠方河流的方向吹來，卻令人覺得很舒服。

West Bombay是由廢棄的運動設施發展而成的Slum。這裡的設施是為了聯合國部隊的官兵與職員而興建，美國的石油公司是主要贊助廠商，可是工程卻因為石油危機而中途喊停，在找到新的贊助者之前，人們便在這裡搭建了臨時屋作為棲身之所，主要是亞洲前來的技術移民但是後來卻失業的人。網球俱樂部、高爾夫球場和室內游泳池已經完工，原本還有人在軍警的保護下利用那些設施，後來治安急劇惡化一再發生暴動，聯合國終於不得不下令全面封鎖。網球場、高爾夫球場、公園與停車場上排滿了密密麻麻的簡陋小屋。高爾夫球場的那一頭是河川，只有一座橋梁，河裡有好幾艘只剩下船首、上甲板和部分艦橋的大型沉船。大概是荒川或是隅田川吧，小田桐心想。遠方霧濛濛的，看不清楚地形。不管怎麼說大概都沒有進行填海造地吧，應該和小田桐所熟悉的東京風景完全不一樣。河川對岸是稱為East Bombay的地區，工廠、住宅與組合屋非常密集，沒有高樓大廈。

剛才軍曹來到身旁敬菸，「我不抽。」小田桐搖搖手。「我是Takehira（武平）。」軍曹報上自己的名字，並且依序將另外五名士兵喚來加以介紹。持輕型機槍的Nagata（長田）；持狙擊步槍的是狙擊手Kurihara（栗原）；持加裝單發榴彈發射器的M16，用震撼彈驅走鼠群的是Yamanaka（山中）；會西班牙語的是Kobayashi（小林）；將對著小田桐的手槍奪下的則是Miyashita（宮下）。軍曹年近三十，其餘五名士兵個個都才二十歲左右。「包括少尉在內，我們這七個人將前往南富士執行偵察任務，」武平軍曹說。「九個人的話行動會有困難，因此剩下的兩人將加入稍後抵達的分隊，擔任Wakamatsu的護衛。」武平軍曹指著充當音樂會會場的運動場旁邊一座細長的塔形建築，談起這個地區之所以被稱為Bombay（孟買）的由來。

「那個像塔一樣的建築，是控管各場地賽事的進行與整理成績的控制塔，或許美國原本打算連奧運都可以在這裡舉辦也不一定，如今卻只是個笑話罷了。亞裔難民聚集多了之後，與負責警備的傢伙之間開始爆發小型衝突，聽說只因為亞洲人朝網球場扔石頭，聯合國部隊那些傢伙就會毫不在意地殺人，可是持續與我們戰鬥卻會變得歇斯底里哩，那些傢伙。」

軍曹一這麼說，士兵們都笑了。軍曹很享受似的抽著菸，繼續說著。

「漸漸的，除了亞裔之外，最具攻擊性而且藏有武器的傢伙也搬了過來，主要是中南美與俄羅斯吧，與聯合國部隊互相展開報復攻擊，因為俄國毛子的手段比較激烈，殺了高階的傢伙之後會把屍體搬到控制塔頂，故意割掉耳朵或是剝掉臉皮哩，屍體上聚滿了烏鴉，就好像孟買那個著名的地方一樣，叫什麼來著？」

「是巴錫族喔，」小林告訴他，「巴錫族的殯葬場，因為是讓禿鷹啄食屍體的鳥葬而出名。」

「沒錯，就因為和那裡一樣，所以印度人和巴基斯坦人才開始稱這裡為孟買的。」

作為音樂會會場的田徑場，只完成了四百公尺的跑道以及主看台的一半就停工，鐵餅和鉛球、撐竿跳和跳高等田賽用場地的區域只是翻過土而已，像這樣遠遠看過去，只見長方形、圓弧與三角形像是地畫般排列在荒地上，感覺很奇妙。因為是在密集的克難屋、半毀的大樓與瓦礫之中，突然有幾何圖形映入眼簾。完成一半的主看台與外圍的牆壁都已崩裂斑駁，只不過為了音樂會，瓦礫都已清運乾淨。「應該會排上貴賓席吧。」來到一旁的少尉說。舞台搭建在運動場中央，正對著主看台。樂器已經裝設完成。大批打擊樂器，電子合成器與電鋼琴。觀眾還沒有進場，在會場中來回走動的，大概是負責警備工作的混血兒吧。田徑場的旁邊有室內游泳池，另一側還有室內運動場，兩者的屋頂大部分都已經被颳掉，內部也開始毀壞了，看起來就好像遠古的遺蹟似的。室內運動場那造型奇特，像是莫斯科式尖塔或是海螺的屋頂，已經有一半撕裂了。因為在建築中途遭到棄置，焊接作業並沒有全部完成，屋頂有一半由於本身的重量而向外剝離，再加上多處似乎是遭砲彈炸開，剩下的一半也大幅向內傾斜。被炸得坑坑洞洞的內部有觀眾席與看起來像是籃球場的場地，塑膠製的椅子大多已經毀壞，地板也完全剝落。僅剩籃框和籃板以古怪的形狀傾倒著，反而給人一種異樣的感覺。彷彿在古代遺蹟的縫隙中竟然神奇地出現了如割草機、縫衣機或是電話之類的現代製品，好像原本就是其中一部分似的展示著，類似這樣的感覺。在室內游泳池方面，金屬屋頂被砲彈炸裂掉進內部，插在積水稠滯發綠的游泳池裡。有五十公尺競速用池以及跳水池，覆滿鐵鏽的屋頂橫跨兩池插著，在風中緩緩但大幅搖晃著。令人不敢相信的是，竟然還有孩童在跳水池垂釣。「是在釣青蛙。」少尉說明，「到底是什麼人放的呢？不過，想像著青蛙在暴動中從那條河移動到游泳池裡也滿有趣的。」自水野少尉以下，軍曹與士兵們或抽著菸，檢查武器，或是互相開開玩笑。可是在小田桐眼裡看來，他們卻顯得孤獨，寂寞。「實在是不習慣這種場合。」離開大會堂時水野少尉曾這麼說。士兵們的確與那種場合格格不入。並不是說只適合待在戰場，而是說比較適合依據單純的原則，例如生存，或是破壞、殺人來行動。雖說如今這是不得已的狀況，但是如果Underground的戰爭狀態停止了的話，他們會靠什麼來維生呢？小田桐心想。沒辦法想像他們坐在辦公桌前工作的模樣，全部都成為鋼琴家也不可能。

「真不愧是特務啊！」

水野少尉好像突然想到似的對小田桐說。不，其實我是……小田桐正要解釋，水野少尉舉起右手制止他說下去。

「別說，雖然我不是很清楚，可是也沒有問你的必要，一來如果真是特務的話也不容許別人發問，如果不是的話我也沒興趣知道，倒是剛才多虧你幫忙。」

小田桐知道自己臉紅了。並不是因為冷風或是夕陽的緣故，是難為情。剛才經軍曹介紹認識了其他士兵。只是與年輕士兵們握個手而已，就陷入了莫名的感懷之中。記得是中學一年級還是二年級的時候，雖然時間非常短暫，可是當時曾經擁有感覺類似的朋友。名字與長相都還記得很清楚。總之那時就是體格近似成人體力也很好，對於社會上的狀況也有相當程度的了解，而且還沒有必要想像自己成年的模樣，女性的裸體也沒有多麼重要，由於自己能力所及的範圍逐漸擴大而感到快樂，甚至連母親的事情都可以拋諸腦後。長久以來竟然都忘了那段時間的事情，小田桐心想。

「看那邊！」

水野少尉指著高爾夫球場和公園的方向。

「正在獵殺野狗。要說野狗能做出什麼事情，大概就是擔心會咬傷外國來的客人和採訪媒體的人吧。」

大批人追著狗，用步槍射殺犬隻的不只是準國民的混血兒而已，還有穿著類似警察制服的一群人混雜其中。「應該是Slum淨化委員會還是環境保健組織雇用的私人警力吧。」水野少尉不屑地說道。十幾個人追趕一隻狗，趁狗從小屋後面衝出來時開槍射擊。由於是全員一齊以步槍射擊，即使狗的體型再大也被轟得血肉模糊。為了避免被流彈擊中，居民都躲在遠處觀望，並且揮舞著棍子或木塊不讓狗逃竄到自己這邊來，一旦有犬隻被擊斃，就有人叫喊著圍上去撿拾肉塊。還有好幾個人抱著血肉模糊的狗的腦袋哭泣，大概是愛犬遭到殺害了吧。誰也沒有瞧那些人一眼。

「野狗並不危險，反而是人類比較危險，會場只能夠容納一萬人，可是不知道到時將會有幾萬人擠進去，那個田徑場在興建時地面挖得比較低，要是人潮一湧而入的話，擋都擋不住。」

這時，看到有數目驚人的群眾從East Bombay往橋的方向移動。田徑場、室內游泳池與室內運動場的周遭人也越來越多。橋上已經被行人、汽車和自行車擠得水洩不通，對岸還有人試圖搭船過來。

「倒是剛才的事情……」

水野少尉的視線從河川與獵殺野狗方向移向小田桐。

「你罵了那些人喔。」

小田桐點點頭。

「我們也經常使用哩。」

咦？小田桐發出驚呼。

「在疲憊的時候使用那種方法。我知道你是為了激怒那些傢伙才開罵的，不過，我們會在自己實在疲憊不堪時藉此來提神，在進行偵搜任務時因為會一直無法睡覺，有時也會使用『向現』，與安非他命相比，『向現』的效力幾乎可以說接近完美，不過藥效消退的時候還是很痛苦，例如在『向現』藥效過去的時候，在戰鬥時分泌的腎上腺素在戰鬥後退去的時候，有時還加上連續三、四天沒有睡覺，要是在這些狀況下我方又陷入危機，好幾個人陣亡，傷患又在一旁呻吟，而且自己也受了傷的時候，總會遇到這種時候，好像連抬起頭或是稍微動一下手指的力氣都不剩的時候。」

軍曹與士兵們不知何時已聚在水野少尉的身邊了。長田與宮下邊聽邊點頭。

「我是在士官學校跟學長學來的，總之，就是將某個人的處境，不論是誰都好，徹底說到最慘，不只是殺掉或是凌遲那種程度而已。」

「要把生鏽的針插進你的兩隻眼睛、嘴裡、肚子裡、睪丸和脛骨咧，諸如此類的。」栗原笑著說，其他人也都點點頭。

「於是那傢伙就會開始想像實際有這種遭遇的情況，利用女人、朋友或家人有時候效果會比較好，這麼一來，某處就會湧出足以運動手指的力量，我做過好幾次哩，可是現在這麼講起來感覺卻不太好喔。所以說，我經常在思考，是不是只有這個方法而已，只不過，不論如何嘗試都沒有效，這種時候大概除此之外也別無他法了吧，可是說真的，我還是覺得應該有其他方法，其他的，例如Wakamatsu的……」

水野少尉說到這裡好像發現了什麼，臉色一變站了起來。那視線的前方，可以看到M3布萊德雷裝甲運兵車、裝甲卡車與噴水車，正朝著進行獵殺野狗的公園那一頭的遊樂園遺址前進。

「是聯合國部隊！走吧！」

士兵們一齊衝了出去。在室內運動場，裂開一半的海螺形屋頂的那一方，太陽正在下沉。

第7章

暴動

沒有人能夠逃離這種重重疊疊連綿不斷的聲音，
既不容許內心平靜也不讓人情緒激動，
可是卻會有種自己彷彿會當場消失，
會想要逐漸融入其中的快樂，
漸漸搞不清楚自己處在音樂中已有多久……

隨著士兵們回到大會堂時，Wakamatsu正準備和樂團成員一同前往舞台。看到水野少尉和小田桐，「去哪兒啦？」他說，「去舞台那裡吧。」Wakamatsu已經換上了舞台裝。雖說是舞台裝，也只是與士兵的上衣相同的野戰服。胸口縫了一個小小的日之丸，還繡了字，不是JAPAN而是NIPPON。原來Wakamatsu要穿著國民游擊隊相同的服裝上台演奏。別著CNN徽章的電視台人員追著前往舞台的Wakamatsu。想必Wakamatsu準備向全世界展示地下日本國的尊嚴與勇氣吧，以敵人也能夠了解的方式，以全世界都能夠理解的方法、語言與表現。

準國民本部的總負責人在數名部屬的陪同下來到。大塊頭的男子，褐色制服前面的釦子好像都快繃掉了。臉上血色盡失。

「少尉，聯合國部隊來了，數目非常驚人，我懷疑他們可能會進入警備區域，大概不久之後就會抵達運動場了吧，根據報告有十幾輛M3，二十多輛裝甲卡車，還有十輛德國製輪式裝甲車，這已經可算是裝甲部隊了，準國民部隊固然都大驚失色，可是更危險的是淨化委員會的私警團，因為那些傢伙搞不好光是見到M3就會情緒失控亂扔手榴彈。」

「如果解除私警團的武裝呢？」水野少尉問。

「不可能那麼做。」

汗如雨下的總負責人回答。

「光憑我們的力量根本不足以舉辦音樂會，而且還有個很現實的問題，如果大家手無寸鐵的話，大概沒辦法和那些從East Bombay湧入的群眾對抗吧，我想你應該知道，East Bombay那些傢伙的水準都很差，幾乎都持有武器，你也知道，East Bombay有上百家製造違禁武器的祕密工廠，而且那些人裡面有些純粹只是想造成暴動才過來的，有很多人把暴動當成是生活的樂趣哩，沒有武裝的話大概沒辦法對付那些傢伙吧。」

總負責人擦擦汗，邊說邊不住抽菸，一副不知該如何是好的模樣。大會堂裡的人已經紛紛朝田徑場移動。因為不久之後就要開放觀眾入場了。有個準國民混血兒在大會堂門口探出頭來喊道：

「麻煩來一下，聯合國部隊已經到了，正要包圍運動場。」

總負責人看著窗外。貼著塑膠布的窗戶的對面方向，田徑場的旁邊，M3、裝甲卡車，以及前面裝有類似推土機的推鏟造型奇特的裝甲車，依等間距排成一列縱隊，士兵一個接一個從卡車上跳下並開始整隊。是UR-416，武平軍曹看著那造型奇特的裝甲車喃喃說道。這還是第一次看到實物哩。

「聯合國部隊的警備指揮官要求與總負責人談話，請快點過來。」

一臉緊張的混血兒這麼喊著，總負責人對水野少尉說：「走吧！」然後離開大會堂。水野少尉將自己的武器全部交給武平軍曹，「我去交涉，你負責在窗口掩護，看到訊號之後就帶著我的武器過來會合。」下令給軍曹之後，又打個手勢，要小田桐隨行。

小田桐登上了搭在田徑場中的舞台。舞台以鋼骨組合而成再搭上厚木板，上面鋪著黑布。沒有任何裝飾。可是，由於地點是廢棄的運動設施，在簡單的燈光下產生了戲劇性的效果。沒有閃光燈、聚光燈及調節亮度的設備。只有五盞一萬瓦的燈光，舞台後方三盞，前方兩盞。觀眾入場前，在暮色中進行了燈光測試。燈光照向四面八方，讓形形色色的物體浮現出來。半毀的大樓與控制塔，參差的破玻璃呈現不規則的反光，隔壁的室內運動場傾斜的金屬屋頂在黑暗中浮現，有如巨大的鳥翼。照射到室內游泳池混濁綠色水面的光線變換出奇妙的顏色晃動著，圍住運動場的裝甲車群與荷槍實彈的聯合國部隊增加了整體的緊張氣氛，更外側密密麻麻的克難小屋裡透出的微弱紅光彷彿是無限延伸的燭光裝飾。Wakamatsu對於燈光測試表示滿意，如今正在舞台一隅與電腦技師和電子合成器操控人員進行最後檢查。燈光、舞台、樂器及麥克風等器材在小田桐眼裡在在顯得簡樸，唯有音箱例外。據說有一家美國音響廠商的老闆是Wakamatsu的熱情樂迷，因此提供了大批自己公司的產品。附有大大BOSE商標的細長圓筒狀超低音喇叭安置在舞台與地面的空隙中，大大小小數不清的黑色音箱在舞台後側向上堆高。因為今天晚上演奏的主題是「漸強」，必須要有壓倒性的輸出功率，Wakamatsu加以說明，並以最大功率的一半進行測試，聲音實在驚人。空氣震動，身體剎那間騰空，五臟六腑搖晃。聯合國部隊中甚至還有人臥倒，誤以為遭到偷襲。原本不知藏身何處的鳥群從室內游泳池飛出，受到驚嚇的野狗齊聲狂吠。這幾乎是人類耳朵與心臟容忍極限的音量吧，Wakamatsu像是炫耀自己玩具的孩子般雀躍不已。

舞台一隅，有水野少尉等七名國民士兵負責警戒。剛才水野少尉已經親身示範，除了戰鬥之外，交涉也是國民游擊隊士官必備的能力。準國民本部的總負責人、淨化委員會和環境保健組織的代表，以及聯合國部隊的警備指揮官，為了整體的指揮權僵持不下，淨化委員會的代表只會說西班牙語，準國民本部總負責人的英語能力不足以應付困難的交涉，East Bombay的代表硬是要參與協商而遭聯合國部隊開槍警告，場面一直很混亂。見水野少尉從準國民本部過來，聯合國部隊一陣緊張。水野少尉先表明自己沒有攜帶武器，獲得同意參與協商之後，便開始以流利的英語進行提案。不要設定全體的指揮權，國民游擊隊在舞台上保護Wakamatsu的安全，已經被裝甲車輛包圍的音樂會會場內外則由聯合國部隊負責護衛，在運動場外圍五公尺處劃界，防止非法進入會場，準國民本部與淨化委員會的部隊分別負責高爾夫球場與遊樂園的廣大範圍對付從East Bombay來的入侵者，棧橋必須特別加派兵力；除了國民游擊隊之外，各代表均前往控制塔的最高層因應整體狀況個別指揮，指揮權獨立，唯有防守橋梁的部分由聯合國部隊的士官統籌指揮，由三方共同編組特別部隊負責這個任務，一切情報都集中至控制塔並且公開；事先允許所有士兵使用震撼彈，其他武器則必須取得控制塔同意之後方能使用，不過，舞台方面的國民游擊隊士兵、護衛貴賓席的聯合國部隊士兵、以及負責守橋的特別部隊則以現場指揮官的判斷為優先……這個警備計畫獲得採納之後，接著還有一件事情必須解決。準國民本部準備了日章旗要掛在舞台上當背景，這一點聯合國部隊絕對無法同意，但是準國民本部卻使用了「悲願」這種字眼不肯讓步，雙方因而僵持不下。水野少尉說服了準國民本部的總負責人。「國旗雖然重要，但是也只是一種象徵而已，難道你忘記了舊軍部過去一再犯下為了守護軍旗而犧牲士兵性命的那種錯誤嗎？一切都以Wakamatsu的安全為優先考量，即使沒有日章旗，任何人也都知道Wakamatsu是日本人。」水野少尉加入交涉不過三分鐘，一切問題就都解決了。聯合國部隊指揮官，一位陸戰隊少校，叫住正欲離去的水野少尉，問道：「不好意思，請問貴庚？」比你年輕，水野少尉回答。

太陽完全西下，設在運動場外圍的五處閘門打開，觀眾開始入場。觀眾必須在閘門接受安全檢查才能夠進場。首先是包租遊覽車從舊四國前來的幾百名混血兒，為搶得最前排的位子而全力衝了過來。舞台前方二十公尺處挖了一道半圓形的深溝並且拉起鐵絲網，由荷槍實彈帶著狼狗的聯合國部隊士兵負責警戒。深溝與鐵絲網間的空間保留給乘坐輪椅的殘障人士與老人。「老年人有辦法承受這種喇叭的聲音嗎？」小田桐問Wakamatsu，「不知道，那不是我的問題。」他回答。Wakamatsu在舞台旁反覆做著深呼吸。旁邊有六名打擊樂手，為了克制亢奮的情緒而將鐵管椅子的椅背和樂器盒當作手鼓拍打，在他們身後，水野少尉召集了部下進行危急之際脫身路線與方法的最後確認，已將近完成。一般的觀眾並沒有椅子坐。跳遠用的沙坑、拋投比賽的踏板、以及跑道的外框，都與地面有一段高差，在演奏開始之前就已經有不少人在那裡絆倒而跌成一團。觀眾一波一波湧入運動場。圍成半圓形的鐵絲網兩側各有兩根繩索以放射狀延伸出去，每隔三公尺就站著一個聯合國部隊士兵。鐵絲網外側打有密集的樁，同樣拉著繩子。這是為了避免前面的觀眾被後面推擠而撞上鐵絲網。鐵絲網與樁之間，還有聯合國部隊士兵一個緊挨著一個組成的人牆。即使如此，開放入場還不到十分鐘而距離開演還有二十分鐘時已經多處發生了爭執，最前排的觀眾逐漸被往前擠，有女性因為腹部頂住木樁而哭了起來。一有爭執發生，士兵就會跨過繩索衝過來用硬橡膠警棍痛揍雙方，企圖反抗者都遭麻痺瓦斯迷昏拖出場外。攝影機共有五部。一部在會場大約中央的位置正對舞台，設置在一座鋼骨搭成高約三公尺的台子上。台子周圍也拉起繩索，三名聯合國部隊士兵分別守著兩側與後方。舞台上有兩部手持攝影機，輪椅老人的保留區裡有一部，架在吊車上；還有一部在控制塔上。小田桐看著圍在Wakamatsu周圍的電視台人員的監控螢幕，裡面出現了直升機正要著陸的鏡頭。由於那就在運動場後方不遠處準國民本部大樓的前面，可以實際聽到螺旋槳的聲音。別著CNN徽章的銀髮男子正在介紹從直升機上下來的特別來賓與貴賓。搭乘第一架大型直升機的是從舊四國英吉利區來的著名Cheap Rock、Junk Rock團體成員與他們的情人，還有從本國前來作陪的服裝設計師、演員、詩人、電影導演等等；從第二架直升機下來的是由義大利與德國前來的古典音樂界人士、演奏家、聲樂家，下一架上面的則是企業家及聯合國相關人員……銀髮男子大聲說著。

開演前十分鐘，會場裡已經人山人海，好像尖峰時間的電車上一樣令人動彈不得。即使如此，人潮依然繼續湧向各閘門。附近Slum沒有入場券的孩子們企圖從裝甲運兵車旁溜過，被聯合國部隊士兵逮著打得血流滿面都還不死心，仍然試圖朝運動場外的圍牆衝過去。水野少尉手中的無線電對講機傳來各處警備部隊的訊息。橋梁已於二十分鐘前封鎖，可是人潮有增無減，已經有不少人跌落河中。無許可證的船隻也一艘艘湧向河邊簡陋的木頭棧橋，根本無法收拾，這些訊息以日語、西班牙語和英語大吼大叫傳送過來。高爾夫球場、公園和遊樂園裡的克難小屋居民紛紛尋找制高點攀爬上去。樹上，遊樂場摩天輪殘餘的支柱，附近大樓的屋頂，甚至連在風中搖晃，室內運動場半毀的屋頂都有人企圖攀爬，即使以手持擴音器一再警告也充耳不聞，由於存在著屋頂斷裂倒向會場的危險，聯合國部隊已獲准進行嚇阻射擊。開演前的步槍槍聲剎那間令會場安靜下來，但是隨即又恢復充滿怒吼、歡呼、吵鬧、笑聲與慘叫的場面。剩下一分鐘時，水野少尉叫住Wakamatsu，最後一次確認脫身路線。之後出發的護衛部隊應該已經抵達準國民本部了，一旦看到我的手勢就停止演奏前往準國民本部與護衛部隊會合，使用A-21通道，聯合國部隊必定會追來，不必理會，交給待命的準國民兵精銳去應付，我們隨後也會由另外的通道跟過去，不論發生什麼事情，只要看到我的訊號，你就停止演奏。

Wakamatsu點點頭，說道：明白了，反正曲子最後的部分全都由電腦負責，不必擔心啦。

Wakamatsu現身舞台上，在排列成L形的電鋼琴和電子合成器前坐下，朝人群舉起手，整個會場隨即在歡呼、鼓掌與口哨聲中搖動。小田桐為了避免受到喇叭聲音的直接衝擊，與水野少尉等人一同待在舞台最靠邊的地方。即使如此，當第一個音符流出時，心臟仍然為之一震。那毫無前兆逕自開始的前奏，霎時抹去了全場如雷的歡呼聲。原本合而為一搖動著的萬人聲音彷彿飄浮在空中凍結住一般。四聲和弦開始緩緩以小音量拉出異常的長音。小田桐憶起Wakamatsu曾說過的話。我可以看見，得知德意志帝國崩潰的理查・史特勞斯，在聽得到遠方砲聲的加米帕丁基肯的別墅創作這首樂曲時的模樣，就好像德布西在諾曼第海岸找到創作《海》的靈感似的，簡直就如同電影中的一幕般歷歷在目，將自己的年邁與第三帝國的末日重疊，以貝多芬與華格納的旋律作為核心寫下了絕望與美的結晶的變奏曲，我將那以小節為單位拆散作成了前奏，應該會造成類似永遠不會結束的美好耳鳴的效果才對，要讓聽眾強烈感覺到對其他某種事物的渴望，將他們拉進一個找不到出口而令人發狂的黑暗洞窟，在那彷彿人人都動彈不得黑暗潮濕散發出死亡氣息的洞窟裡，最後甚至連要移動腳步和呼吸都會忘記，接著洞窟開始動了，像是電扶梯般將聽眾送往更黑暗的深處，他們大概會發現洞窟是活的吧，就好像被巨大的生物吞下去一樣，應該會感覺到某種具有意志的力量逐漸增強，等到發現洞窟出口處有某種東西是由那意志具體化而成時，人們就會忘記恐懼開始奔跑，意志的形體並不清楚，腳尖會突然有一陣冰冷的觸感，會感覺碰觸到通往出口的，意識的原本形體，那是一道非常小，可是卻通往翻滾奔流的大河的水流，那水流，正是由支配洞窟那意志的力量具體化而成，而且，那所謂的水流，指的當然就是節拍嘍。那種耳鳴，再加上巨大圓筒狀超低音喇叭如地鳴般的聲音，甚至會營造出令人幾乎無法忍受的感覺。而且那並非像是聲音太吵，合音令人不快，聽到心情大好的時候音樂突然被打斷，或是旋律單調乏味之類的情況。在均衡不穩定的三音和弦聲中，將音量、音色與音高以無法明確分辨的方式加以調整並悄悄加入製造不和諧的音符。等到發現那聲音的瞬間，起初的三個音已然改變產生出新的平衡。說是平衡，也只是像前面那室內運動場看似隨時會崩塌的海螺造型金屬屋頂一樣。巨型圓筒喇叭放出有如地鳴的聲音，不過那並非如地震前兆般作響。那就好像眼睛還不能見物的乳兒聽見睡在一旁的母親的呼吸一般，斷斷續續，以抵達的瞬間旋即消失的纖細方式響著。沒有人能夠逃離這種重重疊疊連綿不斷的聲音，既不容許內心平靜也不讓人情緒激動，可是卻會有種自己彷彿會當場消失，會想要逐漸融入其中的快樂，漸漸搞不清楚自己處在這音樂中已有多久，聲音從毛孔和汗腺慢慢滲入，雖然神經與細胞一時之間將之視為異物而吵吵嚷嚷，但是逐漸便與體液同化，並強行進入依賴症的狀態，一旦產生了快感與害怕快感若是從此消失該如何是好的恐懼，就又竄出皮膚離開身體，前奏就這麼令人以為會永遠持續下去。

忽然間，人們抬頭看著上空。因為大家都誤以為是不是下雨了。那是以指尖碎碎點出的手鼓聲。由於小田桐一直注意著舞台側面的打擊樂手何時會開始演奏，所以知道那是手鼓聲，可是聽眾卻望著天空好一會兒，不但有人伸手用手心確認，甚至連聯合國部隊士兵都抬起頭來。接著，電子貝斯的聲音刻出悲傷而有力的切分音，突然間，節奏一齊發動了。彷彿一開始就已存在於那裡的東西突然受到燈光照射似的，多重節奏（polyrhythm）的風暴開始了。聽眾個個一臉像從惡夢中醒來的表情。有人開始歡呼，揮手，相視而笑，甚至開始跳舞。畢竟是美國人吧，聯合國部隊中有士兵怠忽了拒馬轉身朝著舞台的方向吹口哨並開始扭腰擺臀。大家都想到了熱情的拉丁節奏。緊張氣氛突然緩和下來，由於後方的觀眾想要盡量往前而開始移動，人潮撞上了會場中央架設攝影機的高台。攝影師大聲怒罵，聯合國部隊士兵發現之後將人潮推了回去。知道大家都很興奮，所以就有禮貌些吧，那樣的感覺。

士兵與觀眾臉上都帶著笑容。貴賓席上那些樂手的情人們舞動修長的手腳，脫掉外套甩著頭髮發出性感的叫聲。太爽了，彷彿可以聽到她們哼出這樣的嬌聲。可是，那卻是危險的節拍。六名黑人敲擊著手鼓、康加鼓、套鼓、天巴里組鼓、類似定音鼓的非洲大鼓，以及大小十幾個牛鈴。「真是奇怪的節奏啊！」小田桐身旁的武平軍曹說道，「感覺就好像服用『向現』藥效逐漸發作似的。」打擊樂器本身並沒有什麼，進行打擊樂器單獨的預演時Wakamatsu這麼對小田桐說明。排除即興，以更抽象的方式去敲出非洲古巴（AFRO-CUBAN）的多重節奏，應該會非常愉快才對喔，因為將反拍，以及隨後修飾音的節拍模式都正確反覆了嘛，細緻而正確的切分音不論怎麼反覆都不會讓人感覺厭煩，就算是聽慣白痴迪斯可耳朵拙劣的人，他們的身體也會立刻了解這些，因為腦內會分泌神經傳遞物質，所以就連兒童或是嬰兒，不，說不定只要是稍微能夠學會技藝的物種即使是狗都能夠了解哩，也就是說重點在於神經傳遞物質，我曾經在Underground的生化研究室參與四年研究工作，全世界首屈一指的研究室喔，那種情況，用一句話來說，就是交感神經在非常愉悅的狀態下逐漸失去了自我控制，只是將目前的旋律、音色、合音、節拍這些要素加以組合使用而已，並不是興奮兩個字那麼單純，與巫毒的入神狀態也不一樣，也不是錯亂，純粹只是出現極度的快感，然後自行無限膨脹而已，至於之後會有什麼具體的反應則因人而異。讓節拍在啟動之後逐漸增強，逐漸加速。並不是讓拍子速度變快。是讓出現在固定節奏中的切分音間隔一點一點逐漸縮短。不論在演奏或是跳舞時，都不能讓切分音去配合基本的正拍，一定得像是抓住某一特定瞬間讓它發生才行。將抓到的那個時機點模式化並一再重複，同時再掌握住切分後的點同樣加以模式化，這麼一來，原先的正拍就會消失不見了。雖然那會營造出愉悅的氣氛，但Wakamatsu卻試圖以電子合成器將多重節奏的空隙填滿，就如同癌細胞般一點一點蠶食週期長度接近無限的多重節奏。雖然愉悅的氣氛逐漸變質，卻沒有任何人發覺。神經傳遞物質不自主泌出而後又突然停止。「真的和『向現』很像哩。」栗原和小林輕聲談論著，「不過『向現』給人的感覺比較平順，這個卻好像參差而且尖銳。」音量慢慢地，而且一點一點地，確實地增大。進展緩慢到難以置信程度的漸強，當人們覺得這或許不得不停下來或是逆向進行時，四處可見混亂吵嚷，恐慌開始萌芽了。黑人打擊樂手們跳著笑著揮汗演奏，其實卻只是一直重複著週期非常長的節奏模式而已。Wakamatsu已經轉移到機械式的演奏了。演奏中完全沒有閃光、不玩弄小技巧、沒有帶動氣氛的即興演出，也沒有要讓聽眾產生一體感表現親和力的停頓。壓倒性的多重節奏風暴建立於對一切即興性質的憎惡與輕蔑之上。為了在重點時機控制神經傳遞物質，非得將即興性徹底排除不可。Wakamatsu成功地將癌細胞植入了多重節奏的所有間隙之中。意思並不是說只將音量加大而已，而是癌細胞逐漸繁殖。也不是讓傳統打擊樂器的聲音與電子合成器的聲音之間的均衡產生變化。是讓填進節奏縫隙裡的電子音的音色、音階、旋律、拍子速度與合音，進入聽眾的體內並且逕行繁殖。就好像將打擊樂器這種魚連同魚體內的蟲卵一同吃進肚子裡，卵逐漸長大，繁殖出圓頭帶著細長尾巴的寄生蟲鑽進胃壁，雖然隱約感覺到疼痛，卻依然沉醉在魚鮮味與飽足感之中而毫無自覺，可是寄生蟲卻在這時候在血管中泳動流竄到各個內臟使得所有的黏膜都發生潰瘍，最後終於開始攻擊腦部，雖然人們至此終於發覺但即使進行手術都為時已晚，有如精子的顯微鏡照片一般，寄生蟲從眼睛鑽了出來，由於過於恐怖而令人驚聲尖叫。貴賓席那些手長腿長的女子中傳來「頭暈了」的聲音。已經沒有人笑得出來了。雖然還有大批人跳著舞，可是他們的汗水應該已經冷了下來。彷彿在嘲笑那些流著冷汗跳舞的人，音量變得更大了。察覺到不對勁的狗兒們安靜不下來，對著喇叭狂吠，吐著白色熱氣被拉向跳舞區，可是被試圖破壞柵欄的最前排群眾嚇著，繞著牽著狗鍊的聯合國部隊士兵打轉。也有狼狗對著因為不舒服而推著輪椅朝出口移動的老人齜牙咧嘴作勢要撲過去。

「Wakamatsu還真會搞出奇妙的音樂啊。」國民士兵們討論著，「音量這麼大，應該連橋那邊都聽得到吧。」水野少尉將無線電對講機貼著耳朵，並且把另一隻耳朵緊緊捂住，否則根本就聽不見。橋上似乎已經開戰了。據說East Bombay那些傢伙甚至還擁有火箭筒，有六輛M3趕過去支援了。武平軍曹聽了不禁搖搖頭，說道：「被突破只是遲早的問題，聽了Wakamatsu的音樂，連我都很想拿火箭筒來轟一轟哩。」從舞台這邊都可以看到運動場外圍的M3和裝甲卡車開始移動。那一夜在燒夷彈的火光中浮現，具明顯特徵的砲塔，在半毀的圍牆那一側反轉，朝橋的方向出發了。士兵們急忙跳上了裝甲卡車。守衛運動場外圍的警戒線出現短暫的混亂。孩童們從大樓的隱密處現身，利用這僅有的空檔衝向運動場。超過百名孩童，有半數遭發現情況不對趕過來的聯合國部隊驅散，可是另一半還是闖到牆邊爬了上去，弄斷鐵絲網一個個跳進會場。由於孩子們全都穿著粗糙的厚外套，小田桐便在其中搜尋那個灰髮男孩，可惜距離遠了些看不清長相。雖然孩童的數目不過五、六十人，但是人山人海的會場裡連牆邊都擠滿了人，因此他們跳下來之後便落在擁擠的人群頭上，一名腦袋被踢到的男子怒火中燒，抓住一隻在自己肩頭亂蹬的小腳往牆壁摔去。是個只有六、七歲的小女孩，臉頰被牆上尖銳的石頭割傷，大聲哭了起來。動粗的男子遭到周圍眾人的指責，兩名黑人還動手教訓他。一人從後面架住該男子，另一人出手揍他的臉和肚子。圍觀的群眾還替兩名黑人叫好。男子當場倒下之後，混在周遭人群中的孩子們便聚了過來。他們推開人群圍住該男子，當男子正要爬起來時，一個十五、六歲的男孩一腳踹了過去。球鞋的鞋尖踢到了男子的眼睛。孩子們一個個現身，並開始做出奇怪的舉動。衝過去跳到捂著眼睛倒在地上的男子身上。垂直跳起再落到男子身上。很快的，男子的身體就看不到了。孩童們歡呼著繞著圈繼續跳著，那律動恰巧與天巴里鼓和牛鈴的反覆節奏吻合，因此向周遭傳染開來。原地反覆跳躍這種單純的舞蹈正好就是以身體去掌握切分音。躍起的時間、身體上升的時間、最高點、開始落下的瞬間、著地，其中任何一個與多重節奏中切分的音重疊都好。每一躍都使得興奮物質大量分泌。跳躍的人潮開始快速蔓延開來。至於倒地的男子怎麼樣了，根本就沒有人關心。等到貴賓席那些手長腿長的女子開始仿效之後，最前排的觀眾見了也隨之跟進，轉眼間全場都被跳躍的波動覆蓋地面開始搖晃。會場中央高台上的攝影師憤怒地大吼，可是誰也聽不到他在吼些什麼。

「這是怎麼回事？」水野少尉說著站了起來，但是Wakamatsu卻掄著右手將跳躍的波動煽動得更高。人們互相勾肩搭背跳著停不下來。由於起跳時間的差異，有人因此被踩到腳而失去平衡，其中甚至有人因此而跌倒，也有人跟著被絆倒，躍動的波浪因而四處搖晃，出面制止的聯合國部隊士兵也被捲入人潮之中，失去護衛的攝影機高臺被群眾包圍。他們抓住組成高臺的鐵管，邊搖晃邊在四周繞著轉。感到危險的攝影小組準備逃走。攝影師平安回到地面，兩名抱著器材的助手卻一個不穩跌了下來，台子也同時往前面倒下。雖然有人被台子砸傷，跳躍的波動卻依然沒停繼續前進。阻隔最前排群眾的木頭與繩索的柵欄開始傾斜，組成人牆的聯合國部隊士兵退後一步，上刺刀。一名看似指揮官的人對著無線電對講機怒吼。即使亮出刺刀也無法讓躍動的波浪停下。第一，因為後面的人根本看不清士兵組成的人牆，再者，前方發生什麼事也和後面無關。幾名士兵以步槍對空鳴槍示警。只不過那聲音卻被喇叭完全蓋住，槍口冒出的火花對於興奮過頭的群眾而言也沒有任何效果。士兵們的臉上顯現出搞不好必須用刺刀將觀眾都殺光的不安，指揮官繼續對著無線電對講機大吼大叫，準國民本部的一名幹部請求停止演奏，但是Wakamatsu置之不理。「要是有哪個傢伙敢拔掉電源就給我殺了他！」Wakamatsu朝著水野少尉喊道。水野少尉與預定和後繼部隊會合的兩名士兵一起走向Wakamatsu在他耳邊大吼。「已經夠了，Wakamatsu，可以了，我們撤退吧。」滿臉汗水的Wakamatsu點點頭，將一個開關撥到ON。雖然Wakamatsu離開了電子合成器，可是電腦會繼續接手演奏。小田桐轉頭望向會場。士兵的人牆已經潰散，跳躍波動開始推倒了部分鐵絲網支柱。大概再一分鐘就會湧到舞台了吧。群眾並沒有發現Wakamatsu已經不在了。撞上鐵絲網支柱、跌倒、與上了刺刀的聯合國部隊士兵互相推擠而流血的人比比皆是，可是沒有人想要停止跳動。可能連自己姓什麼叫什麼都忘了吧。坐輪椅的老人爭先恐後想要走避。在狹小的空間中互相碰撞，有好幾人跌落溝中。輪椅的車輪在紅土的溝中兀自轉動，摔出去的老人像蟲一樣掙扎著。貴賓席的觀眾開始朝直升機奔逃。離開會場，小田桐在遠處回過頭時，只見橋梁的那一方連續發生兩起爆炸。Wakamatsu和在準國民本部前完成整隊的分隊會合，衝進了大樓之間安靜無人的黑暗之中。

第8章

非國民村

要活下去啊，小田桐心想。

不但我自己不能死，也不能讓這小子死掉。

「現在幾點了？」

水野少尉問，「九點十三分。」小田桐回答，同時把手錶撥快了五分鐘。

「把鞋子也換了吧。」

武平軍曹說。他提了幾雙綁鞋帶的長統靴過來給小田桐。說是軍靴，其實比較像戶外用品社賣的登山鞋。在只掛著小電燈泡的昏暗地底月台上，小田桐剛換好了迷彩野戰服。野戰服與靴子都不是新品。山上夜裡相當冷，選稍微大一點的好塞報紙或是碎布，小田桐依照這吩咐選了靴子綁好鞋帶，忽然發現面前所有的靴子上面都沾有黑色汙漬。「這裡畢竟是前線所以沒有新品啦，雖然是戰死者的東西，可是穿新鞋反而容易磨出水泡，連一天都走不了。」武平軍曹對坐在長椅上的小田桐這麼說，笑著摸自己的鬍子。小田桐相當疲倦。因為在車廂裡沒有辦法睡著。列車並不是像雲霄飛車的那種最新型，是幫那混血女子塗抹護唇膏時所搭乘的狹窄舊型。可是，無法入眠並不是因為車廂是舊式而座位狹小的緣故。離開音樂會會場之後，與士兵們一同從漆黑的大樓間巷弄跑過。水野少尉為了小田桐而短暫休息了兩次。遠方傳來爆炸聲與槍聲，電腦仍在繼續演奏，聽眾的歡呼聲也依然未停。不管是暴動還是戰鬥，遠離之後感覺就好像鄰村的盂蘭盆舞會似的，小田桐心想。跑了相當遠的距離來到通道出入口時，士兵們氣不喘色不變，可是小田桐卻幾乎要當場倒地。疲憊至此卻無法在車廂上入眠的原因在於Wakamatsu的音樂會。要不是水野少尉就坐在後面，反正是在奔馳於黑暗隧道的車廂裡，還真想自己打個手槍。由於實際聽著演奏時待在舞台邊緣眼睛看著越來越興奮的聽眾所以才沒發覺吧。穿過Slum時又是跟著大家一起跑而竭盡全力。等到進入車廂那感覺冒了出來，才發覺不對勁。神經起泡沫，血液沸騰，很想大叫。細胞彷彿變成了小蟲蠢動著。雖然筋疲力竭渴望睡眠，可是神經卻因為緊張與興奮而發脹到似乎要爆裂的程度，而且極度清醒非常想要女人。閉上眼睛試著讓神經安定下來，那隧道修復工程戰鬥中燃燒的屍體、飛濺的臉頰肉和露出的紅黑色內臟卻浮現在腦海，心臟好像全力奔跑之後似的持續激烈而快速搏動。抵達目的地的月台時，從水野少尉那兒接過野戰服和背包，並且聽他說明。

「我們現在要帶著你去出偵察任務，行程是兩天，相信會與聯合國部隊遭遇，我們會沿著狩野川登上御齋山的山頂，偵察聯合國部隊在旁邊的箕山新設通信設備的守備狀況，另一件就是探探位在御齋山北方的日之根村的情況，把你送到日之根村北方兩公里的地點，任務就算完成了，然後我們會從不同的路線回地下司令部，不再回到這裡。」

所說的日之根村，似乎是松澤少尉的父親提過的那種非國民村之一。小田桐並不知道Underground的正確位置到底在哪裡。不過，如蛛網般四通八達的隧道，末端就是與聯合國部隊對峙的前線，這點倒是還知道。往Old Tokyo、舊大阪、以及舊新潟等地有直達的幹線隧道，除此之外末端隧道的出入口，對Underground與聯合國部隊雙方而言，都是決定生死最重要的地點。

「說老實話，小田桐，你是個大包袱。」

水野少尉這麼對小田桐說。士兵們已經隱約知道，小田桐並不是特務，也就是說並非

Underground這一邊的間諜。不可能有哪個間諜會潛入什麼東西都沒有的山裡。他們知道，小田桐大概是要回到什麼地方去吧。關於這一點，誰也沒有想過要發問。與其說沒有興趣，不如說是沒有那種閒工夫吧，小田桐這麼認為。因為接受過嚴格訓練，他們絕對不會顯現出倦容，甚至給人安詳的印象，可是他們卻經常在體力與注意力的極限狀態下行動。跑過Slum，一有什麼動靜就停下來四處張望的時候，或是抵達月台稍事休息在長椅上坐下的時候，在這些時候，士兵們全身神經的緊張與鬆弛似乎化為一種具體的東西傳向了小田桐。彷彿他們的腦細胞發出了聲音。好像電器放電的緊張聲音，以及緊繃的弦放鬆後的鬆弛聲音。除了自己的任務與生存之外，這種人對於別人的事情根本沒有興趣。不過，至少小田桐並沒有惹他們厭。

「這並不是為了你的緣故，而是在作戰上，必須採取避免與敵人正面遭遇的迂迴路線前往目的地，可是那裡同樣是與敵人對峙競爭的地區，你知道包袱的意思是什麼嗎？」

「因為我沒有受過軍事訓練，而且連槍都不太會用，對吧？」小田桐這麼回答，武平軍曹聞言笑著說：「笨蛋才會讓你拿槍。」當水野少尉對小田桐簡報時，其他士兵用油彩在臉部畫上橫紋，然後互相檢查確認。

「我們不會把你算入戰力，你也根本別想自己能夠成為戰力，我聽說了隧道修復工程那場戰鬥的事情，可是與對峙地區的偵察相比，那種戰鬥只不過像是打架互毆罷了，要是你在路上滑倒跌落山谷，不，就算只是踩到小樹枝而已，那聲音都可能會害得整個分隊送命，你明白我的意思嗎？」

小田桐點點頭。意思不只是無法好好作戰而已。和小田桐在一起這件事情本身，對分隊而言就是個重大威脅。

「現在我就告訴你一些最基本的事情，千萬不可以忘了。」

換好迷彩服和靴子之後，聽水野少尉以淺顯易懂的方式仔細教導步行方法。雖然小田桐覺得自己好像不夠聰明，不過，跟這些傢伙處在一起就會有這種感覺吧。

「平常行動都是兩人一組，你的夥伴就是我，我會走在前面，你必須經常看著我，我停你就停，我走你就走，我臥倒你就臥倒，就好像照著我的足跡走一樣，而且白天時我們的距離不能超過三公尺，夜間在樹叢裡則必須跟在我後面兩公尺之內才行，在對峙區域，只要被敵人先發現一切就完了，只要你沒有冒失的奇怪舉動，不發出聲音，我們就不會有問題，即使與敵人遭遇，只要對方並沒有發現就應該避免戰鬥，那種時候絕對別亂動啊，若是發出聲音就完蛋了。不過也不能因為害怕而閉上眼睛，必須看著我才行，更重要的一點，就是絕對不可以往壞處想，不准想像最糟糕的狀況，被敵人包圍必須一連好幾個小時屏氣凝神躲著的時候，戰鬥中陷入險境的時候，受傷的時候，都不能夠往壞處想，不會有事的，要這麼自我暗示，還有就是即使受傷也要認定自己絕對不會死，事實上，除了腦袋和心臟之外，其他部位被擊中並不會死人，就算兩腿都被炸斷了，我們也會確實將你送到目的地，放心好了。」

說到這裡水野少尉笑了笑。真是簡單明瞭的說明啊，小田桐心想。聽起來好像和任何一個生命諮商的回答一樣。對其他士兵的更詳細簡報開始了。攤開地圖說明實際的任務之後，水野少尉令武平軍曹和小林拿出自己的數位通信機輸入多組複雜的數字，有的數字還要所有人背起來。大概與隧道出入口的位置有關吧，小田桐心想。為了保住機密，警備與偽裝這種做法自然不在話下，可能所有能用的方法都用上了，包括被發現時的自爆裝置在內。由於目的地日之根村所在的區域散布著隧道的終端，對聯合國部隊或是對Underground而言都非常重要。跟據水野少尉的說明，日之根村一直以來都是視兩軍的實力狀況而兩邊倒。因為新建了通信設施，派駐的部隊也增加了，研判目前是倒向了聯合國部隊，只是尚未掌握確切的證據。在通訊設備更新之前，他們會提供糧食與水，以及比一切都重要的情報給Underground。小田桐邊檢查背袋與口袋裡的東西心裡邊想著，不知道那裡住著什麼樣的人。真希望自己跟他們不是同一個德性，想到這裡不禁覺得納悶，怎麼自己一直沒有被認為是那種非國民村的人呢，於是請教身旁拿著通信機繼續輸入的小林。為什麼我沒有被懷疑是非國民村來的間諜呢？

「長相不一樣。」小林回答，眼睛一直沒離開通信機。

在不斷出現厚鐵門的黑暗狹窄通道裡走了相當久。武平軍曹打開最後一扇門的鎖，從內側緩緩打開，隨即感覺到外面的冷空氣。彎彎曲曲向上延伸的升降路，還有鐵梯。武平軍曹與長田先出去，一會兒之後才比出「跟上來」的手勢。

一來到外面，小田桐便被夜裡森林的氣味和冷氣所籠罩。在沉默之中迅速開始移動。全員都戴著沒有帽簷的迷彩帽，沒有鋼盔。打頭陣的兩人、水野少尉、以及殿後的宮下都戴著造型奇特的護目鏡。可是步行的速度非常慢。小田桐依照吩咐跟在水野少尉身後兩公尺處。從草叢與樹林的縫隙中可以看見一彎新月，在那微弱蒼白的光線下只能隱約看見周遭而已。水野少尉小心翼翼拂開樹枝，弓著腰，邊以腳尖確認地面的觸感邊緩緩前進。小田桐仿效那動作在後面跟著，走不到二十公尺就腰痠腳痛了。忽然想起包袱這個字眼。現在才知道，以慢動作的方式走路竟然這麼耗費體力。只覺呼吸已亂，脖子和腋下都汗濕了。心中不禁感到不安，害怕這樣下去要不了五分鐘就會雙腿抽筋跌倒，從斜坡滾下去。不能夠說話更使得不安被放大了。於是依照學來的方法對自己下暗示。一定會有辦法的，說不定等一下就會習慣這種走路方式了，他們畢竟也是人，不可能永遠用這種姿勢走下去，這麼說給自己聽。開始移動之後是一段和緩的下坡，隨即變成陡峭的上坡。水野少尉幾乎是用爬行的姿勢前進，但是並沒有去抓樹枝。雖然腰很痛，還是比下坡輕鬆，小田桐心想。腳尖輕輕踏入鬆軟潮濕的地面，小心將身體往上送之後可以有非常短暫的休息。若是下坡，經常必須神經緊繃以維持身體平衡。即使如此，情況還是不如暗示那麼順利，雙腿越來越使不上力。到底前進多遠了呢？好像已經走了一公里左右，又好像還走不到十公尺。繫在腰間附有口袋的腰帶及背上的背包感覺越來越沉重。小田桐的背包重量只有其他人的一半卻也勒進肩頭，真想拿下來扔了。要是再提著一把步槍的話，情況一定更慘吧。已經連注意周遭的餘力都沒有了。還是繼續看著前方水野少尉的背影和腳，其他什麼也別想好了。腿部的肌肉痠疼就當作不是自己的。坡度變得略微緩和，終於再次變成下坡。輕輕接地，邊維持身體平衡邊慢慢踩下到拇趾的蹠趾關節處，仔細觀察之後發現水野少尉是以這種方式走著。小田桐也有樣學樣。覺得自己好像變成了鱷魚還是樹懶之類的動物。可是可以感覺得出來，這種動作比較平順，不會讓腿部的肌肉產生多餘的緊張。若是整個腳掌接地必定會踩到枯葉、樹枝或是石子，為了避免發出聲音必須用腳尖將那些東西去除，姿勢就好像半蹲著戰戰兢兢走在結冰路上似的，大腿與小腿必須不自然地用力。若是以腳跟輕輕觸地，由於地面很軟，就算踩到枯葉也不會發出聲音。既然有這種走路技巧就早些一起教我嘛，小田桐這麼想，同時也發覺自己現在才注意到水野少尉身體的細微動作。原來眼睛已經適應新月的微光了。水野少尉突然舉起左手。是停止的手勢。只見水野少尉緩緩蹲低，無聲無息備妥霰彈槍。小田桐也蹲下身子側耳細聽周遭的聲音。右側草深處的確有什麼動靜。若是在白天絕對不會注意到吧，那地面落葉被踩碎，低矮小枝搖動的輕微聲音，彷彿響徹了整個森林。水野少尉聽了一會兒那聲音，終於放下止步的手勢，再度開始移動。前進五、六步之後用右手一指旁邊。動物的眼睛亮著紅光。看不清體型，大概是狐狸或貍貓吧，只是看著緩緩移動的士兵們，並沒有逃跑。或許根本不認為這些人是生物吧。以脊背感覺著直盯向這邊的發亮紅眼睛，小田桐明白自己這一行人已經融入了夜裡的森林中。

「再兩個小時就天亮了。」

令士兵們以大岩石為屏障集合後，水野少尉說道。看看手錶，已經連續走了兩個小時。斜坡下方傳來河流的聲音。栗原和山中分別在岩石的兩側負責警戒；將兩件厚斗篷雨衣合在一起用類似鐵管的桿子穿過去搭出可讓數人屈身進去的簡單帳篷。留下兩名守衛，其餘眾人卸下裝備進入帳篷裡。武平軍曹將放在塑膠袋裡的地圖置於中央，確認斗篷完全密合沒有縫隙之後點了燈。如原子筆的細長管子，從中間摺彎後發出青綠色的螢光。打開扁盒子拿出指南針放在地圖上，配合指針調整地圖的方向，邊敲著數位通信機的鍵盤邊與水野少尉輕聲交談。對話內容始終都是令人聯想到時間與方位的數字，小田桐根本就聽不懂。唯獨水野少尉最後所說的話例外。吃飯，然後大休歇。小田桐也從背包裡取出類似真空包的食物袋。四人負責守衛，另外四人趁此時間進食假寐。你不必負責守衛，就好好睡吧，水野少尉對小田桐說。留在帳篷裡的是水野少尉、小田桐、武平軍曹與長田。長田先將四人的袋裝食品收齊。以套在水壺下部的氧皮鋁容器裝了半滿的水，將食品袋浸入其中，然後將像是口香糖的白色薄片喀啪一摺同樣沉入水中，不到一分鐘容器內就開始冒泡。長田準備好塑膠碗，熟練地從沸水中取出袋子，將熱騰騰的紅豆飯分配給大家。加了豬肉的另類紅豆飯，但是味道並不壞。開水並沒有倒掉，用來泡茶。「慢慢嚼五十次以上再嚥下去。」水野少尉如此交代。「知道啦。」小田桐不太服氣地這麼回答，「難道連紅豆飯必須細嚼慢嚥都有規定嗎？」武平軍曹與長田聞言都小聲笑了。三人看著小田桐，似乎想要問覺得味道如何。「這是我所吃過最好吃的紅豆飯。」水野少尉聽了點點頭，似乎很得意。「真想再吃一份。」小田桐又補充這麼一句。「適可而止吧。」長田搖搖頭，「不能夠吃太飽，不然胃部被擊中的時候食物一爆出來，會死人。」

從熟睡中醒來時天色已亮，可以聽到鳥叫和振翅飛動的聲音，帳篷裡的人已經換過班。雖然盡力避免碰觸熟睡中的人體想要悄悄離開帳篷，四人還是都一度張開眼睛，確認是小田桐之後才再睡。原本打算悄悄走進仍滴著露水的森林，不料躲在岩石一端與背後草叢裡的三人都架起步槍瞄了過來。小田桐蹲低身子靜止不動後，見水野少尉以手勢要自己過去。水野少尉邊以雙筒望遠鏡觀察四周邊與武平軍曹交談。

「那就是箕山，右邊是御齋山。」

水野少尉指著兩座山的方向給小田桐看。兩山的前方也有低矮的山，後方還有綿延的小高山，群山的後面則是山頂附近為雲霧覆蓋的富士山。錯不了，小田桐心想。雖然周遭的景色沒有一處有印象，可是遠望富士山的角度卻與在別墅所見相近。因為已經接近小田桐跌入這個世界的地點了。然而這件事情卻沒有引起任何情緒反應。或許是因為疲憊，哪裡麻痺了吧，小田桐心想。水野少尉和武平軍曹反覆核對地圖持續對話。四下一望，連小田桐也看得出這裡是最佳露營地。三方為茂密的草叢圍著，頂上是大樹的茂密高枝，前面是塊大岩石。只要躲在岩石的角落，不論從哪個方向，即使搭乘直升機靠近到只有幾公尺的距離，除非使用特殊裝備，只憑肉眼應該不可能會發現吧。在持續交談的兩人身旁微微探出頭窺探前方，看到正下方的林木枝葉間有條一個人勉強可以通行的獸徑。隱約可以聽見兩人的談話。兩人正在討論利用那條獸徑移動的可能性。那條獸徑的下方似乎有河流過，只是從所在位置並沒有辦法看到。如今因為鳥叫聲而聽不清楚，但是抵達時的確聽到了潺潺水聲。談話中提到，沿著河有一條沒有鋪裝，唯有吉普車能夠通行的道路。從那條路向北可以到日之根村，途中還有岔路通向箕山與御齋山之間的山谷，只是更狹窄更險峻，並且一直延伸到箕山山頂。環繞著箕山的那條路，聽說內側是聯合國部隊活動的地區。獸徑雖然在活動地區外圍，還是會有與敵人遭遇的可能，不過，由於距離隧道的出入口已經夠遠，更重要的是還可以大幅節省時間，如果我們渡河橫切道路登上御齋山的話，聯合國部隊應該也料想不到吧，少尉下了這樣的結論，武平軍曹也表示同意。

「箕山看起來與其他的山沒什麼不同，不像會有什麼設施。」聽小田桐這麼說，武平軍曹不耐煩地簡短表示：「偽裝起來啦。」「必須用紅外線從御齋山的山頂進行掃描喔。」水野少尉告訴小田桐，表情也是一陣緊張，與吃飯時截然不同。

晚秋的陽光透過頭頂的枝葉照在小田桐腳邊。好像透過滿是破洞的蕾絲窗簾的陽光，呈現出抽象的圖案。腳邊的地面覆滿枯葉與樹枝。左下方傳來水流聲，但是河寬似乎並不太大。小田桐邊留意水野少尉的背影邊走著的這條獸徑並不適合小學生遠足或是闔家健行。說是小徑，不如說斜坡上出現的微幅落差比較正確，而且還覆蓋著層層落葉，由於葉底已經變成腐植土，走路方法不正確的話很容易滑倒。而且寬度只容一隻腳勉強可以踩下。儘管如此，還是比低著頭弓著腰一路撥開草叢前進要輕鬆得多。不過沿路還是經常遇到大幅凹陷，被倒地的大樹、岩石，或是茂密的灌木擋住的情況。武平軍曹與長田兩人帶頭往前方推進。兩人的速度也比本隊快，遇到轉角或是草叢中斷視野良好的地方就會停下來。有時也會走到前方相當遠處，但是長田從不曾脫離水野少尉的視線。跟在小田桐後面的栗原、山中、小林等三人，不時會往右手邊的草叢或是左下河流的方向散開。走在最後面的宮下，每隔十幾步就會停下來轉過身去，側耳傾聽，確認一下是否有什麼不自然的動靜。有一次，因為一小群鹿從河流的方向衝上來，全員當場臥倒架槍瞄準。說是臥倒，感覺更像是無聲無息貼向地面，只剩下鹿和小田桐茫然站著。由於眼前的水野少尉動作過於迅速流暢，小田桐根本搞不清楚發生了什麼事，因而錯失了臥倒的時機。包括小鹿在內的鹿群發現了動作笨拙慢吞吞蹲下的小田桐，又往河川的方向躍去消失了蹤影。若是沒有小田桐的話，或許鹿根本就不會發覺那裡臥著有人而從士兵們之間走過也不一定。全員臥倒時，在小田桐眼裡看來他們好像是消失了一樣。意思並不是說原本站著的人趴向地面而從視野中消失，而是一眨眼就與草叢、枯葉和地面，以及上方枝葉造成的微妙光影圖案同化了。只有步槍從枯葉中伸出，給人一種奇妙的感覺。好像是數萬年前的地層中出現的原子筆或是在冰山內發現的鋼筆似的。群鹿消失後，水野少尉站了起來，對小田桐一撇嘴角露出了笑容。那笑容的意思是：幸好只是鹿。

在景色幾乎一成不變的森林裡，分隊以每走五十分鐘休息五分鐘的進度推進，重複兩回。比起那黑暗之中的移動輕鬆了二十倍，小田桐心想。小田桐不必負責警戒周遭狀況，也沒有那種能力。只要看著水野少尉動作在三公尺之後跟著，守住腳跟先著地再將腳尖緩緩放下這個基本原則，盡量不要發出聲音，避免往左下河流的方向滑落就好了。昨夜非常緊張。緊張會使得疲勞倍增。雖然腰腿仍留著痠痛經常覺得口渴，但是目前的狀況已經輕鬆得多。第一次小休歇時，水野少尉給了好幾種藥丸。是維他命丸。第二次則領到了兩顆冰糖。含著冰糖走路，覺得非常好吃。小田桐心裡想著，什麼時候才要把第二顆冰糖放進嘴裡。光是這樣就覺得很快樂了。不過，這些傢伙還真是了得，他想著士兵們的事。雖然一時想不出項目，不過若是去參加奧運什麼的話，很可能會令所有人都大吃一驚吧，說不定參加任何項目都可以，當小田桐正這麼想的時候，看到前方的長田衝了回來。水野少尉令後面人員止步，自己朝長田跑去。長田在前方進行報告。不見武平軍曹的人影。終於，水野少尉比出了「過來」的手勢。

在長田的帶領下前進一段路之後，在一處灌木突出、看不到那一頭的轉角之前有三個人。身上穿著破爛外套的男子，以及兩名年輕女子。兩名女子的打扮都令人不敢相信自己的眼睛。身上分別穿著類似小田桐之前所在的世界，經常可見菲律賓或泰國女子在溫泉區酒家所穿的那種，紅色與水藍色的華麗洋裝。

「是日之根村的人。」

武平軍曹說。看著那穿著破爛外套的男子，小田桐這才明白出發前小林所說的「長相不一樣」是什麼意思。根本看不出男子的年紀。看起來既像是二十幾歲，又像是五十多歲。眼睛一直朝下，絕對不會抬起來看人。頭髮蓬亂；外套的顏色和質料都看不出來，好像用飼料之類的袋子縫製成似的，下面是好像衛生褲一樣的骯髒長褲；與泥巴難以區分的赤腳穿著塑膠夾趾拖鞋。那朝下的臉，是小田桐從不曾見過的。與很久很久以前，比方說明治初期外國人所拍攝的照片中的日本人有點像。可是眼神與過去照片中的日本農民不同。好像被逼到死角不知如何是好的老鼠，充滿恐懼、羞恥的眼神。小田桐想起了Wakamatsu描述在地下工廠棲身不想再看到第二眼的那些人時所使用的字眼。Wakamatsu所說的是「退化」。

「他們說，正要去和聯合國部隊的將官打聲招呼。」

「打招呼喔。」水野少尉看著兩名女子喃喃道。

「依照那位將官的命令，他們不能夠使用那邊的道路，必須避開守路的士兵前往箕山山麓，所以走這條路。」

兩名女子那材質與設計都非常差的洋裝外面，披著令人懷疑是不是用稻草還是和紙製成，類似短斗篷的東西，嘴唇毫無血色。應該是覺得寒冷吧，可是臉上卻一副反正經常處於這種狀態已經死心了的表情。臉上訴說著寒冷，或許有生以來從不曾得到過溫暖的衣物和飲料這些東西吧，小田桐心想。同樣也是赤腳穿著塑膠夾趾拖鞋，被泥巴弄髒的腳上塗了紅色蔻丹，反而呈現出一種殘酷的感覺。兩人的頭髮都是黏黏的，纏在脖子上，骯髒的皮膚像被煤煙燻黑了似的，可是當小田桐與水藍色洋裝女子四目相交時卻不由得倒抽了一口氣。長眼角的眼睛睜得好大，睫毛因為恐懼而顫抖。眉間微微皺著，牙齒緊咬著下嘴唇。是個令人一顫的美女。就好像將數公頃土地榨乾奪取所有的養分去培育一株特別的植物似的，將其他人負面能量全數吸收去刻劃出那眼睛、嘴唇、下巴以及臉部線條似的，那種長相的女人。而且，那女子並不知道自己有多美。

「問過他們聯合國部隊的兵力、裝備和部署嗎？」水野少尉問武平軍曹。「當然。」武平軍曹回答。

「據說箕山的通信基地擁有小型火砲，應該是重迫擊砲吧，我想，路上的兩處岔路口各配有兩輛搭載機槍的吉普車，說是沒有裝甲車輛，嗯，畢竟也沒有坦克或是M3能夠行駛的道路嘛；偶爾會有直升機飛來，但不是阿帕契，應該是進行補給用的吧。」

武平軍曹這麼說著，邊用手指比出手槍的模樣對著自己的腦袋，看著水野少尉，似乎在問該如何處置。意思應該是問：「要不要殺了他們？」吧。水野少尉搖搖頭。「我問你，你打算讓這兩個女人幹什麼？」表情變得很不高興的栗原問那穿著破爛外套的男子。紅洋裝女子無精打采地張著嘴，視線落在自己腳邊。水藍洋裝女子眼眸朝上打量著士兵們。難道栗原想像這女人會被聯合國部隊軍官怎麼樣嗎？小田桐心想。小田桐也覺得有些噁心。「栗原閉嘴。」水野少尉制止栗原，然後與武平軍曹小聲討論，這時，眼神像被逼到死角像老鼠的男子突然開口了。或許是覺得不說些什麼就會被殺吧。

「今天晚上，我們要演出Yuya，請各位務必要來欣賞，是Tanzyaku的一段。」

男子的聲音低沉含渾，滑膩而令人不舒服。士兵們一臉「Yuya?那是什麼玩意兒？」的表情。「是能劇。」水野少尉轉過頭去告訴部下，「那些傢伙要表演能劇，有種寫成熊野，稱為Yuya的戲曲，應該是其中的《短冊之段》吧。」

「我們製作了很不錯的能面具，希望各位能夠大駕光臨，我真的只是去跟老美打聲招呼而已，不須為這些女人擔心，這兩個人，都是Gobutsuki（五分搗）的女人，請不要擔心。」

男子沒看著任何人的眼睛而是對著士兵們的胸口說話，其間還不時鞠躬。「讓他們走吧。」水野少尉說，士兵們讓開了路。「非常感謝，非常感謝。」男子邊道謝邊領著兩名女子準備離去。「喂，」水野少尉叫住他，說道：

「今天晚上，我們一定會去看能劇表演，等著吧。」

「所謂Gobutsuki，看好，五分搗是這麼寫的，凡是違反村裡的方針，或是家中有人離開村子的人家都會成為這種對象，平常都會有五個五分搗的家族，一旦決定了新對象，原本最能夠忍耐的家族就可以脫離五分搗；據說會故意用最難弄到手的衣料來區別他們，此外還會像剛才那樣，連家中的女兒和小孩都會遭受悲慘的待遇。」

這麼為小田桐說明的是長田。放走日之根村那三個人，確定離開得夠遠之後，分隊開始快跑前進。發出聲音也沒關係，持續用跑的，小田桐呼吸加速，多次險些跌倒，強忍著吐意。這樣朝日之根村的方向跑了三十分鐘左右，稍事休息喘了口氣之後，沒朝右上的草叢攀爬，而是慢慢朝左下的河流溜下斜坡，躲進可以看到下方河水的茂密灌木叢中。這個地點也是三面為岩石包圍，頂上為枝葉覆蓋，幾乎連陽光都透不進來。小林和宮下守住左右，栗原與山中則負責前後的警戒，水野少尉和武平軍曹攤開地圖小聲討論，由於與村人接觸而不得不更改作戰計畫。「剛才為什麼要跑得那麼急呢？」好不容易消除了吐意的小田桐問長田。長田附在小田桐耳邊小聲說：「遇到意外狀況的時候，一定要盡可能遠離才行。」接著，當小田桐說出：「我還在想，你們這種菁英分子會不會歧視他們呢。」之後，他開始說起日之根村的事情。「我們不會有所歧視。」長田喝了口水壺裡的水，繼續說下去。

「間諜非常可怕，所以能夠進入隧道的人都經過嚴格的檢查，可是Underground內部沒有歧視存在，不但有相當多過去遭歧視部落出身的人，由於參與初期隧道工程的緣故，第二代和第三代的朝鮮人也很多，記得山中的外祖父就是中國人，你應該也知道，在受了傷口渴的時候給你水喝的傢伙，要衷心感謝他；若是持刀相向要砍你的手腳，就算親屬也都是敵人，當外部充斥著敵人的時候，哪有什麼閒工夫去搞什麼差別歧視呢，其實正好相反，自認為是菁英分子的是像日之根村裡的那些傢伙，他們的祖父那一輩有不少是過去的在鄉軍人會或國民義勇隊的殘存幹部，聽說甚至還有舊貴族，剛才也聽到了吧，竟然要表演能劇哩，雖然我並不是很清楚，不過能劇過去是屬於貴族和武士的吧，除此之外他們還會在附近撿些棍棒練練刺槍術，做些跟廢紙差不多的和紙來吟唱短歌，我曾經去過一次，竟然說什麼歡迎來到守護日本傳統的日之根村，令人難以相信吧？做出把女兒賣給聯合國部隊那種蠢事，還好意思說什麼守護日本的傳統！話說回來，因為接觸了那幾個傢伙，這次的任務變得更困難了，你最好也要有所覺悟，戰鬥是避免不了的了，這並不是少尉作戰策略的錯誤，不論是誰都會採取相同的策略。」

「為什麼不殺了他們呢？」

「要是我的話或許會下手吧，任何人都會覺得該下手吧，可是剛才少尉說了，那三個人是誘餌，因為少尉研判可能有精明的特種部隊指揮官，會定期召喚村民，比方說每三天一次，以想要女人或隨便一個什麼名目，要求他們嚴守時間前往報到，而且規定不准走河邊道路，必須使用那條獸徑，安排走那條獸徑還真是高招，若是沒有準時抵達的話，就召攻擊直升機過來將這一帶的森林燒光，聯合國部隊不必派一兵一卒就可以守住河流到這邊一帶；要是殺了他們，日之根村大概會完全變成我們的敵人吧，實在高明。」

「可是那三個人會說出去不是？」

「那是當然的了，可是敵人會迷惑，會懷疑，為什麼這些傢伙沒被殺呢？難道這些傢伙事實上是Underground那邊的人嗎？敵人真的來了嗎？是不是說謊呢？真的只有八個人嗎？再加上少尉又說會去日之根村，他們可能會懷疑那是個陷阱，而不敢派出攻擊直升機，說不定森林中某個Underground的據點埋伏著配備刺針的連隊也不一定，而日之根村已經遭占領這種可能也必須列入考量才行，如此一來反應就慢了。」

「那不是很好嗎？」

「一點也不好，首先警戒就加強了，會派人過河偵察這一側，說不定還會呼叫增援部隊，搞不好——」

「搞不好什麼？」小田桐問道，滿面愁容的長田回答：

「會把我們包圍起來吧。」

水野少尉召集全員開始簡報。

「根據山中前往上游的偵察報告，有四輛卡車由通信基地出發，陸軍的部隊已經開始在路上集結，固守道路等待增援，應該會在這座森林的背後散開包圍，將我們逼向河的方向，採取從道路與森林兩方夾擊的作戰方式吧，我們的援兵最快也要一個小時才能夠抵達，慢的話要兩個小時，但是不管怎麼說都來不及撤退了，也沒有辦法等到晚上，結論只有一個，就是現在分成三組，從正面突破敵軍的集結地點。」

這怎麼可能辦得到呢？小田桐心想。分隊已經依照水野少尉的作戰計畫分成三組開始移動了。小田桐隨著水野少尉、栗原、以及山中，朝突破地點前進。據山中報告，敵人有連級規模的兵力。約兩百人，分成兩部分。箕山的登山口，以及相距約兩公里靠近日之根村的一處三岔路口有防守的據點，我推測那裡有配備機槍的吉普車，兩地背後的山坡上也都有機槍陣地。水野少尉等四人所要突破的是設在三岔路口的據點，兵力約一百三十人，首先武平軍曹跟長田會從左右以火箭筒和榴彈發射器攻擊吉普車與機槍陣地，四人隨後再衝出去，從箕山登山口過來支援的敵軍則靠小林和宮下事先埋設的克萊摩防禦，所謂克萊摩，是一種經常用於防範夜間突襲或埋伏的指向性人員殺傷雷，外型類似薄型的迷你音響喇叭，用導絆索或是遙控引爆之後，會以六十度角炸出約七百個鐵珠，直線飛距一百公尺，足以將縱深五十公尺、高兩公尺範圍內的一切都炸掉，小林與宮下引爆克萊摩之後要避開交戰登上御齋山的山頂，以紅外線攝影機掃描箕山的通信基地，三組人員的會合地點是御齋山北坡的一處岩石平台，從那裡可以俯視幾乎就位於正下方的日之根村。武平軍曹和長田轉眼之間就不見人影。宮下與小林早一步離開，但是花了幾秒鐘的時間進入河邊的草叢中向下游移動。「拜託了。」山中用幾乎聽不到的聲音喃喃自語。若是宮下與小林的克萊摩伏擊失敗的話，分隊的確會全部陣亡。

水野少尉、小田桐、山中以及栗原等四人在距離河邊三公尺處的茂密灌木叢中用近似爬行的姿勢前進。重重枝葉的那一頭，可以看到在開始西斜的陽光下閃爍的河面以及對岸的道路。士兵沿路散開，相隔大聲呼叫可以聽見的距離。兩人一組，步槍端在胸前來回走動，眼睛邊看著這一側的河岸。水野少尉把臉湊向栗原，用眼神一比那些路上的士兵，問：「十秒能放倒幾個？」栗原拍拍狙擊槍，用雙手比出七根手指，再次觀察道路確認之後，增加了第八根指頭。開始在灌木叢中前進時，小田桐拿出水野少尉給的冰糖打算塞進嘴裡。隨即因為突然看見敵軍而沒有吃。可以感覺到冰糖在右手中慢慢融化。抵達突破地點之後小田桐也會分配到槍枝與手榴彈。這可不行，趴在地上的小田桐邊緩緩移動手腳邊想著。這樣黏答答的不但沒辦法好好扣扳機，要是手榴彈黏在手上的話可就不妙了。留在掌心的冰糖只剩一半大，先把那送進嘴裡。甜味彷彿不只在口中，而是擴散到了全身。冰糖在舌頭的攪動下慢慢溶化。可以感覺到那甜味從口腔的黏膜經由神經與細胞送往肺部、陰莖、膝蓋與腳尖並且滲透進去。進入這灌木草叢裡之後，水野少尉等人全身的神經都緊繃起來，那也化為某種具體的訊號傳給了小田桐。尤其是看到了敵軍身影之後，空氣的成分似乎就起了變化。事實上不但覺得眼睛表面乾澀，喉嚨和肺也沙沙作響，彷彿吸入的空氣粒子突然長了刺一般。冰糖的甜味在這樣的空氣中變得更為明顯，即使手掌骯髒沾著泥小田桐也不在乎，一口口舔著。那真的是令身體彷彿從外面開始明顯融化的甘甜。忽然間想到，或許以後再也不會品嚐到這種甜味擴散到全身的感覺，不禁起了雞皮疙瘩。自己被爆炸撕裂的景象浮現在眼前，不由得想要放聲大叫。一陣異常的寒意從牙齦閃過，感覺到整個嘴巴在打顫。大概是察覺到情況有異，就在前面的水野少尉悄悄轉頭望向小田桐。見了小田桐的表情，眼神除了訝異更顯得悲傷，一隻手作勢伸向插在腰間的刀。小田桐舉起右手示意「別這麼做，我沒事」，並且為了驅走恐怖的畫面而回想某個情景。那是抬眸望著自己露出含羞帶怯的笑容，那個日之根村的美女的臉龐。

水野少尉看了看手錶，三十秒之後，車頭相對停在三岔路的兩輛吉普車各自發出不同的聲音起火燃燒。吉普車與上面的乘員在火焰中化為黑影，簡直就像是一幕反白的影片。當小田桐正看得出神時，水野少尉已經從草叢中衝向河邊的岩石區，繼續用榴彈發射器連續射擊。栗原從灌木叢中伸出長槍管的步槍，一邊大聲數著一、二、三、四，一邊將沿路兩兩一組的敵兵放倒，第六人倒下，栗原喊了聲媽的，繼續擊倒第七與第八人，然後將狙擊槍換成突擊步槍朝河邊衝去。敵兵看到吉普車起火燃燒，企圖爬上背後的山坡逃跑，只見拖著白煙尾巴的榴彈向那群人飛去依等間隔擴散將他們吞噬，下一個瞬間只見槍枝、軍服、鋼盔與肉塊以猛烈的態勢飛散開來。山中將輕機槍抵在腰間射擊邊往前衝，人已經快過了河。火焰與煙霧的那一頭傳來短間隔的連續音，河水濺起。小田桐也模仿栗原將身體伏在河中。根本感覺不到冷。這時，火箭筒與榴彈已分別從河岸左右發射，阻止了火焰那一側的機槍繼續在河中揚起水花。水野少尉的眼睛望向左側的道路。從栗原手上逃脫的一人正朝箕山方向跑去。水野少尉將槍口朝斜上抬起正準備以榴彈曲射攻擊時，從河裡爬出來的栗原已經變魔術似的換回了狙擊槍，開火。變得好像遠處的菸蒂那麼小的敵人士兵在槍聲響起隔了一次呼吸的時間後，倒地不起。吉普車與卡車緊接著出現，輾過了那個倒地的士兵。武平軍曹和長田從草叢中竄出，在河邊屈身迅速四下打量之後跑了過來。全員都往繼續燃燒的吉普車方向跑去。水野少尉又朝著火的吉普車後方山壁發射了兩枚榴彈。小田桐雖然就跑在三公尺之後，卻依然一彈未發。一來不知如何低著頭邊跑邊射擊，而且害怕一有閃失就會擊中前面的水野少尉的背。因為水野少尉如同橄欖球選手躲避擒抱般不時變換奔跑路線。事實上，自從吉普車噴出烈焰戰鬥拉開序幕，汽油味與硝煙味隨著陣陣強風籠罩全身，太陽穴一緊，看著成群的黑鳥一齊從火焰後方飛起，自己跟著從草叢衝出來時，根本就忘了手中有槍這回事。吉普車沿著下游一路揚起塵土全速疾馳，車上的機槍已經掃到了腳邊，水野少尉往右一躍直接在岸邊的岩石區臥倒。小田桐雖然也緊跟在後面趴下，但就在臉快接觸到砂石的時候，機槍子彈濺起的小石子擦過他的額頭。中彈了，小田桐心想。鮮血濺濕了肩頭，流進眼睛裡。「只是被石頭打中啦，起來，繼續待在這裡真的會中彈！」栗原在小田桐耳邊怒吼，抓住衣領硬把他拉起來。水野少尉滿臉怒容邊跑邊望向迫近的吉普車時，響起了克萊摩的爆炸聲。遠方的山麓整個沙沙震動，炸碎的樹枝草葉隨著塵土飛揚，吉普車與卡車各有一輛翻覆起火。

「太靠近了，吉普車和卡車都還剩一輛。」栗原喊道。幾乎在吉普車與卡車起火的同時，只見兩條人影渡河準備穿越道路。當他們從著火的吉普車旁通過時，突發的爆炸捲走了其中一人。「是哪個？」水野少尉怒吼。「是小林，宮下已經入山了。」栗原回答。雖然翻覆起火的車輛堵住了路，但是存活的敵軍應該會重整旗鼓繼續追擊吧。跑在前面的山中就快抵達道路了。長田與水野少尉又各發射了一枚榴彈，當所有人朝著火勢更大的吉普車方向跑去時，數名制服變得破破爛爛的聯合國部隊士兵舉起雙手搖動袖子走來，正好面對著小田桐。「都殺了！」水野少尉喊道，小田桐用袖子擦了擦眼睛周圍的血汙，仿效其他士兵將步槍抵在腰間射擊。保險鈕不知何時撥到了全自動，子彈不消幾秒便一掃而空，可是只見投降眾兵後上方的野草迸起而已，一發也沒打中。畏懼的聯合國部隊士兵直往後退，山中在極近的距離下以輕機槍掃射。幾乎全數都舉著雙手直接往後倒下，其中有一人腰部中彈一度如同在舞台上嘶吼的搖滾樂手般上半身往後仰，然後猛地前屈折彎，就那麼不動了。這時傳來重物劃破空氣落下的聲音，「臥倒！」水野少尉大喊，幾乎就在這同時，距離小田桐左側十公尺的地面翻起，只見栗原的身體隨著朝斜上方飛起。接著呼嘯的砲彈又落在右邊，小田桐的身子隨著砂土一起震動，小石頭頂住了肚子。耳朵麻痺，眼裡所見的物體全都模糊不清並帶著橘紅色斑。好像失焦的慢動作畫面的視野中，看見水野少尉拉著栗原正要穿過道路。重迫擊砲將折屈的屍體、河水、大小石塊、灌木的粗枝、已化為廢鐵的吉普車、野草、泥土都高高拋起，小田桐追在水野少尉後面一路胡亂嚷嚷。壓低身子往前跑，一感覺到金屬破空的聲音就臥倒，現實感就在重複著這些動作之下完全消失了。砲彈碎片劃破了野戰服的大腿部位，剜掉了兩公分左右的肉，鮮血轉眼間濕透了長褲流到腳踝，可是根本感覺不到痛。三岔路已經落入重迫擊砲的掌控。河床、岸邊的砂石灘和陸地上一次又一次炸開，游擊隊士兵只能夠在爆炸的縫隙間閃躲，每跑幾步就又臥倒。當拖著栗原的水野少尉發出離開三岔路的信號時，變成廢鐵的吉普車後方的草叢裡突然有機槍開火，就在那前面的山中應聲倒地。武平軍曹爬了起來發射火箭筒。冒著白煙勢如流星的火箭彈沒入草叢，就在噴火的槍管為閃光籠罩的同時，砲彈在武平軍曹右邊炸開。雖然武平軍曹試圖臥倒，卻依然被炸得在地上打了好幾滾，身體右側的皮膚肌肉連同骨頭被都炸掉。長田衝了過去將剩下的兩管火箭筒從背包中取出背在自己肩上。水野少尉指指小田桐腳邊。山中胸口一片紅黑睜著眼睛仰天倒在地上，輕機槍落在一旁。小田桐撿起槍，用刀割斷山中的腰帶將彈匣掛在肩上，從後面追上水野少尉。離開三岔路爬上緩坡正要鑽進草叢中時，砲擊停止了，但這可能是因為追兵已經逼近。水野少尉從三岔路朝遠離日之根村的方向前進，拖著栗原從草叢縫隙鑽了進去。小田桐與長田也緊跟在後。原本由山中所持的輕機槍並不太重，可是槍管發燙，在草叢中往上爬時曾一度觸及露出的大腿，令小田桐失去平衡差點撞上長田。在草叢中往上爬了數十公尺之後來到一處地點，水野少尉為栗原進行急救處理，令長田去裝設兩個克萊摩，然後交代小田桐挖坑。栗原破裂的肚子不斷冒血並露出形狀看不太清楚的內臟。由於繞到了御齋山北坡，頂上又為茂密的枝葉遮蔽，陽光根本照不下來。不論血、傷口或是內臟看起來都黑黑的。水野少尉輕輕取下栗原的背包，從裡面取出斗篷雨衣權充枕頭。不是放在腦袋下面而是脖子下，應該是為保呼吸道通暢吧。從筒狀容器中取出一顆藥丸塞入栗原口中。水野少尉在開始出現休克症狀的栗原耳邊說了些話，讓他嚼碎了藥丸。是「向現」吧，小田桐心想。長田從背包中取出扁平的正方形袋子，開始組裝克萊摩。從袋裡取出十六開本大小的塑膠製主體拉開摺疊式腳架，在兩個地點決定好角度之後插進地面固定，將連接在導絆索前端火柴棒大小的裝置分別插在兩個主體的上部，然後長田望向水野少尉。水野少尉用水壺的水將白布弄濕輕輕覆在栗原的腹部，右手握拳比出摁下按鈕的手勢。長田點點頭，將導絆索往小田桐的方向拉去。栗原的腹部鬆鬆地裹上了繃帶。長田靠了過來，從口袋裡掏出摺疊起來的肉色布遞了過去，說道：「將脫脂棉的部分固定在傷口上。」脫脂棉應該浸過藥水，有股消毒水的味道。

「挖墳的感覺真不好。」小田桐小聲這麼說，長田低聲回答：「笨蛋，這是掩體啦。」「內臟都跑出來了，這樣還有救嗎？」小田桐在綳帶裹好之後問道。將挖出的土對著下面的斜坡堆起拍實。像是杜鵑花的灌木正好擋住了土堆與掩體本身。當長田邊以枯葉覆蓋剛弄好的土堆邊轉頭看向小田桐的方向時，迫擊砲彈在上方山坡爆炸轟隆作響。「快點挖另一個掩體，砲擊一停敵人就要上來啦！『向現』的藥效作用之後，只要栗原意識還清醒就可以繼續狙擊任務。」在三人將栗原抬進掩體裡躺好時，地面依然持續震動。「為什麼一直砲轟那麼高的地方呢？」小田桐小聲問道。「因為敵人認為我們正朝山頂前進，」水野少尉回答，然後說：「噤聲！」並望向栗原所在的另一掩體。水野少尉在突擊步槍上裝上刺刀。小田桐也把刺刀裝在步槍上。栗原微微發出呻吟撐起身體，好像側坐般靠在掩體上，架好步槍。水野少尉與小田桐，栗原與長田，分別待在相距約十公尺的兩個掩體裡。一枚砲彈在相當近的地方爆炸，連小田桐等人的上方都有泥土落下，但是砲擊到此便突然停止。周遭陷入了令人不安的寂靜。連砲擊前不時可以聽到的鳥鳴也沒有了。水野少尉右手握著像是大型釘書機的克萊摩引爆器。小田桐的視線由那牽著細索的裝置移向正面之後，看到樹叢那一頭的地面上排列著無數靴子。正覺得已經隱約可以聽到嘈雜聲時，只見整排的靴子一齊橫向散開，幾乎將山坡上的可見範圍全都涵蓋了，撥開樹叢便可看見敵人的身影。敵軍間隔約三、四公尺橫向散開四下搜索，同時邊留意腳下邊往山坡上走。大約前進了五公尺左右時，第二批部隊加入了。與前者成兩列橫隊，前後人員的位置錯開。無法推斷左右的分布有多廣。待前一列又推進了大約二十公尺時，長田看著水野少尉點點頭。就和用釘書機釘下一樣，水野少尉與長田互看了一眼，同時壓下握桿。爆炸聲與閃光齊發，從中央向外側剷除草叢砍倒樹木，這景象如同鎂光燈般在眼中一閃，隨即便因後方的爆炸煙塵而什麼也看不見了。長田開始以輕機槍斷續朝正面射擊。煙霧消散後，看到扇形區域中的一切都被炸光，小田桐喊了聲好屌，也以三發點放朝正面開火。因為附近只剩下那一帶還留有敵軍、灌木草叢和樹木。兩處爆炸點的二十公尺範圍呈左右對稱，簡直就如同燒荒或是山林火災之後一般，真的是什麼都不剩。那一頭是焦黑的樹木、人體碎片和四散的灌木亂七八糟混在一起，更遠處則傳來負傷士兵們的慘叫與呻吟夾雜在槍聲之中，就好像老式立體音響般從左右兩端傳來。部分被炸得四分五裂的軀體掛在遠處的樹枝上。有根樹枝上插著臂部，還真像桃子咧，小田桐心想。正面的敵人一片混亂，或被長田的機槍掃射釘在地上，或轉身企圖由灌木叢逃走而被栗原準確擊倒。雖然兩度有人投擲手榴彈，卻因為身處下坡根本扔不上來。水野少尉以榴彈發射器連射三枚，確認榴彈爆炸揚起白煙之後對小田桐說：「行動！」並跳出掩體衝進後方的灌木叢之中。小田桐也隨後跟著，在進入灌木叢之前一回頭，看見長田正以輕機槍持續射擊。在灌木叢中往上衝時那聲音一度中斷，隨即再次響起。這回開火的應該是栗原吧，小田桐心想。栗原應該會在那掩體裡撐上一陣子吧。往正上方衝去的途中，水野少尉一再做出向右跑的動作。小田桐雖然緊跟在後，可是沒多久就氣喘吁吁。原本已經忘了的左腿傷處痛了起來。水野少尉絕對不會回頭看的。開什麼玩笑，小田桐心想。難道這傢伙打算這麼一路跑到集結地點嗎？小田桐逐漸落後。水野少尉的背影終於消失在茂密的草叢中看不見時，長田從後面趕了過來。長田能夠正確追蹤水野少尉走過的痕跡。「吃顆『向現』吧。」長田追上小田桐時這麼說，並遞過來一個細長的塑膠筒。打開蓋子，取出一粒灰色藥錠放入口中嚼碎。味道很不好，但還是忍耐著吃了下去。因為邊跑邊嚼，兩度咬到了舌頭。絕對不能跟丟長田。即使心臟會因此而爆裂也不能跟丟長田，否則就和迷路沒有兩樣，小田桐這麼說給自己聽。

輕機槍的聲音不知何時已經停下，但是小田桐並沒有察覺，栗原的事情也已經拋諸腦後。兩個膝蓋逐漸失去力氣。在樹林灌木間忽隱忽現的長田與自己之間的距離確實越來越遠。為什麼那些傢伙能夠幾乎不碰到樹枝，不發出腳步聲，低著頭衝上山坡呢？小田桐頭暈目眩，雙膝數度一軟差點跪倒，終於連爬坡的力氣也沒了，而且開始一再向右跑，只是自己並沒有發覺。肩膀激烈起伏，呼出的白色熱氣模糊了視野。若是停步不跑，下場就會和山中、武平軍曹或是栗原一樣，小田桐在這種恐懼之下繼續向前邁出腳步。從栗原破裂的腹部冒出來的紅黑團塊在腦袋中不斷擴大。可是身體卻抗拒著山坡。無意識之下半蹣跚地繼續跑著，等一下應該會反過來開始下坡了吧。許久以前也曾發生過類似的狀況，可是想起那件事的並非大腦，而是大腿的肌肉、心臟和肺。若是跟丟了，周遭的一切就會完全被類似栗原破裂的腹部冒出來的紅黑團塊的東西覆蓋，而無比重要的東西則會逐漸與自己遠離而消失不見，最後終將分隔兩地再也無法觸及。雖然身體不聽使喚卻因為害怕那樣而持續追趕，雖然只要有人輕撫自己的背好像就會哭出來，卻不允許任何人碰觸，繼續追逐那東西，可是，就連小孩子都知道是絕對追不上的，自己的身體遠比成人要小而覺得不甘，細而短的手臂和腿正是弱小的象徵，而事實上也只會一點一點長大，那個時候，似乎問過那個重要的人非常多次，自己是否有用自己是否不可或缺，那個人雖然一再表示我是不可或缺的，卻從眼前消失了，因為根本就不需要我，而且如今應該依然是不被需要的，否則就不必這樣一直跑了。小田桐感覺到一股不知從何而來自己也無法克制的怒氣，彷彿化為能夠將冒出身體的內臟切開的刀子，化為眼睛能夠看到的銳利金屬，不斷湧出。「開玩什麼笑啊！」咕噥了一句，往山坡上衝了幾步。跑上去幾步之後往右一拐略微放慢腳步深深吸氣用力吐氣然後再上坡，重複著與水野少尉和長田相同的動作。一股奇怪的味道飄來。正懷疑是純肉食的外國人的腋下味道時，灌木叢突然中斷，眼前出現了一個比小田桐高兩個頭的敵兵。敵兵瞪大了藍眼睛，似乎想要高呼。用彷彿會相撞的速度衝過去的小田桐，姿勢好像要撲進對方的懷中似的，手臂稍微一伸就將刺刀插進了敵人左胸。長長的粉紅色舌頭從腋下發出酸味的藍眼珠大個頭男子的牙齒間垂下，咻——地發出像是氣球漏氣的吐氣聲慢慢死去，小田桐用力一擠把他推倒。

「知道厲害了吧！」嘴裡這麼喃喃著，左腳踩在對方胸口想要拔起刺刀。正面的灌木叢中隱約傳來英語的嘰嘰喳喳聲。刺刀拔不起來，簡直就像夾在岩石縫裡似的。英語的嘰喳聲越來越大，類似牛奶或奶油的體臭隨風而至。小田桐考慮是否該插著不管直接逃走。敵人也帶著幾乎一模一樣的步槍。小田桐的手一度放開了自己的槍。即使放開手步槍依然沒有倒下，簡直就和插在蛋糕上的刀一樣。正準備掰開對方的手指以取下步槍時，不料在碰觸的瞬間敵人脖子的肌肉一陣痙攣，垂下的舌頭動了。小田桐只覺心臟凍結兩腿發軟。步槍被敵人緊緊握住無法搶走。只好再次雙腳踩著對方的胸膛繼續嘗試拔出刺刀，這時敵人接二連三由草叢中現身。看到小田桐那像是在拔蘿蔔還是芋頭的姿勢，十餘名敵軍啞然失色，正準備舉槍卻慢了一步。「小田桐趴下！」水野少尉喊著，就在小田桐好像要抱住敵人般伏下的同時，連續響起了霰彈槍發射的悶響，悄悄抬起頭一看，幾乎所有的敵人都已倒在灌木叢上，而長田正用刺刀割斷剩下那個人的脖子。脖子裂了道大傷口噴著血，長田放開了那人身體。「在搞什麼啊！」水野少尉說著，握住小田桐插在敵人身上的步槍直接開了一槍。好像裝了彈簧彈起來似的，輕輕鬆鬆就拔起了刺刀。交還步槍時順便觀察了小田桐的眼睛，「『向現』應該生效了吧。」水野少尉說。當小田桐還在罵：「臭傢伙！」的時候，兩人已經邁步跑了。小田桐隨後追去。心情就好像即使是世界的盡頭也要跑過去似的。

宮下的左肩負傷，左手臂如今依然像被扭斷了似的垂著。他想要把像是將夜視鏡略微放大的紅外線攝影機交給水野少尉。機體經過設計，其中的特殊錄影帶似乎必須回到Underground才能夠取出來。「你帶著吧。」水野少尉說著繼續監視前方的日之根村。太陽完全下山之後抵達了這處岩石平台的裂縫。三人一靠近，嚼著水果乾在那裡等待的宮下，便以匪夷所思的快速動作舉起步槍瞄準。是來福槍分隊中最年輕的士兵。他低聲報告：「能夠裝設克萊摩的地點只有那裡，而且吉普車和卡車的距離也比我們預測的要遠；小林被手榴彈炸死了；已經用紅外線掃描過，可是用肉眼無法辨別是直接連接軍事衛星的型式還是普通的三次元雷達。」水野少尉默默聽著不時點點頭，隨後檢查宮下肩膀的傷勢。部分鎖骨和肩胛骨被炸死小林的手榴彈破片擊碎了。保留住宮下自己之前所做的急救包紮，然後用三角巾和新的繃帶把手臂吊在胸前。「這樣肘部前面這段就使用了。」水野少尉說。意思是能夠開槍射擊。長田自己將手臂的傷處理好之後，便擔任斥候前往日之根村。裂縫長出松樹的岩石平台正下方就是日之根村。或許「向現」的藥效也有影響，浮現在月光下的村落看起來就好像一幅古典畫作。小田桐既不會渴，也不覺得累。白天突破三岔路時渡過的河從村子的正中央流過。將近二十戶平房毫無秩序地分散各處。屋頂用的是稻草而不是瓦，與其說住家不如說是茅舍。或許是沒有電吧，各間小屋只透出昏暗的燈光。河上搭了兩座簡單的木橋。有兩座沒有屋頂的正方形台子，像是舞台。大小與拳擊擂台相仿，兩者間有渡廊相連，可是其中之一的支柱折斷嚴重傾斜。渡廊與舞台都任憑風吹雨打，地板四處脫落，扶手幾乎全都倒了。應該是長年來不斷修補吧，用來補強的木板和木棍不論大小、顏色和木材都不相同，看起來根本不像是能劇舞台。村子背後的南側山坡有劃分成小區的田圃。在新月朦朧的月光下看不出種植了什麼作物。山坡的北側有處窪地，有五間外形近似立方體的小屋，等間隔排列著。沒有光線透出，小田桐原本以為可能是貯物室，可是看到其中一間一度有人進出，才知道那是被稱為「五分搗」的人居住的小屋。位處陽光幾乎照射不到的地方，廁所只有外面的兩間，洋鐵皮屋頂，沒有窗戶。依等間隔排列，沒有柵欄、籬笆或是院子。簡直就像是難民營。其他一般的小屋，都有用剖半的竹子連接而成的簡易自來水管從河川上游延伸到各家，但是這五戶沒有。那沒有窗子的小屋，小田桐心想，那個美得令人一顫的女子就生在那裡，長在那裡。儘管如此，為什麼非要調查這個村子不可呢？小田桐實在想不通。長田偵察回來之後與水野少尉交談，小田桐聽了之後才明白個中原因。一直以來，每當捲入戰爭或是因為災害、作物歉收而陷入危機時，村人就會搜尋隧道出入口然後通報聯合國部隊。「村裡和周遭都沒有聯合國部隊埋伏的跡象。」長田報告。「誰也想不到我們會靠近那村子。」水野少尉說道。

「宮下在村子北面的老地方待命，不論發生任何事情都不要過來村子這裡，如果我們在22：00之前沒有回去的話，你就進入F-11通道，並且通知地下司令部暫時封閉F-07到F-12的通道。」

然後轉向小田桐。

「你也一起來，只有兩個人壓不住那些傢伙。」

爬下黑暗的岩石平台，小心穿過灌木叢，走上與獸徑相接通往日之根村的無鋪裝道路。逐漸靠近河邊之後，傳來垃圾和腐爛蔬菜的味道。水野少尉打頭陣進入村裡。面前的小屋門口有孩子探出頭來，發現三人之後說了些什麼。一名男子出現擠開了孩子。「過來！」水野少尉開口叫那男子。穿著與白天在獸徑遇到的男子相同。破破爛爛的膚色厚襯衫與像是衛生褲的長褲，外面披著類似棉襖的衣物，可是那材質怎麼看都覺得像是紙。非常厚的和紙，但是不僅材料與做工都很粗糙，還因為淋過雨而整件起毛，沾上了層層各種汙垢。男子在途中轉頭望向小屋，見小孩和女人從門口探出頭來，揮揮手要他們進去。腦袋上裹著類似手巾的布條，處處破裂泛黑，與油膩膩的亂髮難以區分。根本看不出年紀。走過來時腳步很奇怪，膝蓋不怎麼彎曲，腳好像拖在地上似的。是骨頭有毛病，還是塑膠夾趾鞋的帶子快要斷了呢？小田桐心想。「我們是來看能劇的。」水野少尉對男子說。長田和小田桐把槍端在胸前，三個人的野戰服都滿是血漬和汙泥。男子的臉絕對不會抬起來。垮著肩膀，雙手下垂，不時做出像是偷看腋下的動作。身上散發出混雜著汙垢、油脂和泥土的難聞氣味。「幫我們帶路。」水野少尉說著指向橋的那一頭。幾間小屋裡有人出來站在門口觀望。「帶路！」水野少尉說著拔出霰彈槍，男子於是默默地走向月光下的村子。塑膠夾趾鞋發出斷續的聲音，男子幾度停下雙手撫著膝蓋。一邊走著，男子的眼睛不時飄向左右的小屋，嘴裡開始低聲嘟囔起來。「好痛好痛好痛好痛好痛好痛大家總是針對我那種事情該怎麼辦所有的事情又不是只有我一個人明明是該子們拿了老美的奶油的奶油的奶油那到底有什麼噗好明明晚上去上五分搗的廁所明明大家都知道是我知道我的膝蓋痛連上廁所都不方便既然知道我的膝蓋痛該子們拿到了奶油加進味噌湯裡喝可以治好膝蓋到底為什麼竟然只有我連雞蛋還有廁所紙只有我不論白天或是夜晚為什麼只有我而已……」男子或許是因為寒冷而雙手抱肩，嘴裡一直嘟囔著莫名其妙的話。齒列不整的男女從小屋的門口或窗戶朝這邊偷窺，一見小田桐和長田的視線便急忙躲了起來。來到沒有護欄，只用幾根樹幹搭起來的橋前面時，一名孩童從附近的小屋衝了出來。一個頸部淋巴腺腫大的女人跟著出現，想過來把孩子帶回去，看看小田桐又看看長田之後停下了腳步。女人的脖子左側腫起好像長了另一張臉似的。從體型看來大概五、六歲，剃了個看不出性別的三分頭的孩子，和其他人一樣穿著和紙製成的衣物，赤腳。一臉看不出是哭是笑的表情歪著嘴對水野少尉伸出右手。「奶油！奶油！」一直喃喃自語的男子歪著嘴含糊大聲喊著，並面對孩子蹲下，夾趾鞋踏在那赤腳上。孩子的腳背浮腫沒有趾甲。孩子低頭咬緊牙關忍著，男子卻還想藉體重增加踩下的力量，水野少尉用霰彈槍輕戳他的側腹，說：給我快一點。脖子腫起的女人喊著名字，小孩便拖著一隻腳回小屋去了。「他們把牛奶糖、口香糖或是巧克力都叫做奶油。」長田邊走邊告訴小田桐。看到能劇舞台了。來到近處一看，反覆修補所使用的材料不只是木頭而已，連洋鐵皮、生鏽的鐵材甚至類似老舊汽車零件的東西都用上了，四個角落綁著塑膠製的櫻花枝。男子用手一比能劇舞台旁邊的人家。大小是其他小屋的兩倍以上，門口亮著類似煤油提燈的燈，已有三名男子在那裡列隊等候。中央的大個子男子一抬下巴，示意帶路男回去。大個子男穿著膚色厚內衣，外面是茶色格子西裝。「今天不表演能劇了，」西裝男子對水野少尉說。雖然上身穿著西裝，下面卻和大家一樣穿著類似衛生褲的膚色長褲，「現在正忙著處理一些事情。」水野少尉聞言點點頭，「讓我們休息一下。」說著依序打量那三人。西裝散發出古龍水的香味。令人難以置信的是，那竟然是雅男士的香味，八成是美國軍官給的吧，小田桐心想。「想請你們提供熱食和飲水，這裡是一點小意思。」水野少尉將長田準備的東西遞給西裝男。急救箱、滿袋的冰糖、兩件斗篷雨衣，西裝男一再看著這些東西，「想吃雞吧？」他舔著嘴唇說。「對吧？想吃雞吧，雞啊，雞肉嘛，難道不想吃雞嗎？」他一再重複著，眼睛在手上的禮物、水野少尉和長田、以及旁邊村人的臉上游移。水野少尉從背包裡拿出六顆三號電池，放在男子手中的禮物上面。「因為雞很營養嘛。」西裝男說著走進家裡。進去之後隨即就是剖半的竹子連接而成的引水管，瀝瀝拉拉流進一個大桶子裡。旁邊是個灶，上面有口鍋，鍋底殘存少許像是味噌湯的東西，火已熄滅，但是餘燼仍不時迸出火星。朝相當寬敞的土間放眼望去，小田桐倒抽了一口氣。因為，在牆邊放著芋頭簍子以及鐵鍬、鐮刀和鋤頭等農具的雞舍旁，白天在獸徑遇到的那兩名女子就被罰端正跪坐在那裡。兩名女子的打扮與日間相同，但是頭髮與肌膚已清洗過。

其中一名女子異常白皙，唯獨膝蓋以下的部位被泥土弄得髒汙。雖然受邀上去中央有炕爐並備有草蓆的房間，但應該是不願脫掉靴子吧，水野少尉禮貌地拒絕了。屋內角落有個老婦與一名女子和四名孩童聚在一起小聲說著話，聽到西裝男交代快去殺隻雞，女子與老婦便立刻站了起來。老婦在鍋內裝水，生起灶火。女子選了隻雞，脖子一割，邊放血邊拔毛。雞血流向跪坐在一旁的兩名女子弄髒了腳趾，但兩人依然動也不動。從小田桐坐著的地方可以看見那白皙女子疊著的腳尖。雞血濡濕了翻過來的腳趾與其間的縫隙，然後逐漸被泛黑固結的泥土所吸收。炕爐旁是白天在獸徑上和女人同行的那個鼠眼男，眼角流著血，同樣也是端正跪坐。西裝男大模大樣盤腿坐在蓆子上，「知道這是什麼嗎？」說著伸出手掌給水野少尉看。掌中有四個小金屬。是耳環。「這些傢伙，」西裝男用下巴一比跪坐土間的女人，「從老美那兒弄來戴在耳朵上的。是金子嗎？」西裝男把手掌更伸近水野少尉。水野少尉看著小田桐。「是十八K金。」小田桐說，強忍著作嘔的感覺。四個耳環穿針的部分泛黑。是直接從耳朵上扯下來的。「什麼叫做十八K金，和金子不一樣嗎？」西裝男提高音量似乎動了氣，聽到小田桐說是金子，才點頭表示認可。「看看這個，這些傢伙竟然還藏了這個。」西裝男舉起一個萬用手冊大小的薄型收音機。打開開關，轉動選台鈕。和FEN一模一樣的英語廣播，俄語歌曲，搖滾樂，似乎是西班牙語的體育轉播，也聽得到日語。是從Underground來的。雖然只聽到了一下子，但是那女性播報的新聞令小田桐想起了松澤少尉。或許「向現」也有影響吧，只覺得非常懷念那個被強化塑膠包圍的空間。「沒有這種東西嗎？嗯？難道沒有這種東西嗎？」西裝男拿著收音機一再在水野少尉眼前晃著。水野少尉搖搖頭。「是喔，沒有啊，這個東西好，要是有這個的話多好，對吧？要是有這個的話多好。」西裝男不斷大聲這麼說，並且暗指跪坐在土間的那兩名女子。「我沒有帶收音機來。」水野少尉說。

吃過煮好的雞，把水壺裝滿，水野少尉道了謝正要站起來時，西裝男去裡面的房間拿了能面具出來。水野少尉拿在手上，說道：「這是老女嘛。」小田桐從未看過那種能面具。簡直就像是非洲還是峇里島的面具。眼睛整個挖空而不是只在瞳孔的部分開個小洞，而且整個是油亮的豔紫色，應該是塗抹過某種果實的汁液吧。突然間裡面房間的老舊日本大鼓響起，小田桐反射性地擺出了防禦架式。西裝男戴起面具，邊發出長吟邊開始拖著腳在蓆子上緩緩走了起來。小田桐的注意力被那西裝男異常緩慢的動作所吸引。在令人下腹為之震動的單調大鼓聲中，彷彿要讓髒汙的腳趾甲爬過蓆子似的，男子邊發出吟聲邊將手腳運動到前面或是側邊，終於變成了抱起幼兒的動作。水野少尉與長田也都看著那動作。那左手向內彎，彷彿在逗弄幼兒的身段或是說動作非常小而且異常緩慢，使得過去的回憶開始閃現。因為想起了身邊實際做過那動作的親人。臉頰憔悴，嘴巴半開的紫色能面具令人想起了某人的臉。雖然那面具跟任何人都不像，卻看到了某人的臉。逗弄幼兒之後，接著表現出發覺那幼兒其實只是幻覺的身段，右手舉至眼睛一帶，全身開始上下緩慢搖動。霎時間小田桐為那裡真有一名老婦正在哭泣的錯覺所囚。單純的，緩慢的，為了不至於失去平衡，那面具開始強索想像。好像被要求把自己的傷痕露出來，擁有那種傷痕的的人不止你一個而已。裸露出來的傷痕，在感情慢慢轉移至那緩慢的動作之中而逐漸變得曖昧。傷痕離開了自己的身體變成眾人所有，被中和掉了。「走吧。」小田桐對水野少尉說。西裝男面具下的臉汗水淋漓。我絕對不要看這種東西，小田桐心想。小田桐一行出去離開時，女子依然跪坐在土間不曾抬起頭來。

西裝男子帶著兩名部下送行至中途。「芋頭的收成好像不錯喔？」水野少尉問道，男子們點點頭，除此之外並沒有交談。到了看得到前方窪地「五分搗」小屋的地方，「下次再來看舞台表演的能劇吧。」說著，三名男子回去了。三人一路談論從女子耳朵上奪來的耳環逐漸遠走。她們下次去打招呼的時候老美會不會生氣呢？特地送的耳環沒了，真的不會發火嗎？也許暫時換別的女人去打招呼比較好吧，不過老美很笨，說不定馬上就忘記了。水野少尉與長田在路上都一言不發。左側是河，對岸的窪地排列著「五分搗」的小屋。左邊第二間小屋的門開了，出來一個女人。因為小屋位處窪地，多少可以看到屋內。像用空柴油桶做成的簡單火爐燒著柴薪，那似乎也是唯一的照明。孩子睡在地上，旁邊坐著應該是父親的男子。女人是出來用鐵皮臉盆汲水的。門隨即又關上。孩子大概生病了吧。看到用洋鐵皮圍著的廁所時，小田桐再也忍耐不住。「我馬上回來。」說著連跑帶跳過了河。「因為吃了太多雞肉了吧。」水野少尉說：「不快一點的話我們就先走嘍。」長田笑著說。大雨的時候怎麼辦呢？小田桐比較一下河道與小屋之後心想。這個樣子一定很快就會淹水。來到近處一看，各小屋大約只有三坪大。一間小屋裡傳出類似哀號的聲音，隨即就停了。大概是小孩子做惡夢吧，小田桐心想。圍著廁所的洋鐵皮是雙層的，釘著細木條。難聞的臭味熏得眼睛疼。只是中央挖了個圓坑上面搭著木板而已。脫下褲子時扯開了黏住大腿傷口的部分，不由得喊疼。又傳來某間小屋開門的聲音。從聲音的方向聽來，應該是那生病孩童的小屋。因為需要冰冷的河水好讓高燒和緩下來。小田桐正要站起來時，爆炸聲響起，鐵皮圍牆搖晃，砂石打在上面的聲音好像激烈的雨滴聲。急忙拉上褲子，邊繫皮帶邊踹開門衝了出去。看見小田桐，女人發出了尖叫，沒回到屋裡而是往村子的方向跑去。過了河衝上河堤，只見長田與水野少尉都已仰天倒下。長田的臉和身體都已經四分五裂，水野少尉則是眼睛被炸傷。右眼球脫出落在顴骨上靠視神經掛著。小田桐不知道該如何是好。村裡的人紛紛出來聚在一起，中央是那個西裝男。水野少尉恢復了意識，不住喃喃喊著長田。「長田已經死了。」小田桐在他耳邊說，「告訴我，該怎麼辦才好，我該怎麼做呢？」村人在西裝男的帶領下慢慢逼近，一見到小田桐便停了下來。「會用火箭筒嗎？」水野少尉問。「會。」小田桐點點頭。為了取下火箭筒把手伸向長田的肩膀時，碰觸到野戰服被炸掉血肉模糊的屍體。想把屍體抬起時竟然從胸部斷裂開來，小田桐吐了。將手上黏糊糊的血在褲子上揩乾淨，帶著兩管火箭筒回到水野少尉身邊。「把內管拉出來，看看瞄準器，上面有數字，對準舞台發射，不必殺掉那些傢伙，只要嚇嚇他們就好，最上面的數字是五十，以比那稍高的位置對著能劇舞台下方支柱發射。」記得那小子教過要先開保險再發射，小田桐想起了隧道修復工程現場的那場戰鬥。待小田桐準備好發射器時村人已經逃逸。瞄準器上的數字因為黑暗而看不清楚。將瞄準器對著月光確認過數字的位置之後，打開保險，按下發射鈕。與其說發射出攜帶彈頭的火箭，更像是將一條藏在筒型巢穴中的黏滑生物拔了出來。火箭打中了前面的岩石，並沒有擊中能劇舞台。「糟糕！」小田桐正喃喃自語時，木造的舞台轉瞬間為橘紅色的火焰與白光包圍。塑膠櫻花在火光照亮下飛舞，好幾個村人全身浴火在地上打滾。其他人開始向南逃竄。「知道厲害了吧！」小田桐說著趕了回來。「我怎麼樣了？」水野少尉問道。

「眼睛看不見了，手榴彈在後面爆炸，以那傢伙能劇的大鼓聲為信號，是那個女人。」

「別再說這些了。」小田桐在他身邊說道。「你的右眼跑出來了，告訴我該怎麼處理才好。」

「別碰觸眼球，輕輕將脫脂棉敷在下面，上面也用脫脂棉蓋住，兩眼都一樣，然後鋪上毛巾以免脫脂棉脫落，最後用繃帶固定，辦得到嗎？」

「別再開口了。」小田桐說。「試試看吧。」視神經前端的眼球微微震顫。取出脫脂棉，用雙手試著塞進眼球下面。棉花一碰觸眼球，水野少尉的身體便一陣痙攣。有個髒東西跑進眼裡都那麼痛了，小田桐心想。

「這樣不行。」

水野少尉開始全身發抖。

「好像沒有辦法忍耐。」

「告訴我該怎麼做，我來幫你治療。」

「幫我打嗎啡，就放在胸前的口袋裡。」

小田桐一掏水野少尉胸前的口袋，摸出一個細長的長方形塑膠盒，打開，取出針筒，拔掉針頭的蓋子。「全都打了沒關係嗎？」表情因為痛苦而扭曲的水野少尉點點頭，提高了音量：「動作快一點。」該打哪裡好呢？小田桐拿著細細的塑膠針筒思索著，要訣應該和打毒品一樣才對，避開被血、泥弄髒的手臂，從肩頭深深刺下去，壓下推筒。幾秒之後水野少尉的表情有了變化。

「聯合國部隊應該會來吧。」

「別說話。」小田桐說著將棉花塞進眼球下面。村子的南側，河川下游的方向看得見亮光。大概是吉普車的大燈吧。將另一片脫脂棉略微攤開置於雙眼上，因為找不著毛巾，於是用刺刀割破預備的軍服蓋住臉的上半部。村人正往這邊打量。水野少尉又想說話，小田桐輕輕按住他的嘴。「別開口，我來幫你。」用彈性繃帶將鋪在臉上的野戰服布塊先從額頭繞到後腦勺裹好，然後從頭繞到下巴裹好。「站得起來嗎？」小田桐支著水野少尉的頭，手探入腋下撐起他的身體。已經隱約可以聽到吉普車的聲音了。水野少尉站了起來。搭著小田桐的肩膀，自己拿著全自動榴彈發射器和步槍。開始朝黑暗中走去。要活下去啊，小田桐心想。不但我自己不能死，也不能讓這小子死掉。

「現在幾點了？」水野少尉問。

「九點十三分。」小田桐回答，同時把手錶撥快五分鐘。

後記

這部小說的完稿期限是一九九四年二月四日ＡＭ十一點。在前年文化日那一天，我思索著：「自己到底要不要寫呢？」不是想著「能不能寫」，而是「要不要寫」。終於決定「那就來寫吧」，於是開始動筆。

其間，我經歷了前所未有的體驗。由於那實在過於令人悚然，因此也當作Wakamatsu的台詞用於本文中。大約進行到一半的時候，或許可以稱之為「故事的設計圖」，類似三次元鳥瞰圖的東西突然出現了。不是「創作」，而是像原本平靜無波的湖裡出現了恐龍似的，彷彿長久以來一直存在，只是看不見而已的「設計圖」，忽然間，不是在腦袋裡，而是化為一種看得見的東西，出現在眼前。之後只是機械式地寫下來而已。每當出現了錯誤、多餘或是不足的時候，「設計圖」就會指摘：「錯嘍」。當然這並不是說我淪為「故事的設計圖」的奴隸。可是，我也不是主人。

我閱讀了許許多多戰記以及軍事相關書籍，尤其是「國民游擊隊士兵」方面，在栢植久慶先生的《綠扁帽戰場的生存者》（原書房），毛利元貞先生的《傭兵手冊·完全版》（並木書房）中獲得了許多寶貴的資料。由於那都是唯有實際經驗才能獲得的科學性資料，因此藉這個地方對兩位表示敬意以及感謝。

這部小說，是為了多年老友見城徹所創辦的幻冬舍所寫。責任編輯是，在角川書店時期為我處理《黃玉》《IBIZA》等作品的石原正康君。雖然友情一詞在今日幾乎已經變成死語，但是為了兩位重要朋友的新出發而寫出這部小說，我覺得相當自豪。

這部小說的寫作方式，與《接近無限透明的藍》及《寄物櫃的嬰孩》有明顯的差異。是我將自己腦袋裡的資訊，化為擁有自我意識的語言，從而組合而成。包含這層意義在內，本書在截至目前為止所有的作品中，可以說是最好的一本。

一九九四年二月五日　AM十一點　村上龍

【解說】戰士本色

渡部直己（文藝評論家）

一般稱為「文學」的作品，就與讀者的關係而言，個人以為基本上可以分為兩類。

第一類是，絕不會侵犯讀者主體的作品。因為，讀者在閱讀這種作品之後，自己並不會想要改變，更可以說，他們往往只是為了愉快地確認自己全然不會改變的輪廓，才會喜歡接觸那種書。或許並不單純只是被取悅、安慰、鼓勵、教育而已，有時也會受到驚嚇、感到混亂或是害怕。可是，那一切終究都只是為了讓讀者感到安心而已——以此為本質的作品，我稱之為「讀物」。即使情節多麼悲慘、多麼怪異，「讀物」總是伴隨著那種不會改變的愉悅。因為，就好比適度的負荷可以鍛鍊肌肉一樣，那份悲慘，那份怪異，那份驚惶，對於讀者而言，就是以適當的刺激將他們主體的既知輪廓調整得更為強固。若是以「在這調整技巧上表現出超群本領」這一層意義來說，例如村上春樹，應該可算得上現代最頂級的「讀物」作家了。可是，深深被《挪威的森林》《發條鳥年代記》所吸引的你，在閱讀之後，會想要做些什麼與過去完全不一樣的事情嗎？

相對於此，另外一類的作品則會令人不由得想要改變自己生命的部分（也許是大部分）透視法，充滿了難以阻擋的力量。若是這種在現代日益稀少的種類可以嚴格稱為「小說」的話，村上龍無疑就是這種「小說」家的其中之一。因為當我閱讀他的作品之後，除了感覺到自己被多種難以名狀的力量貫穿之外，還屢屢產生想要讓某些事情重新來過的想法。

朝向更美好、更自由的境界，讓自己重新開始，同時，改變自己與他人以及世界的關係。雖然有時甚至顯得蠻橫而急躁，可是村上龍自從處女作開始，就從未停止這麼對讀者呼喚。不論其中如何過度描述倒錯、背德以及汙物，但是那份過度（就如同中上健次也是如此），或許正足以說明他始終是個極其講究倫理的作家。倫理與道德的差別，就如同前述的「小說」與「讀物」一樣。所謂道德，充其量不過是規範的別稱而已。與此相反的，唯有藉出奇的過度與壓倒性才得以表現的關係，才是真正倫理的起源，所以就這一點而言，本作《五分後的世界》不愧為作者相當自負，極其村上龍式的小說，事實上其中就描繪了讓現代日本這個國家打從頭重新來過的可能性。

在一九四五年八月十五日之後，以稱為「Underground」的高水準地下都市，世界最強的軍事科學組織為據點，即使目前的人口僅有二十六萬，極其自豪的「日本國民」依然不屈不撓，持續與以美國為核心的聯合國部隊展開游擊戰——有這麼一個另外的「五分鐘後」的世界。生活在這個一切以持續作戰為優先考量的世界，人們全都依循著極其單純的原則。擁有勇氣與尊嚴，以最高效率與嫻熟度去達成目的，還有就是，一切都簡單明瞭。由於某種原因誤入這個「五分後的世界」的主角小田桐，就如書中所述，透過好幾重體驗，接受了這個世界，與他過去生活的「五分鐘前」現實日本社會完全相反的（有時甚至到「眼淚都快流下來」的程度）原理，最後終於希望能夠是這個世界的一員戰士。

不過，若是僅僅如此的話根本不足為奇。藉一個烏托邦來批判現實世界的手法，本就是文學史中一再被描繪的圖式之一。而且，藉此種批判來抨擊現在的日本與日本人有如遭去勢的奴隸的那種常態，也是這個作家筆下常見的主題。少年時代與母分離刺殺叔叔，靠著下三爛的勾當發財，這個「五分鐘前」主角的相貌，大家應該也非常熟悉吧。

可是，在全書之中，那種既知的透視法，事實上反而可以召喚出將原本的根柢加以破壞的罕見力學作用，因而顯得特別突出。這一點正可說是劃時代的創舉，舉例而言，各位不妨特別留意那作為作品核心，篇幅長得出奇的戰鬥場面。幾乎沒有任何前兆便逕自展開的戰鬥描述，究竟為何要拉得這麼長呢？

那一味發展下去壓迫讀者視線的場面，首先，異常膨大的細節會與熟悉的圖式及主題產生尖銳的衝突，暴露出兩者明顯欠缺均衡的關係。如果是極度害怕這種不均衡的普通作家，就別指望他會以五十頁的分量去處理單一的戰鬥場面。這種描寫，只要對照作品的主題與故事的進展，收斂到無過之也無不及（也就是說中規中矩）的程度即可，所以再長也頂多只有四、五頁吧，而剩下的篇幅，大概會以全面改悔（convert）服膺另一種價值觀（在故事的結局中想要成為這個世界的一員住民的主角，感情與心理變化）所應有的插曲與說明取而代之吧。可是在這裡，《五分後的世界》的作者，就好像一位完全不說廢話經過徹底鍛鍊的戰士一樣，幾乎完全沒有說明主角的心理層面，純粹只是持續讓他直接面對這極度欠缺均衡的戰鬥場面而已。於是乎，全書所安排的這種不均衡狀況，令主角有了改變。亦即，由戰鬥描述異常持續之中，導出了主角決定性的改悔。

雖然最令人感動的就是這一瞬間的出現，但事實上，這是一項非常困難的作業。舉例來說，只要想一想，在具有其他多項優點的《愛與幻想的法西斯》或是《ECSTASY》就已經頻頻摸索，但是仍無法完全實現的，無疑就是這種感覺。書中以不止五行，而是至二十行的篇幅去描繪性愛、暴力與嗑藥的興奮，就如同頻頻回顧對於現實世界絕望相貌的憎惡與焦躁一般，可以說是遵循著朝向更深的終結逐漸擴張的原則去發展的。是故，那冗長經常會與一個個終結所帶來更深的倦怠，以及同類型反覆不可避免的窠臼（雖然那本身是會令讀者不安，栩栩如生的東西）連帶糾纏在一起。但是話說回來，足足可達那數十倍的長度之中，不但絲毫不令人倦怠，那再三出現的反覆之中也沒有似曾相識的感覺。之所以會如此，是因為恰如只考慮如何生存下去的「游擊隊本質」般，彷彿純粹為了被閱讀而不斷寫下的那戰鬥描述，原則上並不會結束，而在那無終點的過程中，重複似乎往往會產生出新的事物。所謂改悔，無非就是一種倫理，讓自己變成一個新的人。除此之外，此時最重要的一點就是，主角朝向理想的改悔，使得費力閱讀那實事求是到近乎固執地步的描寫的讀者與其之間產生了一種濃密的共同奮鬥感。換句話說，在閱讀的過程中，我們也逐漸轉換更新了。

若是對於這種結構的小說明顯達到的效果沒有異議的話，接下來，還有兩點必須一併指出。

第一點，持續創作這部小說，對作者本身來說，應該也需要極大的勇氣。畢竟他所選擇的手法，將大半的篇幅都耗在極其冗長的描述上了。除了前面所述的戰鬥場面之外，不論是「Underground」引以為傲的世界級音樂家的演奏場面，或是對後續發生的暴動的狀況，這一個個壓倒性的場景，都以遠超過適當節制的篇幅加以描述，這種手法，從某方面來說的確是接近無謀之勇的選擇吧。可是另一方面，這卻是極其認真的選擇。因為對所有的作家來說，描寫，正是他們面對世界最大的原則也是武器。除此之外，這也是決定世界與小說語言之間的關係最大的試金石。所以，將一切都賭在這種描寫上的作者，在此所描述的自然也不只是戰士們的英姿而已。或許換個方式，可以說他是有如戰士般運筆，但還有一點也不能漏掉，就是可能截切這英勇戰士的賭注的，外部的生動多變。

不只是單純描述他人或者世界，而是描述這件事情本身蘊含著力量，足以不斷重組與他人以及世界之間的關係。描寫，是為小說最基本原則，因而是最有力且最難以處理的武器，而這位作家所發現的描述的機能，就如同其本人也有所自覺，我們可以在《IBIZA》一書中見到。

在「將不鏽鋼鍋裡的水煮沸」這情景描述的奇妙反覆與性愛描述的更新之間同樣欠缺均衡的衝突之中，女主角彷彿逐漸轉變成一種無關男女的新生物般成為一個開放的主體——就這一本佳作來說，如今已經無法更深入討論了。但是還有一件事特別值得留意，那就是從一九八九年一月開始動筆並持續寫作至一九九一年十一月這一點。書中對於昭和帝駕崩、天安門事件、柏林圍牆倒塌、以及波斯灣戰爭都隻字未提。所以，那一部作品無疑是，試圖讓這段期間世界史的激烈變動從身體穿透過去，幾乎是在無意識之下，朝向過去從未真正觸及的小說要素而去改變自己的組成。

這麼一來，就形成了一個足以承受外部激變的內部（text）。《五分後的世界》，正是這麼一種可變內部（text）的掌舵者，一個由於可變而理應在歷史留名的小說家，再次質問現實的國家及世界與我們之間的關係的傑作。

村上龍系列推薦

《老人恐怖分子》

村上龍繼《55歲開始的Hello Life》唯一無比最新長篇
對於現實世界的威脅，究竟誰才是真正的強者？
我們所輕蔑與忽視的究竟是什麼……
失去妻、失去工作、失去能夠存活的社會條件……

《寂寞國殺人》

一九九七年村上龍從震驚日本社會的「神戶少年殺人事件」思考，
面對現代化的變化所產生的不適應畸形裂縫。
這本《寂寞國殺人》將近二十年前寫成的散文，
今日儼然成為二十一世紀的存在備忘錄。

《共生虫》（新版）

現代的日本社會之所以看起來並不需要希望，
理由其實只有一點，就是整個社會並沒有正確掌握現實。
若是無法正確掌握現實，就沒有辦法思考未來。——村上龍

村上龍系列推薦

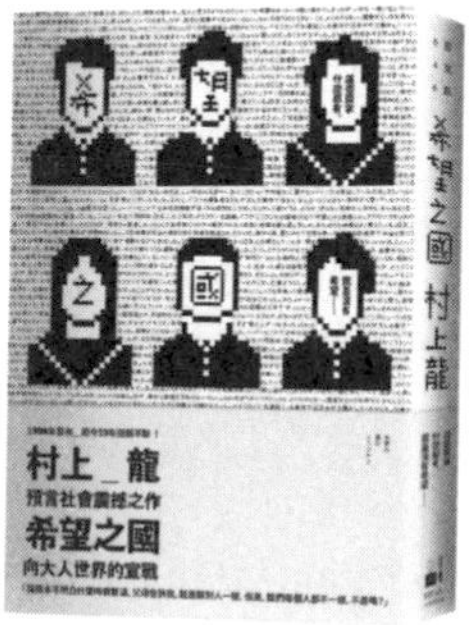

《希望之國》（新版）

這個國家什麼都有。就是沒有希望……
村上龍一九九八年發表，距今十九年話題不斷
預言社會震撼之作，向大人世界的宣戰

《55歲開始的 Hello Life》

村上龍新境界小說
獻給現在及未來55歲的你，
這是寫給你們的打氣希望書。
跟每一天的自己說：我懂，我懂，一切都會更好的。

《接近無限透明的藍》（新版）

24歲即奠定大師地位的代表作！
影響日本許多知名作家的驚人之作！
譯者張致斌依據原版重新翻譯的完整正確譯本！
一九七六年出版立刻引起話題，並獲得日本文壇最高榮譽芥川獎！

國家圖書館出版品預行編目資料

五分後的世界（新版）／村上龍著；張致斌
◎譯 . ——初版——臺北市：大田，2018.06
面；公分 . ——（日文系；050）

ISBN 978-986-179-528-7（平裝）

861.57　　107004523

日文系 050

五分後的世界（新版）

作　　者｜村上龍
譯　　者｜張致斌

出 版 者｜大田出版有限公司
台北市 10445 中山北路二段 26 巷 2 號 2 樓
E-mail｜titan3@ms22.hinet.net　http：//www.titan3.com.tw
編輯部專線｜（02）2562-1383 傳真：（02）2581-8761
【如果您對本書或本出版公司有任何意見，歡迎來電】

總 編 輯｜莊培園
副總編輯｜蔡鳳儀　執行編輯｜陳顗如
行銷企劃｜董芸
校　　對｜黃薇霓
內頁設計｜張蘊方

一版初刷｜2003 年 07 月 01 日
二版初刷｜2018 年 06 月 10 日　定價：300 元
總 經 銷｜知己圖書股份有限公司
台　　北｜106 台北市大安區辛亥路一段 30 號 9 樓
TEL：02-23672044 ／ 23672047　FAX：02-23635741
台　　中｜407 台中市西屯區工業 30 路 1 號 1 樓
TEL：04-23595819　FAX：04-23595493
E-mail｜service@morningstar.com.tw
網路書店｜http://www.morningstar.com.tw
讀者專線｜04-23595819 # 230
郵政劃撥｜15060393（知己圖書股份有限公司）
印　　刷｜上好印刷股份有限公司
國際書碼｜978-986-179-528-7　CIP：861.57/107004523

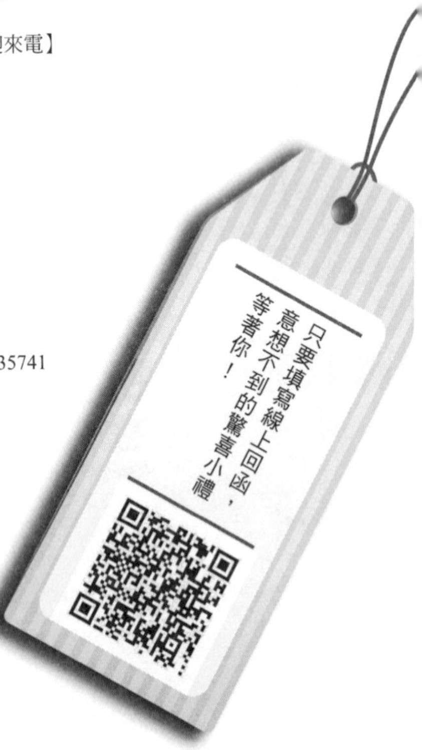